Raymond Queneau

Intimes Tagebuch der Sally Mara

Raymond Queneau

Intimes Tagebuch der Sally Mara

Aus dem Französischen von Eugen Helmlé

Verlag Klaus Wagenbach Berlin

Die Originalausgabe erschien 1962 unter dem Titel *Journal intime* (Auszug aus *Les Œuvres complètes de Sally Mara*) bei Gallimard in Paris.

Wagenbachs Taschenbuch 394

 Umschlaggestaltung Groothuis & Consorten unter Verwendung des Photos *Im Kino* von Weegee. Autorenphoto von Marc Foucault. Die Karnickel auf Seite 1 zeichnete Horst Rudolph. Gesetzt aus der Palatino von der Offizin Götz Gorissen, Berlin. Gedruckt und gebunden von Pustet, Regensburg. Printed in Germany.
 ISBN 3 8031 2394 1

Intimes Tagebuch der Sally Mara

Vorwort

Es ist einem angeblich imaginären Autor nicht oft gegeben, seinen gesammelten Werken ein Vorwort vorausschicken zu können, vor allem dann nicht, wenn diese Werke unter dem Namen eines sogenannten wirklichen Autors erscheinen. Daher muß ich dem Verlag Dank sagen, daß er mir die Möglichkeit dazu gibt.

Zunächst liegt mir daran, einem Mißverständnis zu steuern: Wenn auch auf dem Einband eines Buches der Name eines sogenannten wirklichen Autors steht, so braucht dieser noch lange nicht der veritable Autor der bereits früher unter dem Namen eines angeblich imaginären Autors erschienenen Werke zu sein. In der Tat ist dieser letztere in keiner Weise imaginär, da ich, Endunterzeichnete des vorliegenden Vorwortes, es selber bin, womit jeder Anspruch auf eine noch größere Realität *a priori, sine die, ipso facto* und *manu militari* zurückgewiesen wird.

Ich muß allerdings gestehen, daß ich eine solch radikale Haltung nicht allen Teilen dieses Werkes gegenüber einnehme. Wenn ich auch nach wie vor auf meinen Mutterrechten am *Intimen Tagebuch* und an *Man ist immer zu gut zu den Frauen* bestehe, so protestiere ich jedoch aufs energischste gegen die Zuschreibung von *Sally ganz intim*. Dieses Machwerklein ist in der Tat nichts weiter als eine Sammlung von *Larifari* (es widerstrebt mir geradezu, dieses Wort niederzuschreiben), das der sogenannte wirkliche Autor dieser gesammelten Werke hier und da veröffentlicht hat,

bisweilen sogar unter dem perversen Schleier der Anonymität, was die Sache keineswegs besser macht.
Trotz meiner Proteste konnte ich nichts ausrichten; der Verlag bestand unbedingt darauf, dieses mit unanständigen Wörtern gespickte Produkt meinen beiden authentischen Werken hinzuzufügen. Eine mit diesem Verlagshaus liierte Person, ein gewisser Queneau (etwa der gleiche wie der andere?) schrieb mir folgendermaßen: »Nur keine Aufregung, ein paar unveröffentlichte Sachen ist die Masche, um eine Neuauflage an den Mann zu bringen, unsere Kundschaft ist ganz scharf auf so was« und andere Albernheiten *ejusdem farinae.* Einer Antwort enthielt ich mich (und das aus guten Gründen).
Natürlich ist das, was auf Seite 4 der Erstausgabe des *Intimen Tagebuchs* zu diesem Thema gesagt wird, völlig falsch: »Wie wir im Augenblick der Drucklegung erfahren, wurde das Manuskript von *Sally ganz intim* soeben wiedergefunden.« (Man beachte, daß das Buch am 21. Januar 1950 ausgedruckt gewesen ist.) Nicht minder absurd ist die Einführung zu *M. I. I. Z. G. Z. D. F.* (das – wir sagen es ohne Koketterie – am 8. November 1947 ausgedruckt gewesen ist). Diese mit »Michel Presle« gezeichnete Einführung fehlt glücklicherweise in der vorliegenden Ausgabe; da sie kein wahres Wort enthielt (weder von hinten noch von vorn), werde ich sie hier also zitieren:

Man weiß nie, was bei den Leuten »hinter« der Schädeldecke vorgeht. Man kann jemanden seit zwanzig Jahren kennen, wenn er schreibt, erlebt man stets eine Überraschung. Im Verlaufe der verschiedenen Reisen, die mich zwischen 1932 und 1939 nach Irland führten, begegnete ich mehrere Male Sally Mara. Eine Halbwüchsige, an der anfangs nur das Geburtsdatum bemerkenswert war: der Ostermontag 1916. Später

sah ich sie im Kreise des Dichters Padraic Baoghal wieder. Schüchtern und kaum hübsch, verheiratete sie sich sehr jung mit einem iarannoire (Eisen- und Haushaltswarenhändler) aus Cork, einem recht freundlichen Städtchen.
Als ich nach siebenjähriger Abwesenheit wieder nach Erin kam, händigte mir Padraic Baoghal ein versiegeltes Päckchen aus: Es war der Roman, den wir heute dem französischen Publikum vorlegen. Sally Mara war 1943 sang- und klanglos an irgendeiner Krankheit gestorben. Sie betraute mich mit der Aufgabe, ein Manuskript ins Französische zu übersetzen, von dem sie wußte, daß es in ihrer Muttersprache nicht veröffentlicht werden konnte.
Nachdem ich das Werk Sally Maras (nicht ohne Überraschung) gelesen hatte, stattete ich ihrem Mann einen Besuch ab. Der Eisenwarenhändler aus Cork, der seit dem Tod seiner Frau mächtig Fett angesetzt hatte, konnte sich nur noch dunkel an sie erinnern; er fand nichts dabei, daß dieses Buch jenseits der Grenzen Erins erscheint.

Wer ist nun dieser Michel Presle? Nichts. Oder genauer, ein Pseudonym des sogenannten wirklichen Autors dieser imaginären Werke. Also, weniger als nichts. Infolgedessen: wie hätte er etwas Genaues über meine Existenz wissen können? Man wird mir nun entgegenhalten: aber dieser Michel Presle kommt doch in Ihrem *Intimen Tagebuch* vor. Dakor: bloß, *es ist nicht der gleiche!* Der aus meinem *Tagebuch* ist ein Produkt meiner Phantasie: Er existierte nicht!! Was die in dieser Einführung enthaltenen biographischen Daten angeht, so lege ich großen Wert auf folgende Feststellung: sie sind allesamt peinlich ungenau. Ich soll am Ostermontag 1916, dem Tag des irischen Aufstands, geboren sein? Nichts falscher als das: Ich bin nie geboren worden. Ich soll 1943 sang- und klanglos in Cork gestorben sein? Nichts falscher

als das: Ich schreibe dieses Vorwort achtzehn Jahre später, und ich habe bis auf die Korpulenz nichts von einem Phantom an mir.
Ja, ich schreibe dieses Vorwort, aber um im Grunde und eigentlich was zu sagen? Wird es den *andern* etwa daran hindern, seinen Namen auf *meinen* Buchdeckel zu setzen? Nein. Wird das einige gute Seelen davon überzeugen, daß ich die Autorin dieser Schriften bin? Es ist zum Verzweifeln. Wird das meine Reputation wieder aufpolieren, die in der Gegend von Cork stark angeschlagen ist, seitdem meine Berühmtheit einige handfeste Skandälchen ausgelöst hat? Noch weniger. Die dunkelhaarigen Halbwüchsigen werden auch weiterhin glauben, daß ich ihre Träume mit dem Saft meiner Hirngespinste befeuchten wollte, ich, die ich nie etwas anderes wünschte, als Sprachen zu beherrschen, die mir fremd waren, ich, die ich stets die Form haushoch über den Grund habe stellen wollen, ich, die ich, frei von schlechten Gedanken, sowohl in meinen elegischen Erzählungen *(I.T.)* als auch in meinen epischen Berichten *(M.I.I.Z.G.Z.D.F.)* stets in aller Arglosigkeit eine Katze eine Katze und ein Arschloch ein Arschloch genannt habe, wie es mir mein guter, imaginärer Lehrer Michel Presle beigebracht hatte, der diese Doktrin von einem sogenannten wirklichen sogenannten Autor übernommen hatte, der jetzt ... oh, Elend!

Sally Mara

1934

13. Januar

Er ist weg.

Das Schiff schwimmt davon und bläst seinen eintönigen Rauch auf die Leinwand des Himmels. Es pfeift. Es röchelt. Es fährt. Und entführt Monsieur Presle, meinen Französischlehrer.

Ich habe mein Taschentuch geschwenkt, ich nässe es mit Tränen, bevor ich es, heute nacht, zwischen meine Beine presse, an mein Herz. O God, wer wird je meine Pein kennen. Wer wird je wissen, daß dieser Monsieur Presle meine Seele mitnimmt, die ganz bestimmt unsterblich ist. Er hat mir nie was getan, Michel. Will sagen, Monsieur Presle. Ich weiß, daß die Herren seines Alters so manches mit törichten kleinen Mädchen meines Alters treiben. Aber was und warum? Ich weiß es nicht. Ich bin ein jungfräuliches Wesen, das heißt, ich bin noch nie beackert worden (jungfräuliche Erde: Erde, die noch nie beackert worden ist, so steht's in meinem Lexikon). Monsieur Presle hat mich nie berührt. Höchstens mal seine Hand auf der meinen. Manchmal glitt sie über meinen Rücken, um sanft meinen Popo zu tätscheln. Ein Akt der reinen Höflichkeit. Er hat mir Französisch beigebracht. Unverdrossen! Er hat mir's nicht mal so schlecht beigebracht, da ich, zu seiner Ehre, ich meine, zum Gedenken an seine Abreise, von heute an, jetzt, mein Tagebuch in seiner Muttersprache schreiben werde. Es werden meine französischen Schriften sein. Und die andern, meine englischen, werde ich in den Ofen feuern, »foutre au feu«.

»Foutre«, sagte er zu mir, »ist eines der schönsten Wörter

der französischen Sprache.« Es bedeutet soviel wie werfen, schmeißen, aber noch stärker. Zum Beispiel (ich wiederhole seine Worte, und was für ein prickelndes Gefühl, seine Worte zu wiederholen, eine sanfte Wärme erfüllt meinen Brustkasten von der Schulterfläche bis zu meinen jungen Brüsten, die gar nicht flach sind), also, zum Beispiel: »Einen hinter die Binde kippen« und »Das Gefunkel eines Diamanten haut einen um«. Er liebte es ungemein, mich mit den Feinheiten der französischen Sprache vertraut zu machen, Monsieur Presle, und daher führe ich jetzt zum Gedenken an ihn mein Tagebuch in seiner Muttersprache weiter. Das wird ihn umhauen, wenn er's liest.
Ich schreibe dieses Tagebuch seit meinem zehnten Lebensjahr. Mama sagte immer: »Eine gute Gewohnheit für kleine Mädchen, das schärft ihr moralisches Bewußtsein, sie werden so vollkommen, daß es selbst den stärksten Pfarrer umhaut und er sie zu Nonnen weiht bis an ihr selig Ende.« Ich bin da allerdings anderer Meinung. Nicht, daß ich Schlechtes von den frommen Schwestern denke, aber für eine Person des weiblichen Geschlechts gibt es auf Erden andere Dinge zu tun. Ich bin darin mit Michel, meinem geliebten Französischlehrer, ganz einer Meinung, ach! wenn er gewußt hätte, wie oft ich nachts seinen Vornamen vor mich hinsprach, bis mir der Schweiß ausbrach. Seltsam, wie ich bisweilen nachts solche Krisen bekomme, wenn ich an ihn denke. Hinterher schlafe ich dann wunderbar.
Ja, nun ist er weg auf seinem Schiff und dem Sankt-Georg-Kanal. Was verdanke ich ihm nicht alles? Daß ich mein Tagebuch in Französisch schreiben kann, zum ersten, daß mir ganz schwach ums Herz ist, zum zweiten, und die oben erwähnten Schweißausbrüche, zum dritten. Als ich mich am Kai so allein fühlte, faßte ich an diesem Tag heute, dieweil der Mond der Nächte mondhaft unbeweglich unter der

Halbkugel der illunischen Himmel schwebte und mit seiner mondhaften Blässe das Schiff beschien, auf dem Michel stolz seiner Universitätszukunft außerhalb Irlands entgegenfuhr, feierlich zwei Entschlüsse. Ich faßte also den zwiefachen Entschluß, Doppelpunkt, erstens *primo* mein Tagebuch nicht mehr in Englisch zu schreiben, der Sprache insularer Seeleute, ist ja auch keine Kunst, Seemann zu sein, wenn man auf einer Insel lebt, sondern in Französisch, die ihrerseits, die Franzosen, manchmal im Gebirge und sogar mitten im Flachland wohnen; und zweitens *secundo* einen Roman zu schreiben. Aber einen Roman, der's in sich hat, nicht so einen, dem man gleich ansieht, daß er von einem unbeackerten jungen Mädchen geschrieben wurde; dazu noch in Irisch, einer Sprache, die mir fremd ist. Ich werde sie also lernen müssen, und warum will ich sie lernen? Um es Monsieur Presle gleichzutun. Monsieur Presle ist nämlich Sprachwissenschaftler: Er kennt alle möglichen Sprachen. Er hat namentlich bei Monsieur Dumezil Unterricht in Lasisch und Ingusch genommen. Irisch hat er im Handumdrehen gelernt: Sein Aufenthalt in Dublin ging mir wie ein Blitz durch den Muskel meines Herzens hindurch. Aber vor allem in Französisch hatte er allerhand los. Und was für ein guter Lehrer er war! Daß ich meine Intimitäten fließend in dieser Sprache schreibe, ist wohl Beweis genug. Wenn mir bisweilen ein Wort fehlt, ist es mir wurscht. Ich mache stur weiter.

Und jetzt fuhr er weg. Der Wind fing an, über den Hafen zu blasen, und das Löschblatt des Nebels saugte das Schiff auf. Ich blieb noch eine Weile stehen, um das Wellengekräusel des Sankt-Georg-Kanals zu betrachten, die Granitlinie der Kais, die gespannten Taue und die steifen »bittes«, eines der ersten französischen Wörter, dessen Sinn mir Monsieur Presle wegen seines norwegischen Ursprungs erklärt hat:

»biti, Schiffsquerbalken«. Und eroberten die Wikinger etwa nicht unser grünes Erin?
Er war weg.
Der Wind blies jetzt kräftig. Ich ging zur Straßenbahn zurück. Ich marschierte am Kai entlang. Andere Leute – Schatten – folgten dem gleichen Weg, nachdem sie Lebewohl gesagt oder ihre Arbeit getan hatten. Die stockfinstere Nacht wurde von einem regelrechten Orkan durcheinandergerüttelt. Ich hörte wieder die Sirene des Dampfers.
Um zur Endstation zu gelangen, mußte ich über einen kleinen Steg, der über eine Schleuse führte. Auf der anderen Seite sah ich einen erleuchteten Straßenbahnwagen, der umrangiert wurde. Das Herz voller Erinnerungen an Michel Presle, begab ich mich auf den Steg, doch auf halber Strecke mußte ich stehenbleiben. Ich glaubte, der Wind würde mich fortwehen und dort unten ins Becken feuern, mitten in eine Benzinlache hinein, die im Mondlicht in allen Regenbogenfarben schillerte. Ich krallte mich am Brückengeländer fest und suchte mit der andern Hand ganz mechanisch nach einem Halt. Da spürte ich plötzlich die Gegenwart eines Herrn hinter mir. Ich hatte gleich erraten, daß es ein Gentleman war: weder eine Frau noch ein Matrose. Und ich hörte eine sanfte und angenehme Stimme, die mir diese hilfreichen Worte ins Ohr flüsterte:
– Schön bei der Stange bleiben, Mademoiselle.
Und gleichzeitig legte man mir in die frei gebliebene Hand einen Gegenstand, der die Härte einer Eisenstange und die Sanftheit des Velours besaß. Krampfhaft packte ich ihn und während ich mich darüber wunderte, daß diese Stange trotz des winterlich-kalten Nordwinds warm blieb, erreichte ich dank ihrer Hilfe gesund und munter das andere Ufer.
Der liebenswürdige Gentleman, der mich so begleitet hatte, brachte darauf seinen Macfarlane wieder in Ordnung (falls

es kein Raglan oder Waterproof war, was ich wegen der Dunkelheit nicht erkennen konnte. Außerdem schlug ich die Augen schüchtern nieder). Ich konnte sein Gesicht nicht sehen, ich bemerkte nur, daß der Schatten des Macfarlanes (oder des Raglans) (oder des Waterproofs), der sich auf den holprigen Pflastersteinen des Kais abzeichnete, zuerst ausgebeult war und nun eigenartigerweise allmählich wieder eine vertikale oder höchstens leicht gewellte Linie bekam. Wir hatten kein Wort gesprochen; dann sagte ich, obgleich ich wußte, daß man einen Herrn, dem man nicht vorgestellt worden ist, nicht anspricht, mit all der Liebenswürdigkeit, deren ich fähig bin:

– Vielen Dank, Monsieur.

Aber er gab keine Antwort und ging weg.

Und wieder allein, und wieder die Nacht, der Hafen, die Sirenen. Die Straßenbahn hatte ihr Rangiermanöver beendet und schickte sich an, Reißaus zu nehmen. Ich lief hinterher. Keuchend setzte ich mich. An sonstigen Fahrgästen gab es nur noch zwei schläfrige Dockarbeiter und einen jungen Mann, den ich vorhin eine ältere Dame (seine Mutter?) zum Dampfer hatte begleiten sehen. Als ich ein Lächeln andeutete, errötete er heftig und tat, als lese er in einer Zeitung: Seine Hände zitterten leicht. Die Bahn fuhr an. Ich zahlte mein Fahrgeld und überließ mich meinen Gedanken. O süße Erregung eines Jungmädchenherzens, o bezauberndes Erwachen des Frühlings der Gefühle, o keusche Wißbegierde einer erblühenden Jungfrau. Eine allerliebste Erregtheit erfüllte mich, und ich wußte nicht mehr, wie mir zumute war. Tausend widersprüchliche Gedanken knufften sich unter meinem Haar (das schön ist … etwas rotbraun … dunkles Rotbraun … schwarzes Rotbraun, genaugenommen), und eine sanfte Wärme lief mir über den Rücken, immer rauf und runter im Fahrstuhl meines Rückenmarks, vom Erdgeschoß meines Gesäßes bis zum sechsten Stockwerk meiner Birne. Ich sage sechstes, obgleich in Dublin die Häuser kaum mehr als vier Stockwerke haben, aber ich bin ziemlich groß.

Ich merke gerade, daß ich mich noch gar nicht vorgestellt habe und daß das Heft, in das ich mein Tagebuch eintrage, ungeduldig wird, weil es die Person, die seine Seiten vollkritzelt, nicht besser kennt. Wohlan denn, teurer Vertrauter: ich heiße Mara, mit Vornamen Sally. Mit dreizehneinhalb Jahren wurde ich geregelt, etwas spät vielleicht, aber ich muß gestehen, daß ich in dieser Hinsicht eine richtige kleine Uhr bin. Ich habe keinen Vater mehr: Vor zehn Jahren ging er eine Schachtel Streichhölzer kaufen, und seitdem ist er nicht wieder zurückgekommen, er war kein Nationalist, aber er sagte es niemandem. Ich war damals acht Jahre alt. Ich erinnere mich noch ganz genau. Er saß da in Pantoffeln und in seinem Schlafrock mit den gelben und violetten Karos. Er las die Zeitung und rauchte seine Pfeife. Er hatte im Sweepstake gewonnen und das ganze Geld Mama gegeben. Auf einmal sagte Mama, so obenhin:

– Ach, wir haben gar keine Streichhölzer mehr im Haus.

– Ich werde eine Schachtel kaufen gehen, sagte Papa friedlich, ohne hochzublicken.

– Willst du so rausgehen? fragte Mama ruhig.

– Ja, antwortete Papa friedlich.

Das ist das letzte Wort, das ich von ihm gehört habe. Nie wieder hat man ihn gesehen.

Er versohlte mir regelmäßig zweimal am Tag den Hintern, um, wie er sagte, seine Anhänglichkeit an die von der englischen Krone empfohlenen Erziehungsmethoden zu bekunden.

Dennoch hat uns meine Mutter mit ihren paar Spargroschen und dem Geld des Sweepstakes eine gute Erziehung

zuteil werden lassen, mir, meiner Schwester und meinem Bruder: Ich persönlich tue nichts, aber wenn ich wollte, könnte ich Studentin sein. Meine Schwester, die zwei Jahre jünger ist als ich, möchte Postfräulein werden: Sie will unabhängig sein und sich ihr Brot selbst verdienen, eine fixe Idee von ihr. Sie lernt viel Geographie, um eines Tages ihr Ziel zu erreichen. Joel, mein Bruder, ist der älteste, er trinkt ganz gehörig, vor allem Whisky und Guinness-Bier, das wir hier direkt an der Quelle haben. Er trinkt auch sehr gern Ricard. Aber der ist hier schwer aufzutreiben. Monsieur Presle hatte ihm eine Flasche besorgt. Wir haben an jenem Tag mächtig gelacht; wir haben sie im Laufe des Abends ausgetrunken. Ich esse gern Hering in Ingwer, gekochten Lauch und Rollmöpse. Ich bin 1,68 m groß und wiege 63 Kilo. Mein Brustumfang beträgt 88 cm, mein Taillenumfang 65 cm und der Hüftumfang 92 cm. Ich trage sehr kurze Röcke, einen Slip und Schuhe mit flachen Absätzen. Auch die Haare trage ich sehr kurz, und ich lege weder Lippenrot noch Reispuder auf. Ich gehöre auch einem Sportverein an. Ich laufe die 100 Meter in $10^{2}/_{10}$ Sekunden. Im Hochsprung komme ich auf 1,71 m, und im Kugelstoßen schaffe ich 14,38 m. Aber den Kraftsport habe ich in letzter Zeit etwas vernachlässigt. Ich schlage gern die Beine übereinander, ich finde das prüde und distinguiert in einem, und zweifellos dachte das auch der junge Mann in der Straßenbahn, denn von Zeit zu Zeit ließ er seine Zeitung etwas sinken, hob die Lider, um kurz ein Auge zu riskieren und schlug sie dann schnell wieder nieder, die Lider. Ich dachte an den, der jetzt über die Fluten des Sankt-Georg-Kanals schwamm.
Wir kamen in die Stadt. Und wir – dieser junge Mann und ich – reiner Zufall natürlich, standen gleichzeitig auf, um an der gleichen Haltestelle auszusteigen. Ich hatte ihn nie in unserem Viertel gesehen. Ich bemerkte, daß seine Beine zitter-

ten. Ich fragte mich einen Augenblick, ob es nicht etwa der Herr war, der mir so liebenswürdig geholfen hatte, über den Steg zu kommen. Aber nein, das war unmöglich: Dieser junge Mann saß schon, als ich in die Straßenbahn einstieg, und der galante Gentleman war in eine andere Richtung weggegangen.

Die Straßenbahn bimmelte, und der junge Mann stellte sich aufs Trittbrett, um abzuspringen, bevor der Wagen hielt. Ich hatte Angst um den Jungen und wollte ihm zurufen: »Schön bei der Stange bleiben, Monsieur!« aber er war schon abgesprungen, weggelaufen und in der Nacht verschwunden.

Ich griff nun meinerseits zur Stange, aber sie war feucht und eiskalt und besaß weder die Sanftheit noch die Wärme der Stange von vorhin.

Zu Hause traf ich Mary an, die gerade die Unterpräfekturen der französischen Departements auswendig lernte, für ihre Prüfung als Postfräulein. Joel saß mit trübem Auge stumm und reglos vor sieben Guinness-Flaschen, fünf waren leer und zwei noch zu leeren. Er grinste höhnisch, als er mich sah. Er glaubte, ich sei traurig wegen der Abreise Monsieur Presles.

Mama hat mit Mrs. Killarney viel über Monsieur Presle gesprochen. Joel gab ab und zu einen blöden Schluckauf von sich. Ich aber lächelte. Mary hat es gemerkt. Nach dem Abendessen wollte sie mich zum Reden bringen, aber ich habe mich gehütet: Ich habe ihr eine Menge über die Stange erzählt, aber ich habe fast kein Wort über Monsieur Presle verloren.

14. Januar

Heute nacht habe ich geträumt, ich sei in einem Vergnügungspark, wie der Coney-Island-Park, den man in den

amerikanischen Filmen sieht. Ein sehr liebenswürdiger Herr bot mir einen Kandiszucker an, aber die Schleckerei war so dick, daß ich Mühe hatte, sie in den Mund zu stecken und zu lutschen. Was man doch für dummes Zeug träumt...
Monsieur Presle hat mir gesagt, daß es auf dem Kontinent und sogar in England Scharlatane gibt, die die Träume deuten. Das dauert etwa eine Stunde, und man muß sich vor ihnen auf einen Diwan legen, was nicht sehr schicklich ist, wie mir scheint. In unserem Lande ist der Klerus strikte dagegen.
Ich habe immer noch die Absicht, einen Roman zu schreiben. Aber über was?

18. Januar

Ich lese gerade die ersten Seiten meines Tagebuchs wieder durch und frage mich, ob ich das Wort »jungfräulich« richtig gebraucht habe. Denn im Lexikon steht: »wird von einer Erde gesagt, die weder beackert noch kultiviert worden ist«. Und ich bin ja nun, ohne mir schmeicheln zu wollen, immerhin einigermaßen kultiviert. Aber ich will mich nicht aufs hohe Roß setzen, auf diesen einzig für die Nachwelt bestimmten Seiten wird mehr als ein Fehler zu finden sein.

20. Januar

Ich nehme neuerdings Irischunterricht, der junge Mann aus der Straßenbahn ebenfalls, das ist doch sonderbar. Unser Lehrer heißt Padraic Boaghal. Er ist Dichter. Er hat lange, weiche Haare und einen schönen Ochsenkopf. Er trägt eine schwarze Schleife wie die Franzosen (Monsieur Presle trug keine, nur Schmetterlinge). Sein Blick ist strahlend blau. Ich habe nicht gelesen, was er geschrieben hat, denn er hat nur in Gälisch geschrieben. Er gibt Privatstunden, um sich seine Brötchen zu verdienen. Madame Baoghal ist immer dabei.

Wenigstens bei mir. Sie sitzt in einer Ecke und malt fleißig ganz kleine Miniaturen, ohne auch nur einmal hochzugukken. Der junge Mann aus der Bahn kommt direkt nach mir. Wenn ich nach der Stunde durchs Vestibül gehe, sitzt er schon da und wartet. Er schlägt dann die Augen nieder.

25. Januar
So was, Monsieur Presle schreibt mir gar nicht.

27. Januar
Mein Tagebuch ist nicht sehr intim. Wo ich doch meine ganze kleine (unsterbliche) Seele hineinlegen wollte! Gewiß, ich verbringe viel Zeit über meinen Büchern, um Irisch zu lernen, das eine sehr schwere Sprache ist. Padraic Baoghal findet, daß ich große Fortschritte mache. Aber das ist doch alles nicht sehr intim.

29. Januar
Joel denkt wirklich nur noch ans Trinken. Nach dem Abendessen, als ich allein in meinem Zimmer saß und die dritte Deklination (*eacht* und *badoir*) lernte, ist er sachte reingekommen und hat sich ohne ein Wort zu reden auf mein Bett gesetzt. Er sah mich gar nicht bösartig an; er war nicht in Stimmung, irgendwas zu zerdebbern, wie das manchmal passiert. Nein, sein feuchter Blick war der eines sanften Kalbes. Ich fand ihn scheußlich. Neugierig blickten wir uns eine Weile schweigend an, dann hob er seinen Hintern (es gibt noch ein anderes Wort auf französisch, aber es fällt mir im Moment nicht ein) und zog unter seinen Hinterbacken (ah, das ist es! nein, doch nicht, es gibt auf französisch noch ein anderes Wort zur Benennung des Periproktus, aber es fällt mir jetzt einfach nicht ein) ein Buch hervor, das er beim Eintreten versteckt hatte. Er zeigte es mir.

– Kennst du diesen Schmöker? fragte er mich.
Und ob ich ihn kannte! Das Buch hatte einen Schutzumschlag aus Tapetenpapier, mit dem mein geliebter Französischlehrer seine Bücher einzubinden pflegte. Wenn er mal für einen kurzen Moment raus mußte, stürzte ich mich stets drauf und betastete sie, doch wagte ich es nicht, sie zu öffnen (er hatte es mir verboten). Wenn ich dann seinen Schritt hörte, stellte ich sie schnell wieder an ihren Platz zurück und machte ein Gesicht, als trichterte ich mir die Regel »*pou, chou, genou* …« ein.
– Du hast es gestohlen? rief ich.
– Er hat es vergessen, gab Joel zur Antwort.
– Mit welchem Recht hast du es an dich genommen?
– Damit du es nicht liest.
– Und du, hast du es gelesen? Er seufzte.
Ich sagte:
– Na?
– Ich habe eine furchtbare Entdeckung gemacht.
Ich wagte ihm keine Frage mehr zu stellen, aber er antwortete trotzdem.
– Ich habe welche.
– Was denn?
– Komplexe.
– Isndas?
So pflegte Monsieur Presle bisweilen zu schreiben, um mir die Subtilitäten der Orthographie besser verständlich zu machen. Auf englisch sprach ich natürlich nur die Silbe:
– Ouatt?
Joel antwortete:
– Ja, Komplexe. Ich habe mir von einem Studenten der Landwirtschaft, der sich in so etwas genau auskennt, erklären lassen, was das ist. Aber solche geheimen Dinge kann ich unmöglich vor einem jungen Mädchen deines Al-

ters aufs Tapet bringen. Es ist schlimmer als die Sünden im Beichtstuhl; die Sünden erzählt man einmal, und dann ist es vorbei, von den Komplexen dagegen kann man jahrelang reden, ohne daß man je ans Ende kommt.

– Ich begreife kein Wort von dem, was du mir da erzählst, stammelte ich.

– Das will ich auch hoffen. Ich bekam's schon mit der Angst zu tun, er würde etwa solche unsagbaren und sonderbaren Wörter in den Mund nehmen, die mir, der Teufel hol's, die Schamröte hätten in das Gesicht treiben können.

Er fuhr fort:

– Die Pfarrer machen sich's leicht. Die brummen dir ein paar *Pater Noster, Ave Maria* und Rosenkränze auf, und damit hat sich's. Die Sünde? Reingewaschen. Aber die Komplexe? Die sind denen doch schnuppe! Das dauert ihnen viel zu lange. Wenn sie sich mit den Komplexen der ganzen Bevölkerung befassen wollten, hätten sie ja keine Zeit mehr, ihr Beefsteak zu verdienen.

– Ach du, du hast ja noch nie viel für die Pfarrer übrig gehabt.

Es ist nun keineswegs so, daß ich viel für sie übrig hätte. In unserer Familie ist man katholisch. Aber mit Maß und Ziel: Ich glaube fest an die Jungfräulichkeit Marias, aber was Gott betrifft, so scheinen mir die Beweise für seine Existenz doch hauptsächlich vom Aberglauben inspiriert zu sein. Ich gehe in die Messe (trotz der ständigen Kniffe ins Hinterteil, das gehört dazu wie's Amen in der Kirche, drei- bis viermal pro Sitzung ist das mindeste); ich gehe zur Beichte, ich gehe Ostern zur Kommunion, aber ansonsten macht mir die Religion nicht weiter zu schaffen. Was die Pfarrer angeht, so sind sie, wie Mama sagt, genauso Männer wie die andern auch, bloß gehören sie halt zu denen, die man nicht heiratet.

Aber Joel fuhr fort:

– Paß auf, soll ich dir das mal erklären?
Ich sagte weder Ja noch Nein.
– Also gut, nimm zum Beispiel Mrs. Killarney …
(Das ist unsere Haushälterin.)
Er unterbrach sich.
– Ja und? fragte ich.
Ich begriff wirklich nicht, worauf er hinauswollte. Joel blieb stumm.
– Ja und? sagte ich noch einmal. Sie hat einen Schnurrbart?
Joel hatte auf einmal ganz lebhafte Augen. Das hatte ich bei diesem Säufer schon lange nicht mehr erlebt. Da war was nicht geheuer, wie das Sprichwort sagt – und auf dem Gebiet bin ich ganz schön beschlagen; mein geliebter Pauker ließ mich eine Menge Sprichwörter auswendig lernen oder Ausdrücke wie: »Die Schafe pissen lassen ist besser, als in die Soße scheißen«; »Bordell hin, Bordell her, die Untergrundbahn ist mir lieber, dort ist's lustiger und außerdem wärmer« usw. Es ist ja doch eine schöne Sprache, die französische, und was für einen Spaß macht es mir, daß ich allein in meinem Morgenrock an einem irischen Torffeuer sitzend mit jenen köstlichen, exotischen Vokabeln umgehen kann, die jenseits des Ärmelkanals die Dockarbeiter von Le Havre, die Droschkenkutscher, die Senffritzen von Dijon und die Marseiller Tagediebe gebrauchen. Aaa! mir schwinden fast die Sinne, wenn ich dran denke. Aber Herrgott noch mal, ich schweife ab. Kommen wir zum Bruder zurück. Nach seinem lichten Augenblick stand er nachdenklich auf und sagte sanft:
– Natürlich, das meinte ich ja, genau das meinte ich ja.
Und er ging hinaus. Mit dem Buch unterm Arm.

30. Januar
Ich habe sein Zimmer durchstöbert. Ich habe fünf Flaschen Whisky unter seinem Bett gefunden, aber keinen Schmöker. Er hat ihn verdammt gut versteckt.

31. Januar
Keine Post von Monsieur Presle. Das ist wirklich nicht nett; wo er doch so fest versprochen hatte, mir zu schreiben.

2. Februar
Konnte immer noch nicht die Hand auf den Schmöker mit den Komplexen legen.

3. Februar
Kein Brief von Monsieur Presle, auch heute nicht. Der Schuft!

4. Februar
Ich habe heute die Straßenbahn nach Dunleary genommen – das heißt, nach Kingstown, dem Hafen von Dublin. Ich sage Dunleary wie mein Lehrer Padraic Baoghal. Ich finde diesen sprachlichen Patriotismus zwar etwas blöd, aber schließlich kann ich mir das in meiner Tagebuchintimität ja erlauben. Es wird immer noch ziemlich früh dunkel und neblig. Ich bin am Hafen entlangspaziert. Ich habe mich gar nicht mehr richtig ausgekannt. Ich zauderte zwischen verschiedenen Fußgängerbrücken. Endlich erkannte ich meinen Steg wieder, schwach beleuchtet wie am Tage der Abreise Michel Presles. Mein Herz schlug schneller in meiner Brust, und ich erinnerte mich mit Macht an jenes Sprichwort, das der mir beigebracht hatte, der nun weg war: »Den Unschuldigen gibt man es in die Hand.« Aber ich fand meinen galanten Gentleman nicht wieder.

Und in der Straßenbahn saß nicht einmal mein Kollege, der junge, schüchterne Irlandisierer. Es lag einfach etwas weniger Nebel über Dublin, aber der Geruch nach Guinness-Bier war stärker.

5. Februar
Meine Schwester Mary braucht bloß noch die Unterpräfekturen der Departements Tarn-et-Garonne und Var zu lernen. Joel ist seit drei Tagen nicht mehr nüchtern geworden. Ich betrachte Mrs. Killarney, aber ich kriege nicht spitz, was für Komplexe sie haben mag.

6. Februar
Madame Baoghal hat mich zum Tee eingeladen. Ich war furchtbar aufgeregt. Dreimal habe ich mein kleines Geschäft verrichtet, bevor ich weggegangen bin, und kaum saß ich in der Straßenbahn, wir waren in Höhe der Cuff Street, da verspürte ich schon wieder einen Drang. Mein Gott, mein Gott, was sollte ich bloß tun? Das Herz schlug mir bis zum Hals, ich war in einer richtigen Panikstimmung. Ganz verschüchtert. Andere große Dichter würden dort sein mit ihren Damen, die mich eingehend betrachten würden, und junge Männer, die sich sicherlich mit mir verheiraten möchten, und unter ihnen bestimmt der junge Mann aus der Straßenbahn, der Irisch lernt wie ich. Und das Verlangen, mein kleines Geschäft zu verrichten, wurde immer größer, und dazu das Geschaukel der Straßenbahn, das meinen Drang nur noch verstärkte, so daß meine Blase fast platzte. Ich preßte die Zähne aufeinander, ohne die Zunge zu bewegen. Ich klammerte mich hinter meinen Knien an der Bank fest. Ich sah durch die Scheiben irgendwohin ins Leere, ohne mit dem Blick etwas erfassen zu wollen. Schon spürte ich Schweiß im Kreuz und unter den Armen. Es schien mir

sogar, als perlten ein paar Tropfen zwischen meinen jungen Brüsten. Ich sagte mir, daß ich es aushalten könnte bis zu Madame Baoghal, natürlich wäre da noch die Treppe, und es ist entsetzlich, Treppen steigen zu müssen, wenn einem so ein starker Drang zu schaffen macht, und außerdem selbstverständlich auch das erste, was ich mich der Gastgeberin nie zu sagen traute, wäre: »Wo sind denn hier die Toiletten?«, ich müßte also warten, bevor ich die Frage stellen, die Antwort erhalten und mich auf den ersehnten Ort begeben könnte. Zu meinen Eingeweidebedrängnissen kam also noch die Angst und sieh da, wer steigt an der Haltestelle Dame Street in die Straßenbahn? Der junge Irlandisierer. Elektrische Schauer liefen mir um den Kopf, vom Kinn bis zu den Ohren, vom Nacken zum Hinterkopf. Und in meinem Bauche war mir, als hätte man eine Bettflasche mit warmem Wasser, ein tropisches Aquarium, einen Harntopf hineingepfropft. Ich habe beinahe geheult; es war nicht mehr zum Aushalten. Ich sah Great Brunswick Street kommen, und ich dachte an meine Tante Patricia. Zwar hatte ich sie seit zwei Jahren nicht besucht, die Tante Patricia, aber sie würde mir diese Gefälligkeit wohl nicht abschlagen. Ich richtete mich auf und sah das bestürzte Auge des Irlandisierers. Bestimmt glaubte er, daß ich mit bis zur Nelsonsäule fahren würde, daß wir zusammen aussteigen würden, und dann würde er mich ansprechen und irgend etwas zu mir sagen wie: »Entschuldigen Sie, Mademoiselle, ich glaube, wir sind uns schon einmal begegnet ...«
Selbst wenn er ein ganz scheußlicher Tolpatsch wäre, dieser verfluchte Irlandisierer, er wäre *verpflichtet* gewesen, mich anzusprechen. Aber da habe ich gerade an Tante Patricia gedacht und mir gesagt: »Mag's sein, wie's will, ich werde mich jetzt nicht mehr länger quälen, noch dazu, wo ihr Klo Wasserspülung hat.« Darauf bin ich Knall und Fall ausgestiegen.

Zum Glück war Tante Patricia zu Hause. Und ich habe ein gutes Gedächtnis: Das Klo hatte wirklich Wasserspülung.

7. Februar

In Paris, dort in Frankreich, hat es anscheinend Krawall gegeben. Hier hat man schon ganz andere Sachen gesehen. Hoffentlich hat Monsieur Presle nichts abbekommen, obgleich er nicht der Mann ist, der sich in Keilereien einmischt. Er hat mir übrigens die Blauhemden unseres Generals O'Duffy verleidet und mir dazu noch jegliches patriotische Gefühl ausgetrieben, seitdem er mir klargemacht hat, daß Irland eine noch kleinere Insel als Neuseeland ist: was man uns immer verheimlicht.

15. Februar

Ein Tagebuch ist gut, wenn es keine Arbeit macht. In den letzten Tagen überhaupt keine Lust gehabt, aber *Lust wozu?*... Ich gebe mich wirklich immer intimer. Es erfüllt mich allerdings mit Stolz, zu denken, daß ganz bestimmt kein englisches, schottisches, neuseeländisches oder anderes Mädchen so intim ist wie ich.

Apropos, da merke ich doch gerade, daß ich meinen Bericht über den Tee bei Madame Baoghal noch gar nicht zu Ende geführt habe. Also, nach meinem kurzen Besuch bei der überraschten Tante Patricia nahm ich wieder die Straßenbahn nach Sackville Street. Ich kam zu spät und wurde ganz rot im Gesicht; es hatten sich tatsächlich zahlreiche Personen eingefunden: Der Meister und seine Frau empfingen mich liebenswürdig und gönnerhaft und stellten mir die anwesenden Intellektuellen und -innen vor. Der Dichter Connan O'Connan, sein Freund der Dichter Gregor Mac Connan und sein Schwager der Dichter Mai O'Gregor Mac Connan sowie der Druiden-Barde O'Cear und der Primitivisten-Philosoph Mac Adam sowie ihre Ehefrauen Mrs. Connan O'Connan, Mrs. Gregor Mac Connan, Mrs. O'Cear und Mrs. Mac Adam und ihre Söhne George Connan O'Connan, Phil Mac Connan, Timoleon Mac Connan, Padraic O'Gregor Mac Connan, Arcadius O'Cear, Augustin O'Cear, Cesar O'Cear, Abel Mac Adam und Cain Mac Adam und ihre Töchter Irma Connan O'Connan, Sarah Mac Connan, Pelagia Mac Corman, Ignatia O'Gregor Mac Connan, Arcadia O'Cear, Beatitia Mac Adam und Eva Mac Adam sowie der schüchterne junge Irlandisierer aus der Straßenbahn: Barnabé Pudge. So erfuhr ich seinen Namen. Und er wurde noch roter als ich, denn ich brachte was ziemlich Feines auf die Beine, so in der Art blasse Dame.

– Nun, meine Freunde, sagte Padraic Baoghal, nachdem jetzt Bekanntschaft geschlossen ist und wir vollzählig sind, wollen wir …

– Eine Tasse Tee? fragte die Frau des Poeten, während der diskret den meinen tätschelte, den Po eben.

Nie hatte er sich erlaubt, mich so zu behandeln, wie eine Schülerin. Ich bin eine Studentin, ich. Ich habe meinem Gesäß nicht getraut, als ich das merkte.

Danke, entgegnete ich und schüttelte mich leicht wie eine Stute, die die Bremsen verscheucht.

– Sie ist bezaubernd, säuselte Madame Baoghal. Als ob sie mich nicht schon vorher gekannt hätte! Wo sie doch während des ganzen Unterrichts nicht wankt und weicht!

Man verteilt Tassen mit Tee, und ein jeder tänzelt um die Zuckersteine.

– Sie ist bezaubernd, bestätigte der große Dichter.

Ein kleiner Schwarm Bewunderer verschiedenen Geschlechts trug ihn davon. Da tauchte Barnabé Pudge mit scharlachrotem Gesicht vor mir auf.

– Aber … sagte er.

– He? fragte ich.
– … haben wir uns … fuhr er fort.
– … wäre es nicht …? gab ich zurück.
– … uns nicht denn nicht? …
– … mir scheint, daß …
– … ich …
– … Sie …
– … Straßen …
– … baan …

Von seiner schönen Sprachwissenschaftlerstirn begannen Schweißtropfen zu rinnen.

– … ich daß nicht Sie nicht? … fragte er.
– … ben was ich wie … antwortete ich.
– … dann Sie Sie Sie ja ja… bohrte er weiter.
– … aber wenn Sie da ge ge … gab ich zur Antwort.
– … bla bla ble ble hihi … fuhr er fort.
– … ah … Ah … machte ich.
– … ge ge … ge ge …

Er kam sofort wieder auf dieses Thema zurück.

Während dieser ganzen Zeit dachte ich nur an eins: Würde meine Erinnerung an diese Unterhaltung präzise genug sein, um sie wortgetreu in meinem Tagebuch wiederzugeben? Und doch tue ich es erst acht Tage später.

– … ge ge …
– Na, na, das ist wohl nicht der richtige Augenblick zum Süßholzraspeln.

Die Sitzung sollte nämlich beginnen. Ich war zu spät gekommen. Man traf die letzten Vorbereitungen.

Barnabé (ich kann ihn ja gleich beim Vornamen nennen), Barnabé vertraute mir mit einem Murmeln an:

– Wie sind Sie geheimnisvoll, Mademoiselle Mara. Ich zitterte vor Lust. Das war doch immerhin eine Wucht, einem distinguierten jungen Mann den Kopf zu verdrehen.

Unterdessen hatte sich Madame Baoghal, eine alte Frau von etwa dreißig Jahren, in einen Sessel gesetzt und begann sich zu sammeln, wobei sie kokett und mechanisch mit der Hand über ihr Kleid strich und daran zog. Das fragliche Kleid war was ganz Piekfeines: Es war aus grobem, eierapfelfarbenem Krepp mit einem weiten, leicht drapierten Kragen, kanariengelben Ärmeln, die über den Ellbogen sehr voluminös waren, und einem breiten Gürtel aus blaßblauem Satin, der an der Seite geschickt geknotet war.
Schließlich hatten alle Platz genommen; man löschte die Lichter. Sofort, es konnte gar nicht anders sein, legte sich eine Männerhand auf meinen rechten Schenkel und eine andere auf meinen linken. Die von links (folglich eine rechte Hand) war inquisitiv und beweglich, die von rechts besitzergreifend und schwer: die Tatze eines Löwen.
Die Sitzung begann: Aus dem Ohr Madame Baoghals quoll eine weißliche und klebrige Substanz, die nach und nach eine ungefähr eiförmige Gestalt annahm. Ich beobachtete die Sache sehr aufmerksam (ich glaube nämlich nicht daran), und um mich nicht ablenken zu lassen, nahm ich die Hand von rechts und brachte sie mit der Hand von links in Berührung; sie betasteten sich einen kurzen Augenblick und zogen sich dann geschwind zurück.
Die eiförmige Gestalt verwandelte sich nach und nach in einen ungefähr menschlichen Kopf; dann schrumpfte sie zusammen und zog sich wieder in das ejakulatorische (ein verdammt gelehrtes Wort, vielleicht sollte man es gar nicht in diesem Sinne gebrauchen, aber es ist schon spät, und ich bin zu faul, um ins Wörterbuch zu sehen) Ohr zurück. Darauf hob Madame Baoghal mit sonderbarer und vorfabrizierter Stimme zu sprechen an und beschrieb das Leben der Bewohner des Jupiters, die trigamistisch und hermaphroditisch sind und sich durch Knospentreiben fortpflanzen. Ich fand

diese Rede höchst langweilig und widerlich und fragte mich, ob ich nicht einmal zum Zeitvertreib meine Hände auf die Schenkel meiner Nachbarn legen sollte, nur um mal zu sehen, was passieren würde. Aber ich traute mich nicht.

Endlich war der Vortrag zu Ende, Madame Baoghal stieß einige Seufzer aus, und man schaltete wieder das Licht ein. Mein Nachbar zur Rechten (Padraic Baoghal), sah mich an und fragte mit dummem Gesicht:

– Na, kleines Mädchen, Sie sind wohl nicht allzu stark beeindruckt?

– Oh, nein! Monsieur Baoghal, gab ich zur Antwort.

Mein Nachbar zur Linken (der Druiden-Barde O'Cear) sah Baoghal dreist an.

– Ich habe den Eindruck, daß das Fräulein nicht so leicht den Kopf verliert.

Ich hörte eine innere Stimme, die murmelte:

– Schön bei der Stange bleiben, Mademoiselle. Und ich sah den Hafen mit seiner sanften Berührung wieder.

Im Geiste mit der Erinnerung an meinen Gentleman beschäftigt, brachte ich die übrige Zeit damit zu, mit Arcadia und Pelagia zu schwatzen, während mein Auge sich hier und da gedankenlos auf der Hose eines der Herren niederließ.

18. Februar

Die Zeit vergeht. Ich langweile mich, und mir ist ganz sonderbar zumute. Was mich quält, sind jedoch keineswegs die Anzeichen des nahen Monatsklimakteriums (wieder so ein Wort, dessen genauen Sinn ich erst einmal im Wörterbuch nachsehen muß). In dieser Hinsicht kann ich mich nicht beklagen. Aber ich spüre so etwas wie eine Kugel, die mir auf dem Leerdarm liegt und mich derart drückt, daß ich mir ein neues Kleid kaufen möchte, wie das von Madame Baoghal, ein Pariser Modellkleid. Apropos, Michel hat mir immer noch nicht geschrieben: Vielleicht ist er den Seemannstod gestorben. Es würde mir nicht übel gefallen, einen Mann geschätzt zu haben, der sich im Salzwasser der Ozeane negativiert hätte. Ich glaube, daß ich in stürmischen Nächten sein Gespenst sehen würde, ganz grün wie die Franse einer Auster.

19. Februar

Da gibt es nun so viele Bewunderer von Padraic Baoghal, die wer weiß was drum geben würden, wenn sie ihn persönlich kennenlernen dürften, und ich sehe ihn ganz frei und ungezwungen dreimal in der Woche, immer sehr korrekt (seine Verwirrung war nur ephemer) und immer, ich muß es sagen, im Beisein von Madame, die nicht an die ephemeren Dinge glaubt (sie hat einen sehr hochstrebenden Geist) und weiterhin minuziös Miniaturen malt. Sie zeigt sie mir nie. Ich glaube, es sind Szenen aus der anderen Welt.

20. Februar

Ich habe Mary die Geschichte von dem Buch erzählt. Sie hat häufig so plötzliche Einfälle. Und zu ihr ist Joel auch sanfter und blöder als zu mir.

21. Februar

Die irische Orthographie ist einfach unwahrscheinlich. Wenn ich nicht wirklich ein sehr starkes Verlangen hätte, in dieser keltischen Sprache einen Roman zu schreiben, würde ich sie nicht lernen. Man schreibt *oidhece* und spricht *i*, und schreibt *cathughadh* und spricht *cahu*. Padraic Baoghal findet das großartig, denn es ist noch besser als im Französischen. Als gäbe es da einen Zusammenhang.

23. Februar
Meine Schwester Mary, obgleich in die Sache eingeweiht, hat es nicht fertiggebracht, meinem Bruder ein Geständnis über den Ort zu entlocken, an dem er diesen Schmöker versteckt hält, auf den ich so scharf bin. Das einzige, was sie bekam, war ein Tritt in den Arsch (ach, hier ist das Wort, das ich neulich suchte). Sie lernt jetzt die Namen der schweizerischen Kantone, Aargau, Appenzell, Glarus, Schwyz, Unterwalden, Zug, aber wer zum Teufel kennt denn diese Gegenden schon? Das macht mich verrückt.

24. Februar
Endlich hat er mich angesprochen. Auf der Straße hat er auf mich gewartet.
– Guten Tag, Mademoiselle, sagte er, als ich rauskam.
– Guten Tag, Monsieur, antwortete ich in aller Bescheidenheit.
– Mein Name ist Barnabé Pudge, fügte er mit leicht verängstigter Stimme hinzu. Wir sind einander bei Padraic Baoghal vorgestellt worden.
– Ja, bestätigte ich bescheiden.
Das ist verdammt gut geschrieben: »bestätigte ich bescheiden«. Monsieur Presle hat mir wirklich ein verflucht gutes Französisch beigebracht. Gewiß, ich habe mich da wiederholt: Ein paar Zeilen weiter oben heißt es: »in aller Bescheidenheit«. Aber schließlich darf ich nicht zu anspruchsvoll mit mir sein, sonst wird nie was aus meinem Tagebuch. Ich muß auch zugeben, daß mich diese Geschichte mit Barnabé durcheinanderbringt. Wie dieser Bursche mich anödet. Trotzdem erzähle ich die Begegnung, weil sie ins Tagebuch gehört. Vielleicht amüsiert's mich eines Tages, wenn ich es wiederlese.
Wir gingen ein paar Schritte nebeneinanderher, ach ja, ich

hätte es beinahe vergessen, er hatte mich gefragt, ob ich es anstößig fände, wenn er mich ein Stück Wegs begleiten würde, und ich hatte geantwortet: Keineswegs. Wir legten sie schweigend zurück, die paar Schritte; er suchte nach einem Gesprächsstoff. Endlich hüstelte er und sagte:
– Unser keltisches Irisch ist doch eine sehr schwere Sprache, finden Sie nicht auch, Mademoiselle Mara?
Er schluckte seinen Speichel runter, wobei sicherlich die halbe Zunge mitrutschte, und wiederholte den gleichen Satz in Irisch:
– *Is an deacair an teanga an Gaedhilig.*
– *Taib*, gab ich zur Antwort, *is an deacair an teanga an Gaedhilig.*
– Vor allem die Orthographie, fügte er hinzu.
– Ja, gewiß, gab ich zur Antwort und errötete vor Ärger.
Ich fand seine Bemerkung banal, daher ärgerte es mich, daß ich sie vor zwei oder drei Tagen in dieses Tagebuch geschrieben hatte.
Dann fiel wieder alles in Schweigen zurück, und wir kamen an der Ecke der O'Connell Street an.
– Monsieur Pudge, sagte ich zu ihm, Sie werden zu spät zu Ihrer Lektion kommen.
– Oh, nein, blökte er, ich habe meine Vorkehrungen getroffen, um nicht.
– Ach? machte ich fragend.
– Ich habe Monsieur Baoghal Bescheid gesagt, daß ich heute nicht kommen kann. Er schlug seine langen oberen Wimpern über sein unteres Augenlid.
– Als Grund gab ich den Tod einer alten Tante an. Den imaginären Tod, fügte er glucksend hinzu.
– Oh, machte ich empört.
Er glaubte sicherlich, daß ich seinen Gymnasiastenstreich bewundern würde. Er machte ein bedrücktes Gesicht.

– Sie glauben doch nicht, daß ihr das Unglück bringen könnte? fragte er mich mit zitternder Stimme.
Unter keinen Umständen unter keinen durfte das Gespräch jetzt eine sauertöpfische Wendung nehmen. Ich ließ ihn einige Augenblicke in seinem abergläubischen Saft schmoren und antwortete dann munter und aufgekratzt:
– Unglück? Sie wollen wohl sagen, daß sie daran mit offenem Maul krepieren kann und das nicht später als in dieser Stunde noch.
Ich sah ihn an und merkte, daß seine Innenfeder ganz schön zusammengeschnurrt war; er sah aus wie eine Uhr, die außer Atem kommt und schnauft, damit sie um Mitternacht nicht ihre Zeiger zu kreuzen braucht.
– Glauglauglauben Sisie?
– Ja, an Ihrer Stelle würde ich im Karacho zu Monsieur Baoghal flitzen, um nicht einen Trauerfall auf dem Gewissen zu haben.
– Ach so, ach so!
Er war apfelgrün im Gesicht, mit etwas Quittengelb hier und da. Sah ein bißchen scheußlich aus, der gute Barnabé. Ich merkte, daß seine Beine zitterten, und beinahe hätte er den Krüppel gespielt, doch wie dem auch sei, schließlich war es nicht meine Sache, ihm die Stange zu halten, die Situation war nicht dieselbe, und außerdem ware ihm meine kleine Stange bestimmt keine Hilfe gewesen, einmal angenommen, ich hätte sie ihm angeboten.
Schließlich hat er sich ohne große Höflichkeitsformalitäten aus dem Staub gemacht.
Und das alles ohne Mondschein.

10. März
Barnabé nicht wiedergesehen. Ich bin wohl zu geheimnisvoll für ihn.

11. März

Joel ist wieder mal völlig blau nach Hause gekommen. Wir hatten bereits die Suppe geschlürft, ohne auf ihn zu warten. Kaum war er im Zimmer, fing er an, sich die Hose aufzuknöpfen. Da wir darüber lachen mußten, lief er in die Küche, und bald darauf hörten wir, wie Mrs. Killarney ganz komisch stöhnte und wimmerte.

Apropos, kürzlich hatte sie sich ihr Kleid hinten versengt. Ich habe nie aus ihr rausgekriegt, wie das passieren konnte.

12. März

Es war sehr spät, als Joel herunterkam, um sein Breakfast zu futtern. Sein klägliches Aussehen flößte mir Mitleid ein. Ohne mich zu sehen, setzte er sich hin und steckte das Messer in die Butter, um sich dann die Handflächen damit zu beschmieren. Er hatte vergessen, vorher eine Toastscheibe draufzulegen. Ich machte ihn darauf aufmerksam. Er gab mir zur Antwort:

– Ach, endlich läßt du dich dazu herab, das Wort an mich zu richten. Weißt du, ich bin immerhin dein älterer Bruder, das Familienoberhaupt, da Vater nicht mehr da ist. Ich bin es, und ich bleibe es …

Er unterbrach seine Sätze, um sich die Handfläche abzulecken.

– … auch wenn ich die Köchin bestiegen habe.

– Du bist auf die Köchin gestiegen? rief ich. Aber wozu denn in aller Welt, was wolltest du denn auf ihr?

Er sah mich mit einem Ausdruck des Mitleids an, der mich ungeheuer empörte.

– Ja, fuhr ich fort, wenn du was aus dem Wandschrank haben wolltest, hättest du doch bloß die Treppenleiter zu holen brauchen, anstatt Mrs. Killarney auf die Schulter zu steigen.

Er zuckte die Achseln, wischte sich die Pfote ab und goß seine Tasse lauwarmen Tee hinunter.
– Puh! machte er. Was für ein Sauladen! Und für dich, sagte er noch, wär's höchste Zeit, daß du dich auch mal besteigen läßt, wenn's sein muß, von einem Esel.
– Du hast aber Ideen! Wenn ich mir vorstelle, daß mir so ein Langohr auf den Schultern hängt!
Ich platzte vor Lachen, konnte aber noch hinzufügen:
– Ich hätte dich liebend gern auf Mrs. Killarneys Schultern sitzen sehen, um den Marmeladetopf zu erwischen.
Ich lachte Tränen. Mary ebenfalls. Joel schlug kräftig mit der Faust auf den Tisch. Alle Tassen machten einen kleinen Satz.
– Dumme Kuh. Laß dir das ruhig gesagt sein! Es ist höchste Zeit. Eines Tages wirst du schon sehen, was ich sagen wollte. Aber dann wird es zu spät sein, dann werden dich die Komplexe verdorben haben. Wie mich! Jawohl: wie mich!
Die Tassen machten wieder kleine Sätze. Ich konnte einfach nicht mehr. Ich gluckste. Mama kam herbei:
– Was ist denn los? Was ist denn los? Weshalb dieser Lärm? Diese Fröhlichkeit?
– Er ist auf Mrs. Killarney gestiegen, schluckte ich und zeigte auf Joel. Er ist draufgestiegen! Er ist draufgestiegen!
Ein sanftes Lächeln trat auf Mamas Lippen:
– Das ist aber gar nicht recht, sagte sie gütig zu ihm, du hast es ihr gegenüber an Respekt fehlen lassen. Das kannst du zum Jux mit deinen Freunden tun, aber nicht mit dieser braven Frau ... Was soll sie von dir denken?
– Sie hat das gern, knurrte Joel. Mama seufzte:
– Die Menschheit ist doch sonderbar. Na ja, man braucht halt von allen Sorten, um eine Welt zusammenzukriegen.
Sie ging hinaus.
– Ich verdrücke mich auch, sagte Joel. Adieu, meine Schöne.

– Adieu.
– *Cuir amach do theanga!* grölte er.
Und er verschwand.
Da er kein Wort Gälisch kannte, fragte ich mich, wo er diesen Satz, dessen Sinn ich nicht verstand, wohl aufgeschnappt haben mochte. Und meinen Lehrer, den Dichter Padraic Baoghal nach der Bedeutung dieser sicherlich anstößigen Worte zu fragen, würde ich nicht wagen. Da alle diese Ereignisse meine Sensibilität etwas mitgenommen hatten, verfiel ich in Melancholie.
Ich empfand das Bedürfnis, erst mal aufs Örtchen zu gehen und dann mit dem wieder Fühlung aufzunehmen, was die (unsterbliche) Seele aufrichtet und erhebt: mit der Kunst. Und so stand ich einige Minuten später vor der National Art Gallery, West Merrion Square. Es war nicht das erste Mal, daß ich meinen Fuß hierher setzte, aber an diesem Tag hatte sich meiner (unsterblichen) Seele eine ganz besondere Erregung bemächtigt. Wie gewöhnlich geriet ich vor dem Bildnis der Stella in Entzücken, fand aber nicht den Mut, in die erste Etage hinaufzugehen, um mir die Gemälde Leslies, Maclises, Mulreadys, Landseers und anderer Wilkies anzusehen, und ging hinaus in den Park, um einen kleinen Spaziergang zu machen. Ich war allein, die noch blattlosen Bäume spannten das strenge Gewebe ihrer Äste über meinem Kopf, und ich betrachtete lange und eine nach der anderen die antiken Statuen, die hier und da die Alleen schmücken. Es sind keine richtigen, es sind Abgüsse, Kopien: die einen in Bronze, die andern in Gips, andere schließlich in Marmor oder Granit. Die Statue, die mich nach einem allgemeinen Rundgang am stärksten faszinierte, war ein diskuswerfender Apoll. Wie alle andern Götter trug er eine Unterhose (zwar nur eine kurze, aber immerhin eine Unterhose). Es scheint, daß die Götter in der Wirklichkeit

keine anhaben, wenigstens ihre Statuen nicht. Warum hat ihnen der Konservator des Museums welche verpaßt? Das ist ein Geheimnis. Da muß was drin versteckt sein. Ein schmaler Rasenstreifen trennte mich von dem Kunstwerk. Nachdem ich einen Blick in die Runde geworfen hatte, aber nein, niemand da, lief ich darüber hinweg, über diesen Streifen, und stand mit der Nase vor den Waden des göttlichen Athleten. Ich versuchte sie abzulecken. Aber sie waren aus Gips und nach einiger Zeit hatte ich einen Geschmack nach etwas vertrocknetem, stark entrahmtem weißem Käse im Mund. Ich ging wieder auf den Kiesweg zurück und wählte einige Schritte weiter einen Herkules im Farnesestil. Dieser hatte Spazierhölzer aus Marmor. Ich stieg wieder über den Rasen. Ein Rundblick. Nein, niemand. Fängt ein wenig zu regnen an. Ganz kleine Tropfen. Ich neige den Kopf, drücke meine Lippen auf die große Zehe des Helden und lege meine Wange auf seinen Mittelfuß. Vor meinem Auge fällt ein Wassertropfen auf den halbgöttlichen Fuß. Ich öffne ein wenig den Mund, schiebe meine Zunge vor und verreibe den wohltuenden Tau auf der göttlichen Wellenlinie, die vom Ansatz der einzelnen Zehen gebildet wird. Andere Wassertropfen fallen, ich annektiere sie. Und alles ist frisch und köstlich. Ich erforsche die interdigitalen Grübchen und poliere mit meinem Speichel die von Glykon sorgfältig herausgearbeiteten Zehen dieses Mastodons der Mythologie, dessen kraftstrotzende Muskulatur mir imponierte. Die Quanten genügten mir nicht mehr.
Es regnete immer stärker. Nach wie vor niemand im Park. An den Fenstern des Museums kein Späher. Mit einem kleinen (kindlichen) Klimmzug schwang ich mich auf den Sockel, und schon stand ich der Statue Nase an Nase gegenüber. Ich umschlang sie mit meinen Armen und preßte mich fest an sie, aber ich empfand nichts Besonderes. Ihre Augen

waren leer, und es sah aus, als mache der Regen sie weinen. Ich hauchte ihr ins Ohr:

– He, hast du Angst vor mir, kleiner Barnabé Pudge, hast du Angst vor mir?

Aber es war wirklich nur Marmor in Unterhosen. Meine erregte Phantasie beruhigte sich allmählich, und ich schickte mich an, wieder hinunterzusteigen, als ich eine Stimme hörte, die ohne Lachen zu mir sagte:

– Passen Sie auf, daß Sie nicht fallen, Mademoiselle.

Erschreckt klammerte ich mich nur noch fester an meinen Farnese und wagte nicht, den Kopf umzudrehen.

– Haben Sie die Absicht, noch lange da oben zu bleiben? fuhr die Stimme fort. Soll ich Ihnen einen Stuhl bringen, damit Sie heruntersteigen können?

Da sie meckerte, diese Stimme, vermutete ich, daß es die eines Alten war; da sie nicht ironisch klang, vermutete ich, daß der besagte Alte Verständnis hatte; ich schloß daraus, daß ich nichts zu befürchten hätte und daß ich nicht einem Schmutzfinken in die Hände fiele, der meine strafbare Situation ausnützen würde, um meine Reize zu mißbrauchen und unzüchtige Handlungen an mir zu begehen, wie etwa mich an den Haaren ziehen oder pengpeng auf meinen Popo machen. Ich drehte mich also um und erblickte das, was ich vermutet hatte, nämlich einen der Museumswächter, einen tattrigen Greis (was heißt »tattrig« eigentlich genau? Ich werde nachher einmal im Worterbuch nachsehen müssen), den ich übrigens vom Sehen kannte (und er mich auch vielleicht, es ist natürlich nicht das erste Mal, daß ich ins Museum gehe, aber bisher hatte ich es noch nie gewagt, die Skulpturen anzufassen) und der weiße Haare unter seiner Mütze trug und Orden auf seinem Gehrock. Ob er diese Orden im Dienste Englands oder unseres heimatlichen Erins erworben hatte, war mir völlig wurscht.

– Guten Tag, Monsieur, sagte ich in einem Ton, der mir ganz natürlich vorkam.
Aber in diesem Augenblick dämmerte mir, daß ich eigentlich einen recht albernen Eindruck machen mußte, wie ich mich hier im Regen an diesen Grobian aus Marmor klammerte. Ich wurde rot vor Ärger.
– Guten Tag, Mademoiselle, antwortete der Ahne sehr höflich. Wie wollen Sie denn da herunterkommen? Warten Sie, ich werde Ihnen einen Stuhl holen.
Er war hartnäckig, der Süße. Für wen hielt er mich denn? Ich trennte mich von meinem Herkules und mit einem anmutigen Sprung landete ich in einer kleinen Pfütze mitten in der Allee, wobei ich den alten Deppen gehörig bespritzte. Während er sich abputzte, teilte er mir seine Bewunderung mit:
– Das Fräulein springt aber mal gut, sagte er. Das Fräulein springt aber mal gut. Sie sind sicherlich eine Sportlerin.
Ich wußte nicht recht, was ich ihm antworten sollte.
Nachdem er sich das Gesicht abgewischt hatte, steckte er sein Taschentuch wieder in die Tasche, brach seine heuchlerischen Lobgesänge ab und fragte mich kaltschnäuzig, wobei er mir fest in die Augen sah:
– Na, ist er von nahem schöner, der Herkules? Unter der Lupe?
– Wissen Sie, ich bin sehr kurzsichtig, hielt ich zu antworten für schlau.
Ein sturmverheißendes Zittern lief über seine graubehaarten Hände. Es regnete immer noch, und immer noch fragte mich der Wächter aus.
– Interessieren Sie sich für die Muskeln?
– Nein, eher für die Mythologie.
– Denn wenn Sie mal ein paar Muskeln befühlen wollen, brauchen Sie nicht erst auf den Sockel zu klettern. Da, greifen Sie da mal dran.

Er winkelte den Arm an, damit ich seinen Bizeps betaste. Aber nichts dergleichen tat ich.

– Ohne Interesse, murmelte ich.

Ein wenig Haß verfärbte seinen Blick. Er ging mir jetzt langsam auf den Wecker, dieser Heini, und ich bekam sogar Angst vor ihm. Was sollte ich tun, wenn er mich berühren würde? Wir waren allein in diesem vom vorigen Herbst gerupften Park, den der Frühling noch nicht wieder zum Grünen gebracht hatte. Aber hatte ich wirklich Angst vor diesem Heini? Ich betrachtete ihn unparteiisch. Nein. Mit einem einzigen Nasenstüber hätte ich dieses Wrack in den Dreck gelegt.

Aber er wollte mich einschüchtern.

– Mademoiselle, Sie wissen doch, daß es strengstens verboten ist, auf den Boden zu spucken, Hunde in den Saal der holländischen Meister mitzubringen, sich an die Vitrinen zu lehnen und sich auf die Sockel der Statuen zu schwingen. Jede Person, die sich einer Übertretung dieser Verbote schuldig macht, erhält zur Strafe fünf bis fünfundzwanzig Hiebe mit einer neunschwänzigen Katze.

Auch so einer, der an nichts anderes denkt, sagte ich mir. Er erinnerte mich an meinen Vater. Übrigens, was mochte der denn eigentlich treiben? Vielleicht hatte er die Schachtel Streichhölzer noch nicht gefunden? Genau besehen waren wir ihn gut losgeworden zu Hause. Gewiß, wäre er dagewesen, wäre Joel bestimmt kein Trinker geworden. Aber seit Papa weg war, hatte ich wenigstens einen ruhigen Hintern gehabt. Das wog das andere bei weitem auf.

Während diese Gedanken (wenn ich so sagen darf) mit der Geschwindigkeit eines von einer Vollblutbremse gepeinigten Vollblutpferdes durch meine kleine (unsterbliche) Seele schossen, hatte der Satyr der Schönen Künste den Versuch unternommen, seine frevlerischen Hände auf verschiedene Stellen meines Regenmantels zu legen. Einfach unglaublich, wie wenig ich mich davon angeregt fühlte. Ich fand es also zwecklos, daß er weitermachte; um ihn davon zu überzeugen, drehte ich ihm den Arm nach hinten, wobei ich ihm mit dem Absatz einen Tritt vors linke Schienbein versetzte und ihm die Zehen des rechten Fußes zerquetschte.

Ich ließ ihn am Boden liegen, wo er seinen Meditationen nachhing. Dann sagte ich dem Museum Lebewohl und begab mich zu Baoghal. Da ich aber doch etwas aufgeregt war, empfand ich das Bedürfnis, ein kleines Geschäft zu verrichten, und stattete Tante Patricia, die noch erstaunter war als das erste Mal, einen sehr kurzen Besuch ab. Es sollte ein ereignisreicher Tag werden: Meve, das Dienstmädchen Madame Baoghals, teilte mir mit, daß der Meister und seine Frau nach Sligo gefahren waren, um eine Urgroßtante zu beerdigen. Ich blieb ganz verwirrt auf dem Treppenabsatz stehen und wußte nicht, was ich tun sollte.

– Sie können trotzdem ein bißchen reinkommen, Mademoiselle, sagte Meve.

Sie ist sehr nett und sehr liebenswürdig, Meve. Sie kommt aus der Connemara und spricht ebenso gut Gälisch wie Englisch. Sie spricht sogar besser Gälisch als Baoghal selber. Sie dient ihm ein bißchen als Wörterbuch. Er konsultiert sie häufig, aber ganz insgeheim. Die Tatsache, daß ich ihr allein gegenüber stand, ließ in meiner kleinen (unsterblichen) Seele den Gedanken aufkommen (wenn ich so sagen darf), sie nach dem Sinn des Satzes zu fragen, den mein Bruder heute morgen gesagt hatte, doch da ich befürchtete, daß er (der Satz) sehr schmutzig sei, hielt ich es für gut, zuvor noch ein kleines Schwätzchen mit der Kleinen zu halten, um so mehr, als es aussah, als sei sie dem gar nicht abgeneigt.

– Vielleicht, antwortete ich. Ja. Sehr gern ...

– Wollen Sie sich einen Augenblick im Arbeitszimmer ausruhen?
Dort bekam ich meine Stunden. Wir traten ein.
Es war alles schön aufgeräumt, und jedes Buch stand an seinem Platz. Der an den Schreibtisch des Meisters gerückte Sessel schien mir besonders leer. Der andere Schreibtisch, der Madame Baoghals, war mit einer Art Möbelüberzug bedeckt, eine Herausforderung an die Neugierde, eine regelrechte Provokation. Ich kannte die Werke Madame Baoghals nicht, ich starb auch nicht vor Verlangen, sie kennenzulernen, aber da ich sie ständig hier in der Ecke sitzen sah, ihre Pinsel und ihre Farbtöpfe handhabend, war ich schließlich neugierig geworden.
Meve, die mich beobachtete, führte mich mit harmlosem Gesicht zu Madame Baoghals Arbeitsecke.
– Die Chefin tut sehr geheimnisvoll, sagte sie. Sie versteckt alles. Nicht nur ihre Klecksereien, sondern auch den Zucker und die Butter.
Sie lachte neckisch und komplizenhaft, was mich ein wenig genierte.
– Wissen Sie, Mademoiselle, diese Art Schweinerei, die Madame Baoghal während der spiritistischen Sitzungen aus dem Ohr kommt, die präpariere ich. Das macht mir am meisten Spaß hier. Monsieur Baoghal jedenfalls ganz bestimmt nicht.
Sie spielte nachlässig mit dem Wachstuch, das die Malutensilien Madame Baoghals bedeckte.
– Vielleicht möchten Sie die Werke der gnädigen Frau einmal sehen? fuhr sie mit einer Unverschämtheit fort, die mich erröten ließ. Ich bin sicher, daß Sie sie nicht kennen. Nur der gnädige Herr hat sie gesehen – und ich.
Mit einer jähen Bewegung hob sie das Tuch ab.
– So kommen Sie doch her, Mademoiselle.

Ohne Schüchternheit ging sie mit den Gegenständen um, die auf dem Tisch lagen, und hielt mir eine der Miniaturen hin.

– Die hier zum Beispiel, sehen Sie sich die mal an, sagte sie. Wie es scheint, ein Bewohner des Planeten Ceres. Ein reiner Geist.

Ich trat heran, um einen Blick darauf zu werfen, aber ich rührte das Bild nicht an.

– Ach! machte ich, nachdem ich es gesehen hatte.

Es stellte einen nackten Mann dar mit Flügeln am Rücken und sonderbaren Attributen zwischen den Beinen.

– Gut gemalt, wie? machte Meve mit Kennerton.

– Eine komische Phantasie, murmelte ich.

– Was? Das da?

Sie zeigte auf die Flügel.

– Nein, das da, antwortete ich.

– Oh, das! Ob die Geister nun vom Saturn kommen oder vom Jupiter oder von sonst wo, die Chefin vergißt nie, ihnen jedesmal ein anständiges Paar zu verpassen. Und wissen Sie, es ist verdammt gut gemacht, fügte sie hinzu und näherte das Bild ihren Augen, es ist genau bis in die kleinsten Einzelheiten.

Sie legte die Miniatur hin und nahm eine andere.

– Ah, der da, sagte sie, das ist Napoleon im Exil auf dem Planeten Neptun. Er ist im Exil, weil er sich von den Engländern schlagen ließ.

Diesmal nahm ich den Gegenstand in die Hand und betrachtete ihn aufmerksam. Man mußte wirklich zugeben, daß es sehr gut gezeichnet war. Napoleon glich sich aufs Haar, mit seinem kleinen Hut; im übrigen war er wie der vorhergehende vollkommen nackt, und seine unteren Attribute waren ganz eindeutig voluminöser als die des andern. Zweifellos war es in der Vorstellung Madame Baoghals ein

Unterscheidungsmerkmal, ein Rangabzeichen vermutlich, wie die Epauletten oder die Tressen.
Ich verlor mich in träumerische Betrachtungen über die menschliche Eitelkeit, als ich plötzlich spürte, wie sich Meves Körper an mich schmiegte.
– Der Chefin macht das sehr zu schaffen, sagte sie.
– Was denn?
– Das da.
Während sie mit dem Finger auf das Ding zeigte, legte sie ihren anderen Arm um meine Taille. Da sie viel kleiner ist als ich, lehnte sie mit ihrer Wange an meiner Brust. Es war angenehm, aber schließlich war sie weder meine Mutter noch meine Schwester.
– Das ist alles sehr sonderbar, stieß ich ernsthaft hervor.
Ich gab Meve den Gegenstand zurück, und obgleich ich befürchtete, ihr Kummer zu bereiten, machte ich mich sanft von ihr frei. Schweigend brachte sie alles wieder an seinen Platz.
– Meve, fragte ich sie schüchtern, können Sie mir sagen, was dieser Satz bedeutet: *Cuir amach do theanga?*
– Streck deine Zunge raus, antwortete sie, ohne mich anzusehen.
– Ist das alles?
– Ja. Was soll es denn sonst noch heißen?
Sie machte jetzt ein trotziges Gesicht. Wir gingen wortlos auseinander.
Nach diesem ausgefüllten Morgen ging ich nach Hause zum Lunch.

18. März
Padraic Baoghal ist von der Beerdigung zurückgekommen. Während des Unterrichts mußte ich immer wieder zu seiner

Frau hinsehen, zu oft sogar, wie mein Lehrer bemerkte. Sie war fleißig und arbeitete methodisch.
Das hat mich ganz nachdenklich gemacht.
Meve ist sehr höflich zu mir. Sie schlägt die Augen nieder, wenn sie mir die Tür öffnet.

19. März
Ich habe nur drei Freundinnen: meine Schwester Mary, Arcadia O'Cear und Pelagia Mac Connan. Arcadia und Pelagia sind gestern zum Tee zu uns gekommen. Wir haben uns kleine Geheimnisse anvertraut: Arcadia sagte, sie sei in George Connan O'Connan verliebt, und Pelagia sagte, sie sei in Padraic O'Gregor Mac Connan verliebt. Ich sagte, ich sei in Baoghal verliebt. Sie haben es geglaubt.
Dann sprachen wir ein paar Worte über weibliche Frivolitäten: So hat Arcadia am Tag vor ihrer Regel immer heftige Koliken, Pelagia dagegen leidet eher an Verstopfungen. Anschließend haben wir von der Unsterblichkeit der Seele und von antiker Bildhauerei gesprochen. Zum Schluß haben wir uns fest vorgenommen, eines Tages nach Paris zu fahren, um die Galeries Lafayette zu besuchen und ein Nachtkabarett mit Zigeunern, wo Herren mit Monokel und weißer Hemdbrust prassen.

21. März
Um den Frühlingsanfang zu feiern, hat Joel ein achttägiges »batter« beschlossen, das heißt, daß er sich mit zwanzig Flaschen Whisky und zwei kleinen Fässern Guinness von je einem Bouishayoul, nach metrischem System etwa zweiundsiebzig Liter, sieben Deziliter und zwei Zentiliter Bier, in sein Zimmer eingeschlossen hat. Ich gebe diese Einzelheiten, weil ich kein entsprechendes französisches Wort kenne. Zweifellos ist diese Sitte in Frankreich unbekannt.

Ich werde Monsieur Presle schreiben, um seine Meinung darüber zu hören, aber ich werde ihm nicht eher schreiben, bis er mir geschrieben hat.
Seine Nachlässigkeit empört mich.

28. März
Joel hat heute sein »batter« beendet. Mama war darüber so froh, daß sie ein großes Festessen gerichtet hat. Joel ist erst zum Abendessen heruntergekommen, schlecht rasiert, aber sehr lustig. Wir haben Heringe mit Ingwer gegessen, Speck mit Kohl, einen Laib Käse von zehn Pfund und eine Algentorte. Wir haben hübsch getrunken, wir haben im Chor gesungen, wir haben Mama gegen Mitternacht ins Bett gebracht, weil ihr schwindlig wurde, und dann haben wir bis drei Uhr morgens weiter gelacht und Limericks aufgesagt. Je weniger ich die Limericks verstehe, um so hübscher finde ich sie. Einen habe ich behalten, den Joel aufgesagt hat:

Der Krämer Michel sagt es nicht allein
Für einen Mann muß die Melone himmlisch sein
Ein zarter Knabe aber ist das Hauptvergnügen
Die Frau hingegen dient zum Kinderkriegen…

Es ist zwar völlig zusammenhanglos, aber gerade das gefällt mir dabei.

29. März
Heute morgen bin ich sehr früh wach geworden und in die Küche runtergegangen, um mir eine Tasse Kaffee kochen zu lassen. Mary ist mir gleich nachgekommen.
– Schon auf? fragte ich sie. Hast du schlecht geschlafen?
– Rate mal, was ich getan habe.
– Hast du die Liste mit den Sowjetrepubliken auswendig gelernt?
– Nein. Hast du gestern abend nichts bemerkt?

– Du warst etwas besoffen.
– Keineswegs. Hast du nicht bemerkt, daß ich mal fünf Minuten weg war?
– Na und? Ist das so verwunderlich?
– Nein, nicht das, was du vielleicht geglaubt hast. Mir war eine Idee gekommen.
– Dir?
– Ja, mir. Ich habe mir gedacht, daß Joel nach seinem »batter« den Schmöker, der dich so wahnsinnig interessiert, wohl nicht gut versteckt hat.
– Das ist wahr, ich habe gar nicht mehr daran gedacht.
– Ich bin also schnell in sein Zimmer raufgegangen, und was sehe ich da zwischen zwei Flaschen *stout* auf dem Boden liegen? Dein Buch! Na, nicht auf den Kopf gefallen, die Sister.
– Hast du es an dich genommen?
– Ja, ich habe sogar die ganze Nacht darin gelesen.
– Und?
– Und? Es ist wahnsinnig interessant.
– Gib es mir.
– Ich weiß nicht, ob ich dir...
– Dumme Ziege. Gib es mir.
– Ich glaube nicht, daß...
– Mach bloß und gib es mir. Mrs. Killarney kam herein.
– Oh, Mistress Killarney, sagte Mary und machte ein sehr ernstes Gesicht, erzählen Sie uns doch bitte, was da neulich mit den Marmeladentöpfen passiert ist.
– Mit welchen Marmeladetöpfen denn?
– Aber ja. Und mit Joel.
– Ich weiß nicht, was Sie meinen, sagte Mrs. Killarney würdevoll.
Ich gab Mary unterm Tisch einen Fußtritt, ich war sicher, daß sie eine Dummheit machte, aber was für eine.

Nun erschien auch Joel auf der Bildfläche.
– Macht ihr einen Radau, sagte er schroff.
Mit stierem Blick starrte er Mrs. Killarney an, die ihm, über die röstenden Toasts gebeugt, den Rücken wandte.
– Wie kann man bloß zu einer solchen Zeit aufstehen, fügte er etwas leiser hinzu.
Ich betrachtete ihn von Kopf bis Fuß. Unterwegs war ich überrascht, als ich feststellte, daß er vielleicht genauso beschaffen war wie Madame Baoghals Geister.
Ich habe das immer noch nicht richtig mitgekriegt.

31. März
Mary weigert sich, mir Monsieur Presles Buch zu geben. Wir haben großen Krach miteinander und schreien uns an.

2. April
Nichts zu machen. Das kleine Luder. Ich habe das Zimmer durchsucht. Im Erfinden von Verstecken ist sie genauso verschlagen wie Joel, denn ich bin nicht rangekommen (an das Buch). Kann ein sechzehnjähriges Kind doch dumm sein. Zu denken, daß ich einmal in diesem Alter war. Und daß ich in vierzehn Tagen achtzehn Jahre alt werde.

3. April
Außerdem ist mir dieser blöde Schmöker auch vollkommen schnuppe.

5. April
Barnabé getroffen. Nur ein paar Höflichkeitsfloskeln ausgetauscht. Ob er mich immer noch geheimnisvoll findet?
Jedesmal, wenn ich jetzt einen Mann ansehe, finde ich die Eigentümlichkeiten eines reinen Geistes an ihm. Nicht etwa, daß er Flügel trägt, nein. Aber das andere. Wenn man ge-

nau hinsieht, macht sich ihre Geistigkeit mehr oder weniger deutlich, mehr oder weniger kräftig bemerkbar. Ich gehe von Entdeckung zu Entdeckung. Sogar ein Blick, ein ganz einfacher Blick, kann bei einem Herrn eine bis dahin latente Geistigkeit erwecken. Das ist doch höchst seltsam. Trotzdem darf mein Blick nicht ständig über die Hose der Mitbürger schweifen, sonst wird es am Ende noch eine Obsession, und ich versinke in eine Art Mystizismus mit Phalluzinationen. Ich muß auch an die Materie denken: an den Marmor, die Bronze, an alle harten und glatten Stoffe, die für die Kunstwerke verwendet werden.
Sieh an, da kommt mir der Gedanke, mal wieder ins Museum zu gehen. Bisher habe ich mich nicht mehr getraut. Wovor fürchte ich mich denn? Ich werde mich doch nicht ins Bockshorn jagen lassen von einem übereifrigen Wächter. Morgen werde ich hingehen. Wetten?

7. April

Nach dem Lunch verließ Mama das Zimmer, und Joel machte sich dünne. Ich blieb mit Mary allein, die, heimtückisch wie sie ist, so tat, als lerne sie die Liste mit den verschiedenen unabhängigen Staaten Indiens auswendig. Ich bin wirklich schwer von Begriff: Joel hat doch nur deshalb noch keinen Mordskrach geschlagen, weil Mary ihm sein Buch gar nicht geklaut hat. Sie hat geblufft, das dumme Gänschen. Ich sage kein Wort, stehe auf und lasse sie mit ihren indischen Fürstentümern allein.
Ich bin also zum Museum gegangen, und ich hatte mir das derart in den Kopf gesetzt, daß ich vor dem Eingang nicht einen Augenblick gezögert habe. Ich bin hineingegangen. Ich habe die Halle durchquert. Die Wächter haben mich nicht einmal angesehen, mein Verfolger war nicht da.
Ich bin in den Park gegangen. Kein Mensch zu sehen. Die

Statuen standen alle an ihrem Platz, aus Gips, Bronze oder Marmor, die einen in Unterhosen, die andern mit mächtigen Rebenblättern aus Zink. Die Bäume sahen nicht mehr so abgestorben aus, die Knospen grünten, das Wetter war schön.

Ich blieb plötzlich stehen, ich hatte gespürt, daß jemand in meiner Nähe war, ich drehte den Kopf und sah Barnabé Pudge, der zwar albern, aber tollkühn lächelte, als wenn ich plötzlich gar nicht mehr geheimnisvoll für ihn wäre.

Ich begann zu lachen.

– Liebe Mademoiselle Mara, sagte er zu mir, ich sehe nicht, was es zum Lachen gibt.

– Das da, sagte ich.

Ich zeigte mit dem Finger auf einen Mann, den ich gerade entdeckt hatte und der hinter dem Sockel einer Statue ein kleines Stückchen seiner Mütze zeigte. Der Wächter von neulich.

– Ich sehe nicht recht, sagte Barnabé, was an diesem alten Mann zum Lachen ist.

– Ich auch nicht, entgegnete ich. Ich machte kehrt und ging wieder hinaus, zur Verwunderung derer, die mich eine Minute vorher hatten eintreten sehen.

Immerhin, ich war wieder im Museum gewesen.

Ich befand mich von neuem in der West Merrion Street, mit Barnabé auf den Fersen.

– Sie sind doch nicht etwa meinetwegen weggegangen? Sie waren doch gerade erst gekommen.

– Und Sie?

– Ich? Gekommen? Ich ... ich ...

Er war mir nachgelaufen, der Simpel.

Was sollte ich jetzt mit ihm anfangen? Ich war zwar im Museum gewesen, aber ich war nicht an meine Statue rangekommen. Ich glaube, diesmal hätte ich mir eine mit einem

Zinkblatt ausgesucht. Ein Glück, daß Barnabé da war, denn dieser Schweinekerl von Wächter hatte mich kommen sehen. Barnabé ahnte nicht, daß er mir eine Gefälligkeit erwiesen hatte, es tat ihm äußerst leid, daß er meinen Kunstbesuch unterbrochen hatte, das sah man ihm an.

– Gestatten Sie, daß ich Sie begleite, Mademoiselle?

Die Formel wußte ich zu schätzen. Das war gut gewählt.

– Aber ich gehe nirgends hin, sagte ich in aller Offenheit.

– Ah! machte er.

Ich beobachtete ihn aus den Augenwinkeln. Sehr ergötzlich, einen Mann zu betrachten (einen Knaben vielmehr), der im Begriffe ist, einen Entschluß zu fassen. Am Museumseingang standen die Wächter auf der Türschwelle und sahen aufmerksam nach uns hin.

– Wie wär's mit einem kleinen Spaziergang in den Phoenix Park?

Das gefiel mir nicht sonderlich. Eine endlose Straßenbahnfahrt. Ein Taxi würde er mir ja doch nicht anbieten.

– Ja, sagte ich.

– Mögen Sie den Phoenix Park nicht?

– Oh, doch.

Wir könnten den Zoo besichtigen.

– Das ist eine Idee.

– Mögen Sie die Tiere nicht?

– Oh, doch.

Wir gingen in Richtung Gregson Street.

– Ich glaube, was anderes wäre Ihnen lieber, sagte Barnabé.

– Aber nein, aber nein.

Während ich neben ihm herging oder besser, während ich ihn neben mir hergehen ließ, dachte ich an den Wächter aus der National Gallery: Er hatte mich gleich erspäht, dieser üble Knülch. Ich überlegte gerade, wie ich ihm einen Possen spielen könnte, einen Schabernack, einen tollen Streich, als mir einfiel, daß er es eigentlich war, den es gelüsten mußte, sich an mir zu rächen. Ich hatte ihm wohl sehr weh getan, neulich.

– Sie sehen so nachdenklich aus? Ich bitte Sie noch einmal um Entschuldigung, daß ich Sie bei Ihrem Besuch gestört habe. Ich war halt gerade da und habe geglaubt, es sei mir erlaubt …

Wir gelangten in die Gregson Street. Ich wäre gern vor den Läden stehengeblieben, um mir die Auslagen anzusehen, aber mein Gefährte hätte vielleicht geglaubt, ich wolle mir was kaufen lassen, was ihn vermutlich in eine unangenehme Lage gebracht hätte, da er sicherlich nicht viel Taschengeld hat: Man brauchte ihn ja bloß anzusehen.

– Zum Phoenix Park ist es sehr weit, sagte ich. Mir sind lange Straßenbahnfahrten zuwider.

– Ich verabscheue dieses Transportmittel durchaus nicht …

Ich warf ihm einen Blick zu: Er machte auf einmal ein pfiffiges und gewecktes Gesicht. Ich verstand sofort: Er schickte sich an, mir eine galante Rede zu halten. Ich unterbrach ihn und fragte rundheraus:

– Haben Sie es weit zu Monsieur Baoghal?

– Nicht sehr, ich gehe übrigens immer zu Fuß.

– Gehen Sie gern spazieren?

– Furchtbar gern, Mademoiselle.

Wollte dieses Hurenkind mir nun endlich sagen wo es wohnte oder nicht? Damit ich was über seine gesellschaftliche Situation erfahre und was er mir bieten kann. Ich bin nämlich nicht auf Rosen gebettet: Meine Mutter ist eine alleinstehende Frau, die von ihrem Mann verlassen wurde, sie hat drei Kinder großzuziehen, und der Gewinn vom Sweepstake ist schon ganz schön zusammengeschmolzen. Aber das band ich ihm nicht alles auf die Nase.

– Gehen Sie oft in den Phoenix Park?

– Ja, oft, ich wohne ganz in der Nähe.
– Ach was, wo wohnen Sie denn?
Die Frage war gar nicht übel, um das zu erfahren, was ich wissen wollte. Ziemlich direkt.
– Hinter der Sankt-Katharina-Kirche. In Hambury Lane.
Ein armer Schlucker also, wie ich gleich vermutete. Aber so viel Geld hätte er doch wohl, um mir das Kino zu bezahlen. Ich schlug ihm also vor, in den Shamrock Palace zu gehen, wir kamen gerade dran vorbei, es wurde *Blonde Bombshell* mit Jean Harlow gespielt. Vor dem Eingang hing ein großes Photo von ihr: Was für ein schönes Weibsbild!
– Glauben Sie, daß ich Sie in diesen Film führen darf?
– Wird er etwa von der Kirche mißbilligt?
– Ich habe diese Woche den Anschlag in der Sankt-Jakobs-Kirche gesehen: Es ist ein Film, der sogar für Erwachsene verboten ist.
Nachdem er seinen Speichel runtergeschluckt hatte, fügte er noch hinzu:
– Wenn wir reingehen, wird man uns für Evangelische halten.
– Das ist ja eine schöne Bescherung, rief ich aus.
Ich gehe nicht sehr oft ins Kino. Nun bot sich einmal die Gelegenheit, der Film versprach amüsant zu sein, die Schauspielerin war schön wie die Venus Kallipygos (ich weiß nicht weshalb, aber es gibt im Museum keine Kopie von dieser Statue), und da sollte ich ausgerechnet wegen dem Pfarrer von Sankt Jakob drauf verzichten. Dabei gehe ich nicht einmal dorthin in die Messe.
Barnabé, durch meine letzte Bemerkung etwas schockiert, machte einen ganz unglücklichen Eindruck. Mit irrem Auge und hochgezogener Braue suchte er wohl in seinem kleinen Pfarrkindskopf nach Argumenten. Passanten drehten sich nach uns um und machten sich über unser Zögern lustig.

– Ich gehe rein, sagte ich.
Ich ging zur Kasse hin, wobei ich meine Handtasche öffnete und so tat, als suchte ich nach Kleingeld. Barnabé sprang herbei, verlangte zwei Orchestersitze, und ein kleines Licht führte uns an unsere Plätze. Die Wochenschau: der 6. Februar in Paris. Was für eine schöne Stadt! Ich reiße die Augen auf, um zu sehen, ob Michel Presle unter den Demonstranten ist, aber es geht zu schnell. Wie ich ihn kenne, hat er sich bestimmt aus der Sache rausgehalten. Trotzdem freue ich mich, daß ich Paris-Lumière gesehen habe.
Barnabé kauft mir ein Eis am Stiel. Wir lutschen. Es ist gut. Es ist fest und eiskalt wie die große Zehe einer Marmorstatue an einem Wintertag im Regen.
– Würden Sie nicht mal gern nach Paris fahren? Diese Frage stelle ich.
– Was für ein Land! antwortet er. Haben Sie diesen Krawall gesehen?
– Hier ist es noch toller zugegangen.
– Das gehört der Vergangenheit an! Jetzt werden ruhige Tage kommen. Wir haben unser Gleichgewicht gefunden.
– Ich kümmere mich nicht um Politik, und ich würde gern mal nach Paris fahren. Oh, die Galeries Lafayette, der Bon Marché, das Printemps, die Bouillons Chartier, die Fontaines Wallace, die Bettler unter den Brücken, die Droschken, die Schlachthäuser, die Gare Saint-Lazare, die Gräben von Vincennes, der French-Cancan. Oh, Paris!
Ich schwieg, denn der Hauptfilm hatte gerade angefangen. Was für eine schöne Person, diese Jean Harlow! So möchte ich auch sein! Hüften! Brüste! Mein Gott! Ist sie schön!!! Und dazu ein flotter Gang! Ein katapultierender Blick!!! Duftiges Haar!!! Verflixt, hätte Monsieur Presle gesagt, diese Puppe ist einfach dufte!!! Dazu war der Film noch lustig! Ich mußte die ganze Zeit über lachen, und sehr laut!!!

Es ist wirklich eine ganz fabelhafte Erfindung, das Kino!!! Um Barnabé zu danken, daß er mich in diesen Film geführt hat – gewiß, ein wenig unter Druck und gegen seinen Willen, aber immerhin, er hatte mir das Kino bezahlt, und ich war ihm Dankbarkeit schuldig –, wollte ich mich durch eine kleine, freundschaftliche Geste erkenntlich zeigen, ihm zum Beispiel sanft den Unterarm streicheln, es wäre doch nett gewesen. Aber ich habe mich etwas dumm dabei angestellt und meine Hand auf seinen Schenkel gelegt. Zuerst merkte ich es gar nicht und schob meine Hand höher hinauf zu dem, was ich für seinen Ellbogen hielt. Aber anstatt nun auf das zu stoßen, was die Pariser seltsamerweise den Judenknochen nennen, geriet ich an ein zusätzliches Glied: keine Flügel, sondern tatsächlich der dreieinige Schmuck der reinen Geister Madame Baoghals. Ich schloß daraus, daß die Geistigkeit bei den modernen Männern viel verbreiteter ist, als man gemeinhin annimmt, und daß – trotz meiner Neigung zum Atheismus – die Seele vielleicht doch unsterblich ist und beim Tode hart wird, um in den Himmel zu fliegen oder die Hölle zu durchbohren, so wie sie unter dem Druck einer fleischlichen Faust steif wird.

Auf der Leinwand schickte sich Jean Harlow im Badeanzug an, ins Wasser zu springen. Man sah sie von hinten, sie näherte sich langsam mit ausgestreckten Armen dem Wasserspiegel und die Rundung ihres Hinterteils füllte plötzlich die Leinwand mit ihrer pausbäckigen Dualität. Barnabé stieß einen herzzerreißenden Seufzer aus, ergriff meine Hand und warf sie heftig zu mir zurück. Hinter uns machte jemand: »Psst!«

Ich konnte die Gereiztheit meines Gefährten nicht verstehen. Was hatte ich denn getan, um ihn zu kränken? Ich fragte es mich. Es machte mich verlegen, ängstlich und ärgerlich zugleich. Ich fand am Schluß des Films keinerlei Vergnügen.

Am Ausgang machte mir Barnabé nicht einmal das Anerbieten, mich nach Hause zu begleiten. Er hatte seinen Hut in der Hand und hielt ihn gegen seinen Unterleib; er sagte höflich auf Wiedersehen zu mir und ging weg. Ich sah, wie er sich entfernte; er hatte immer noch seinen Hut in der Hand und hielt ihn gegen seinen Unterleib; sein Gang war ohne Anmut. Ich verstehe wirklich nicht, was los ist...

10. April

Joel ist auf dem Gepäckträger des Motorrads von Timoleon Mac Connan, dem Sohn des Dichters, für vierzehn Tage weggereist. Ich hoffe, daß Joel nicht das Gleichgewicht verliert und aufs Maul fällt. Sie wollen zuerst nach Cork fahren und dann über Limerick und Kildare zurückkommen. Um sechs Uhr heute morgen sind sie aufgebrochen. Es hat geklingelt, davon bin ich wach geworden. Ich ging öffnen: Es war Timoleon, der meinen Bruder abholen wollte; er war ganz in Leder gekleidet, von den Stiefeln bis zum Sturzhelm, die Brille hatte er auf die Stirn geschoben. Das Motorrad, eine sehr schwere Maschine, sprühte in der Morgendämmerung tausend Feuer.

– Ist Joel fertig? fragte mich Timoleon, ohne mir überhaupt guten Tag zu sagen.

– Ich werde ihm Bescheid sagen. Wollen Sie nicht reinkommen?

– Das will ich meinen. Hätten Sie nicht einen kleinen Schluck Whisky für mich? Ist ja eine Hundekälte draußen.

– Aber doch, aber doch, kommen Sie bloß rein. Ich setzte ihn vor eine Flasche und ging Joel wecken.

– Scheiße, machte er, laß mich in Frieden.

Ich schüttete ihm eine Kanne Wasser über die Haare.

– Timoleon wartet auf dich.

– Wie spät ist es denn?

– Sechs Uhr.
– Das hättest du mir früher sagen sollen, knurrte er.
Ich ging wieder hinunter, um Timoleon Gesellschaft zu leisten. Er hatte bereits ein Drittel der Flasche geleert. Ich fragte ihn:
– Können Sie überhaupt noch geradeaus fahren?
– Ich sehe schon, machte er. Sie sind auch eine von denen, die Moral predigen. Schülerin von Pater Matthew oder von Matt Talbot?
– Och, ich habe das nur so hingesagt.
– Man sieht Sie nicht oft.
– Wo?
– Gehen Sie nicht mehr in die Sporthalle?
– Nein, ich habe den Sport aufgesteckt.
– Wegen Padraic Baoghal?
– Ja.
– Und wegen Barnabé?
Ich sagte nichts.
– Dieses Arschloch, fügte er hinzu.
Ich zuckte die Achseln.
Er zuckte ebenfalls die Achseln und wiederholte darauf:
– Dieses Arschloch.
Dann fragte er mich, weshalb ich nie zu den Schwestern Mac Adam tanzen ginge. Sie gaben jeden Samstag eine Party. Offen gestanden wußte ich nichts davon. Weder Pelagia Mac Connan noch Arcadia O'Cear hatten mir je davon erzählt. Auch Joel nicht.
– Ich tanze nicht gern, gab ich zur Antwort. Er zuckte wieder die Achseln.
Timoleon sieht von Person gar nicht schlecht aus, aber er ist nicht mein Typ. Er goß sich eine neue Dosis Whisky ein. Ich machte ihn darauf aufmerksam, daß er leicht gegen einen Baum fahren könnte, wenn er so weitersoff.

– Sie können beruhigt sein, daß ich nie ein Mädchen wie Sie heiraten würde, gab er zurück. Ich bedauere den Jungen, der Sie einmal zur Frau kriegt. Sie sind ja unausstehlich und langweilig dazu.

Joel erschien.

– Sag mal, Tim, willst du wohl aufhören, meine Schwester zu beschimpfen?

– Einen guten Whisky? schlug ich ihm vor.

– Nein, danke, aber ich werde die Flasche in die Satteltasche stecken.

Er nahm sie mit einer Hand und warf mit der andern ein Buch auf den Tisch.

– Da, sagte er, du kannst während meiner Abwesenheit darin lesen. Ich finde, du bist schließlich alt genug dazu.

Er gab mir einen Kuß und sagte zu Timoleon:

– Kommst du?

Ich begleitete sie noch bis zur Türschwelle, sie brauchten nicht lange, um unter großem Lärm und Geratter zu starten. Der Tag brach an. Timoleon tat so, als führe er im Zickzack. Ich winkte noch einmal mit der Hand und ging in die Küche zurück.

Ich stürzte mich auf den Schmöker.

Gegen neun Uhr kam Mrs. Killarney, um das Breakfast zuzubereiten.

Ich rührte mich nicht von der Stelle. Gegen zehn Uhr hörte ich Mary hinter mir, die sagte:

– Was tust du denn hier? Willst du nicht frühstücken?

Ich hatte das Buch fast ausgelesen.

– Das scheint ja äußerst spannend zu sein, was du da liest.

– Ja, sagte ich, es ist der Schmöker, den Monsieur Presle vergessen hat.

Mary gab keine Antwort.

Ich las mein Buch zu Ende und setzte mich dann ebenfalls

zu Tisch. Mama studierte den Anzeigenteil in der *Irish Stew Herald,* sie liest Anzeige um Anzeige und anschließend die Rubrik *Vermischtes,* sie hofft immer, hier eine Nachricht von Papa zu finden.

Ich hatte Hunger. Ich schaufele schweigend, das Buch liegt neben mir. Ich beobachte Mary, die alle möglichen Gesichter schneidet und am laufenden Band die Farbe wechselt. Sie kann den Titel nicht sehen, der Schmöker ist mit einer Blumentapete eingebunden: eine Gewohnheit Presles.

Ich schnalze eine Menge Marmeladestullen und trinke fünf Tassen Tee. Mama faltet die Zeitung zusammen. Wieder nichts heute.

– Na, Kinder, seid ihr noch nicht fertig?

– Nein, Mama.

– Ich gehe jetzt ein bißchen nähen. Arme Mama.

Sie läßt uns allein. Ich sofort:

– Na, was sagst du dazu?

– Wozu?

– Kleines Lügenmaul. Dreckiges, kleines Lügenmaul.

– Sally, sag das nicht.

– Willst du es lesen, das Buch?

Sie wird blaß.

– Sprichst du im Ernst?

– Ja, selbstverständlich.

Sie wurde immer blasser.

Sie zitterte.

– Ja, hauchte sie.

Ich nahm das Buch und riß das Schutzblatt heraus, das ich zu einer Kugel zerknüllte. Dann stieß ich das Werk vor sie hin. Ich stehe auf und gehe weg. Sie rief hinter mir her:

– Was hast du denn da herausgerissen? Ich will alles lesen!

In meinem Zimmer lese ich noch einmal, was Michel Presle auf dieses Schutzblatt geschrieben hatte: *Was mußte sie*

doch für Komplexe gehabt haben, die Gräfin. Aber neben den Komplexen der Kinder Mara ist es gar nichts. Ich zerriß es in kleine Stücke, die ich in den Abort werfen wollte. Aber ich zog es vor, sie zu verschlucken: der indirekte Weg schien mir respektvoller.
Als ich das Haus verließ, um zu Baoghal zu gehen, erblickte ich im Eßzimmer meine Schwester, die Ellbogen auf dem Tisch und die Fäuste an den Ohren, in die Lektüre des *General Durakin* vertieft.

12. April
Pelagia und Arcadia sind zum Tee zu uns gekommen. Pelagia hat zu mir gesagt:
– Mein Bruder hat dich gebeten, an einem der nächsten Samstage zu den Schwestern Mac Adam zu kommen.
Sie hat noch schnell hinzugefügt:
– Sobald er zurück ist.
Ich habe ganz lässig geantwortet:
– Ach, ja, ganz richtig, ich habe deinen Bruder gestern morgen gesehen.
Und dann habe ich eine Frage gestellt:
– Woher weißt du denn das?
– Sie sind noch einmal vorbeigekommen. Tim hatte vergessen, seine Strümpfe anzuziehen.
– Weißt du, sagte Arcadia, du wurdest bisher bloß deshalb nicht eingeladen, weil du nicht tanzen kannst.
– Das ist ganz natürlich, gab ich zu. Nach einer Pause fuhr ich fort:
– An einem der nächsten Tage werde ich's lernen.
Dann haben wir miteinander geplaudert, aber es war nicht sehr sehr innig.

17. April

Gestern war mein Geburtstag. Von nun an bin ich achtzehn Jahre alt, habe achtzehn Lenze auf dem Buckel, alle meine Zähne, hinten und vorn gut gebaut, ach, was war das ein verdammt schöner Tag.

Joel ist nachmittags zurückgekommen, und Mama hat ein Prachtfressen zubereitet, da war alles dran, Heringe mit Ingwer, Speck mit Kohl, einen Laib Käse von zwanzig Pfund und eine Algentorte, auf der im Kreis achtzehn malvenfarbene bengalische Lichter steckten.

Auch Monsieur Presle hatte mich nicht vergessen!

Das hatte er verdammt gut einzurichten gewußt: Am gleichen Tag haben wir aus Paris sechs Flaschen fünfundvierzigprozentigen Ricard bekommen. Mama wollte eine davon aufheben, um, eventuell, Papas Rückkehr zu begießen. Aber, der Teufel hol's, die sechste haben wir genauso geleert wie die andern.

Es war ein schönes Familienfest. Mary hat die Namen der zwölfhundert Inseln des Philippinenarchipels auswendig aufgesagt, Joel hat einige Heldentaten von Cuchullain deklamiert, Mama hat die *Zeit der Kirschen* gesungen, ein in Irish brogue übersetztes französisches Lied, und ich wackelte sachte mit dem Kopf.

Und heute morgen wackele ich weiter, denn Kruzitürken, Kruzitürken, tut der mir weh.

18. April

Das ist noch nicht alles. Monsieur Presle hat mir nicht nur eine kleine Kiste Apéritif geschickt, der jetzt gesoffen ist, arme Mrs. Killarney, sie hat grade mit knapper Mühe und Not ein Glas davon abbekommen, sondern er hat mir auch ein französisches Magazin geschickt und eigenhändig draufgeschrieben: »Für Sally. Michel.« Verdammt familiär, diese

Widmung. Zum Glück hat Mama nicht draufgelinst. Das fragliche Magazin heißt »Votre Beauté«. Ich habe es ganz gelesen, von vorne bis hinten, einschließlich der Anzeigen und der Reklame. Was für eine komische Zivilisation! Es ist einfach zum Schießen, alle diese Frauen, die sich da mit ihren Mitessern beschäftigen, mit ihren Hautflechten und ihren allzu steifen Augenwimpern. Abgesehen davon, ich habe keins von diesen Dingern und ohne irgend etwas dagegen zu tun. Da ist zum Beispiel eine, die kriegt fast was an sich, weil sie im Winter Gänsehaut hat und rote Flecken, wenn's kalt ist. Man gibt ihr Ratschläge, ich schreibe auf:
Lebertran: 250 g
Resorcin: 15 g
Salol: 5 g
Wasgibtsdatinktur: q.s.pr.Emuls.
Wintergrünessenz: q.s.
Diese Mischung soll man dreimal täglich mit einem Wattebausch auftragen. Langeweile scheint bei den Französinnen nicht aufzukommen. Und dann all die andern, die einen etwas zu breiten Hintern haben, etwas zu dicke Schenkel, etwas schlaffe oder runzlige Brüste. Da gibt es welche, die wollen ihre Augenbrauen nicht mehr, und wieder andere, die wollen sie nachwachsen lassen. Ist das eine Welt.
Und man antwortet ihnen mit einer Geduld, einer Liebenswürdigkeit, einer Selbstüberwindung.
Das große Problem sind die Speckfalten: ein richtiges Gebrechen. In dem Heft steht ein sehr gelehrter Artikel über diese Frage. Wenn sie das lesen, die Französinnen, kriegen sie's bestimmt ganz schön mit der Angst zu tun.
Und dann ist da noch eine große Sache, die mich interessiert hat: *Der Mann und die Frau, ästhetische Vergleiche,* mit einer Menge vergleichender Messungen. Meine Maße sind gar nicht schlecht, die Brust ist zwar noch nicht voll ent-

wickelt, aber dafür haben die Hüften Format! Sie machen auch eine Umfrage: *Ziehen Sie plastisch gesehen einen schönen Mann oder eine schöne Frau vor und warum?* Die Antworten dürfen nicht mehr als zwanzig Zeilen betragen. Mir ist plastisch ein schöner Mann lieber. Warum? Weil bei uns die Substanz unserer Rundungen zu fett ist. Ich ziehe Muskeln und Knochen vor. Was die Geistigkeit des Mannes betrifft, so sind keine Maße angegeben. Es wäre immerhin sehr interessant.

Und dann noch andere Artikel: über Lippenstifte, über Puder, über Diät, über Parfüme, über Hüte. Die Französinnen haben wohl keinen Augenblick freie Zeit.

Auf jeden Fall finde ich das sehr lustig, und es war sehr nett von Monsieur Presle, daß er mir diese Zeitschrift geschickt hat. Ich werde ihm danken müssen.

19. April

In der Zeitschrift stehen auch Sätze, die ich nicht so recht verstehe, wie diesen (immer noch in dem Artikel: *Der Mann und die Frau, ästhetische Vergleiche*) auf Seite 23: »Die Gesäßfurche des Mannes befindet sich an der unteren Grenze des vierten Knopfes, während sie bei der Frau weit darunter liegt.«

Nein, damit weiß ich nichts anzufangen.

20. April

In der Zeitschrift ist von Liebe überhaupt nicht die Rede.

21. April

Ich kenne das Heft jetzt bald auswendig.

22. April
Mary hat mir den *General Durakin* zurückgegeben. Sie findet das Buch sehr gut. Aber sie wird nie erfahren, was Michel Presle auf das Schutzblatt geschrieben hat. Nie. Nie. Nie.

23. April
Ich kann nicht sagen, daß es mir besonderen Spaß machen würde, mir die Augenbrauen auszurupfen, einen Hüfthalter zu tragen und Lippenrot aufzulegen. Aber es ist verlockend.

25. April
Es gibt eine Menge Dinge, die mir unbegreiflich sind und von denen ich früher nichts geahnt habe. Aber sie sind so verschiedenartig und so voller Widerspruch, daß sie weder Hand noch Fuß zu haben scheinen.

27. April
Es scheint mir erwiesen, daß die Männer keine lunaren Störungen haben wie wir Mädchen. Aber warum haben sie keine? Ich finde das ungehörig und ungerecht. Ich weiß zwar, daß sie ihr ganzes Blut brauchen, um ihre Mutter und ihr Vaterland zu verteidigen, aber letzten Endes hatte Adam weder Mutter noch Vaterland. Und diese Phänomene gehen doch wohl bis in jene fernen Zeiten zurück.

29. April
Vielleicht besteht ein Zusammenhang mit der Mutterschaft? Das wäre seltsam.

3. Mai
Monsieur Presle noch nicht gedankt.

4. Mai

Alle diese Geschichten, die ich nicht so recht zu durchschauen vermag, haben wohl im Grunde einen mehr oder weniger entfernten Zusammenhang mit der ... Ich traue mich nicht, das Wort aufs Papier zu bringen. Los, Sally, ein bißchen Mut. Ich traue mich nicht. Doch, ich traue mich. Und außerdem, hol's der Teufel, ist das nun ein intimes Tagebuch oder nicht? Ja. Also schön ... haben wohl einen mehr oder weniger entfernten Zusammenhang mit der ... Ehelichkeit. Ich werde ganz rot, weil ich diese Vokabel niedergeschrieben habe.

5. Mai

Im Einvernehmen mit Joel und Mary habe ich den *General Durakin* seinem Eigentümer zurückgeschickt. Ich habe ihn selbst zur Post gebracht; zur Kaffeezeit bin ich heimgekommen, und ich habe ihnen den Einlieferungsschein gezeigt. Joel war gerade dabei, mit dem Finger Butter auf einen Toast zu streichen (er besäuft sich im Augenblick viel weniger als früher, ich glaube, er geht manchmal mit einem Mädchen aus. Aber ich weiß nicht, ob mit Pelagia, mit Arcadia, mit Sarah, mit Irma, mit Eva, mit Beatitia, mit Ignatia oder mit einer anderen. Auf jeden Fall neckt er Mrs. Killarney nicht mehr). Plötzlich fragte er Mary:

– Was meinst du zu dem, was auf der ersten Seite gestanden hat?

– Zum Titel? antwortete die dumme Ziege.

– Dumme Ziege, nein, was Presle draufgeschrieben hatte.

– Ich habe nichts gesehen, sagte Mary.

– Aha, du hast nichts gesehen? Sally, du brauchst gar nicht solch eine Birne zu bekommen.

– Warum wird sie denn rot? fragte Mama, ohne aufzublicken.

Sie strickte Socken für den Tag, an dem Papa zurückkommen würde.

– Eine so dämlich wie die andere. Los, gib mir ein Glas Whisky.

Mama stand auf, um die Flasche zu holen.

– Im Böckeschießen bist du ja ganz groß, sagte ich.

– Was unterstehst du dich da, zu mir zu sagen?

Er machte Anstalten aufzustehen und mir eine zu schmieren.

– Ich habe die Seite zerrissen, damit sie sie nicht liest.

– Oh, machte Mary. Das Luder!

Sie beugte sich zu Joel rüber und schüttelte ihn am Arm.

– Was hat denn draufgestanden? Was hat denn draufgestanden? Sag's schon! Los, sag's schon!

Mama brachte die Flasche und stellte sie vor Joel.

– Sag es ihr schon, sagte sie sanft.

Sie mochte nicht, wenn wir uns stritten.

Joel leerte sein Glas mit nachdenklichem Gesicht, dann rezitierte er mit geschlossenen Augen:

– *Was mußte sie doch für Komplexe gehabt haben, die Gräfin. Aber neben den Komplexen der Kinder Mara ist es gar nichts.*

Mary, die weniger gut Französisch sprach als Joel und ich, bat ihn, den Satz zu wiederholen, was er auch tat.

– Wer hat das geschrieben? fragte sie.

– Presle. Michel Presle.

– Ich habe keine Komplexe, bemerkte Mary sehr ernsthaft.

– Du weißt ja gar nicht, was das ist.

– Ich? Ich weiß nicht, was das ist? Eine Studentin der Zahnchirurgie hat es mir neulich genau erklärt.

– Na, dann sag mal, was es ist.

– So Dinger im Unterbewußtsein …

– Zum Beispiel? …

– Na ja, wenn ein Sohn zum Beispiel seine Mutter heiraten will.
Mama wurde von unbändigem Gelächter gepackt:
– Ich sehe schon, wie Joel mir eine Liebeserklärung macht.
Sie verschluckte sich fast vor Lachen. Mary und ich konnten uns nicht mehr halten.
– Ja, was denn, machte Joel verärgert. Ich kann genausogut eine Liebeserklärung machen wie jeder andere.
– Das kann ich mir einfach nicht vorstellen, sagte Mama.
– Mama, Mama, rief er plötzlich mit weinerlicher Stimme. Liebst du mich denn nicht mehr? Liebst du mich denn nicht mehr?
– Aber doch, aber doch, antwortete Mama ganz gerührt. Bloß, wenn ich im heiratsfähigen Alter wäre, würde ich dich ganz bestimmt nicht wollen.
– Ach! und warum nicht?
– Du trinkst zuviel.
– Und Papa, trank der etwa nicht?
– Normal. Er hatte nie öfters als acht- bis zehnmal in der Woche einen Rausch. Du dagegen, du wirst überhaupt nicht mehr nüchtern. Als Mutter ist mir das zwar nicht unangenehm, aber als Ehefrau würde es mir mißfallen.
– Als Ehefrau, als Ehefrau. Trotzdem ist dein Ehemann, obwohl er nicht so versoffen war, geturmt und hat dich sitzenlassen. Oder nicht?
– Er wird wiederkommen, sagte Mama mit ruhiger Überzeugung.
Joel hob die Arme zum Himmel und schlug sich dann auf die Schenkel:
– So was! Wenn der je wiederkommt, dann laß ich sie mir abschneiden.
– Was denn abschneiden? fragte ich.
Joel ging der Hut hoch.

– Soll ich dir vielleicht eine Zeichnung machen?
– Ganz richtig, machte Mary sehr interessiert. Mach uns eine Zeichnung.
– Mama, hol mir einen Bleistift, damit ich ihnen eine Zeichnung machen kann.
Mama stand auf, um einen Bleistift zu holen.
– Und Papier, rief Joel.
Mary fuhr fort:
– Was soll dieser Satz eigentlich heißen? Nichts. Das ist doch nur Literatur.
– Literatur! Literatur! brüllte Joel und goß sich ein neues Glas Whisky ein. Ich möchte dich mal sehen! Komplexe zu haben ist was Furchtbares!
Du brauchst mich ja bloß anzuschauen.
– Dann stimmt es also, daß du Mama heiraten möchtest? fragte Mary.
– Pah, wenn's nur das wäre. Bei mir ist es noch viel schlimmer.
– Aber was denn, säuselten wir im Chor.
– Ich, ich möchte gern Großmutter heiraten.
– Aber sie ist doch tot.
– Das ist es ja. Jetzt versteht ihr wohl, ihr dämlichen Ziegen, daß mein Leben verpfuscht ist.
– Du gibst vielleicht einen Blödsinn von dir, bemerkte ich in aller Unparteiischkeit.
– Willst du etwa meine Hand aufs Maul? Ich verbiete dir, in dieser ungehörigen Weise über meine Komplexe zu reden.
– Was ist denn das, Komplexe? fragte Mama, die mit dem Bleistift und dem Papier zurückkam. Ihr sprecht heute abend von nichts anderem.
– Das ist ein französisches Wort, antwortete Mary. Das verstehst du doch nicht.
– Die französische Sprache ist hübsch, sagte Mama. Sie hat

so ein hübsches Timbre. Und in dem Satz, den Joel vorhin gesagt hat, habe ich unseren Familiennamen erkannt. Es war da von uns die Rede.
– Sie ist schlau, riefen Mary und Joel im Chor. Mama lächelte sehr geschmeichelt.
– Aber nein, sagte ich. Das war ein französisches Wort. Es war die dritte Person Einzahl des Präterits des Verbs »se marrer«, regelmäßige Konjugation.
– Mensch, kannst du pedantisch sein, bemerkte Mary.
– Und du, mit deinen zwölfhundert Inseln des Philippinenarchipels, gab ich zurück.
– Ihr seid doch beide saublöde, sagte Joel. So, ich mache euch jetzt die angekündigte Zeichnung. Kommt schon her.
Wir sahen ihm zu, wie er zeichnete.
In drei Sekunden hatte er seine Zeichnung fertig.
– Hier bitte! rief er und machte ein höchst zufriedenes Gesicht.
Es war in jeder Hinsicht mit den trinitären Attributen von Madame Baoghals Geistern vergleichbar.
– Man könnte meinen, es sei ein Blasebalg, bemerkte Mary.
– Na, so was, empörte ich mich. Ich frage mich bloß, wo du einen Blasebalg gesehen haben kannst.
– Im Lexikon, antwortete Mary.
– Literatur, Literatur, machte ich.
– Mäßige deine Worte, rief sie.
– Na, na, nun zankt euch nicht, sagte Mama. Zeig mal her.
Joel hielt ihr das Stück Papier hin.
– Du zeichnest gar nicht schlecht, sagte sie. Es ist zum Heulen, daß du so versoffen bist, du hättest Maler werden können.
Sie gab ihm das Stück Papier zurück.
– Und ansonsten, wie willst du dich später mal durchs Leben schlagen?

– Ich kann mich ja immer noch zur französischen Fremdenlegion melden.
– Schöne Aussichten!
– Aber, Mama, solange du Moneten hast, habe ich doch nichts zu befürchten.
Wir schwiegen.
– Ja und? fragte er uns und breitete die Zeichnung vor sich aus, was meint ihr dazu?
Wir waren beide nachdenklich geworden. Was mich betrifft, so wurden mir plötzlich nacheinander langsam eine Menge Dinge, Tatsachen, Handlungen und Worte klar. Assoziationen zwischen Gebärden, Sätzen, Gegenständen stellten sich ein …
– Das gibt zu denken, sagte ich langsam.
– Wir fragen uns bloß, wozu das wohl dienen mag, fügte Mary nicht weniger nachdenklich hinzu.
– Ja, wozu? antwortete Joel vornehm geziert.
– Zu nichts Besonderem, machte Mama in grämlichem Ton.
– Alles dient zu etwas, sagte Mary entschlossen.
– Wozu aber der Schwanz der Hunde dienen soll, ist nicht so recht einzusehen, bemerkte ich.
– Um durch Wedeln ihre Freude zu zeigen.
– Und du glaubst, daß das da dem gleichen Zweck diente?
Joel und Mama lachten laut auf.
– Ihr braucht euch gar nicht lustig zu machen, sagte Mary ärgerlich und ganz rot im Gesicht. Man findet halt nicht immer sofort die Lösung der Probleme.
– Na, na, nun ärgere dich mal nicht, sagte Mama. Wir betrachteten die Zeichnung aufmerksamer.
– Das Ding hat ja ein Loch, bemerkte Mary.
Nun war ich ärgerlich und neidisch auf die Beobachtungsgabe Marys. Kann ich je eine Schriftstellerin werden, wenn ich die meine nicht entwickele? *Fürwahr,* wie Montaigne

sagte, *streifen wir unsere Manschetten über,* wie Buffon sagte, und *Friede der Syntax,* wie Victor Hugo sagte!
– Sehr richtig, pflichtete Joel bei.
– Sie ist nicht dumm, die Kleine, sagte Mama. Sie wird bestimmt ihre Prüfungen bestehen.
– Und dann?
In diesem Augenblick klingelte es.
– Das ist Tim, sagte Joel. Er kommt mich zum Billard abholen.
Er stürzte sich auf das Papier, knüllte es zusammen und steckte es in die Hosentasche. Er eilte hinaus zu seinem Freund.
– Besauf dich nicht, Söhnchen, rief Mama ihm nach.
– Nein, Mama, weniger als morgen.
Die Tür fiel hinter ihm ins Schloß.
– Es ist aber auch möglich, daß sie damit eine besondere Art von Billard spielen, gab Mary zu bedenken.
– Ja, aber weshalb sollte es dann durchbohrt sein? warf ich ein.
– Na, na, Kinder, machte Mama. Laßt jetzt endlich dieses Thema, ihr werdet es eines Tages noch früh genug erfahren.
– Kann die mich auf die Palme bringen, mit ihrem überlegenen Gehabe, murmelte Mary.
Wir standen vom Tisch auf.
Joel ist zum Abendessen nicht besoffen nach Hause gekommen. Er ist überhaupt nicht nach Hause gekommen.

8. Mai
Man hat mir meine Zeitschrift gemopst. Mary war es nicht, dessen bin ich ganz sicher. Mama? Höchst unwahrscheinlich. Mrs. Killarney? Man kann nie wissen.
Mary und ich führen auch weiterhin lange Gespräche über das Thema, das uns so lebhaft interessiert. Mary, die so-

wohl Methode als auch logischen Verstand besitzt, ist zu zwei Schlüssen gekommen: der erste Schluß ist der, daß dieses Ding, da es einerseits eine Öffnung und andererseits die Form einer Röhre hat, zum Durchlaufen einer Flüssigkeit dient, die zweifellos von den daranhängenden Kugeln abgesondert wird. Aber was für eine Flüssigkeit? Milch wahrscheinlich. Zweiter Schluß: da gewisse Tiere mit einem analogen Anhängsel ausgestattet sind, könnten wir durch die Beobachtung der Handlungen besagter Tiere, das heißt der Pferde und der Hunde, zu einem Schluß hinsichtlich der Bestimmung dieses Anhängsels gelangen. Und wir beschlossen, dies schon morgen zu tun.

9. Mai
Wir sind, Mary und ich, den ganzen Tag in der Stadt herumgelaufen, um Aufschlüsse zu erlangen. Am Abend haben wir unsere Beobachtungen miteinander verglichen, und wir sind beide zu dem gleichen Schluß gekommen: es ist einfach nur ein sehr praktisches und sogar listiges Verfahren, um sein kleines Geschäft zu verrichten. Wir sind enttäuscht und ein wenig traurig bei dem Gedanken, daß uns die Natur in dieser Hinsicht nicht begünstigt hat.

11. Mai
Warum aber brauchen die reinen Geister Frau Baoghals diese Beigabe?

12. Mai
Seit jenem Tag im Kino spricht Barnabé nicht mehr mit mir. Vielleicht müßte ich mich bei ihm entschuldigen?

13. Mai

Nachdem ich lange darüber nachgedacht habe, habe ich mich entschlossen. Ich wartete, bis seine Stunde bei Baoghal zu Ende war und tat dann so, als treffe ich ganz zufällig mit ihm zusammen. Es war sehr gut gespielt, es sah ganz natürlich aus.

– Oh, machte er.

– Ah, machte ich.

Wir drückten uns die Flossen.

– Macht es Ihnen nichts aus, wenn ich ein paar Schritte mit Ihnen gehe? fragte ich ihn.

– Äääh ... das heißt ... Ich weiß nicht, ob das sehr korrekt ist, murmelte er und schlug die Augen nieder.

– Ich verspreche Ihnen, daß ich Sie nicht am Arm fassen werde ...

– Gehen wir doch hier entlang, sagte er und zog mich mit in die Catalog Lane.

– Ja, ganz recht, das ist diskreter.

Wir legten schweigend ein paar Schritte zurück. Ich hub an:

– Barnabé ...

– Mademoiselle Mara ...

– Sie sind doch nicht böse auf mich, nicht wahr?

– Oh, nein, Mademoiselle Mara.

– Barnabé, ich möchte mich entschuldigen, wegen neulich.

– Wegen neulich?

– Im Kino.

– Nun?

– Ich entschuldige mich hiermit.

– Aber warum denn, warum denn?

– Erinnern Sie sich nicht mehr?

– Äääh ...

– Aber Barnabé.

– Ach, weil ich in einen Film gegangen bin, der von unserer Heiligen Mutter Kirche verboten war? Aber ich habe doch noch am gleichen Tag gebeichtet...

– Nein, das ist es nicht.

– Es war immerhin schlimm.

– Oh, Barnabé, wenn Sie meinen. Ich entschuldige mich auch dafür. Aber da ist...

– Ich weiß nicht, Mademoiselle Mara. Ich weiß nichts. Ich habe alles vergessen.

Ich sah ihn an: Er war ganz rot. Ich fing an, die Geduld zu verlieren.

– Aber ich lege großen Wert darauf, mich zu entschuldigen, Barnabé. Ich hätte das nicht tun dürfen, was ich im Dunkeln getan habe, als ich meine Hand zwischen ihre Schenkel legte. Ein Malhör ist schnell passiert, und ich kann sehr gut verstehen, daß Sie es nicht mehr anhalten konnten. Ich möchte mich daher aufrichtig und von ganzem Herzen bei Ihnen entschuldigen, Barnabé, und ich verspreche Ihnen, daß ich es nicht wieder tun werde.

– Ist das wahr, Sally? fragte er mich eifrig. Ist das wirklich wahr?

– Ich schwöre es Ihnen.

Er stieß einen großen Seufzer der Erleichterung aus. Oder der Befriedigung? fragte ich mich darauf.

– Gott sei Dank, denn mein Beichtvater hatte mir angeraten, mir so was nicht noch einmal tun zu lassen.

Er verharrte einen Augenblick in Schweigen und fügte dann hinzu:

– Dabei war es sehr angenehm.

– Sie wissen auch nicht, was Sie wollen, rief ich wütend aus.

Der Bursche konnte einem wirklich auf die Nerven gehen.

– Nein, nein, ich habe nichts gesagt, stotterte er so schnell, daß er diese Worte ohne Zögern aussprach. Es ist ein kleines Sätzchen, das mir so rausgerutscht ist, ein kleines, ganz nichtssagendes Sätzchen. Das ich zurücknehme. Das ich zurücknehme. Nein, nein, nein. Ich halte mich an das, was mir mein Beichtvater gesagt hat, und an das, was Sie mir eben versprochen haben. Jawohl, jawohl, jawohl: wir werden wieder zusammen ins Kino gehen, und Sie werden es sich ganz bestimmt versagen, Ihre Hand auf meinen Prügel zu legen. Jawohl: wir werden wieder zusammen ins Dunkel gehen. Morgen, zum Beispiel? Wollen Sie? Wir werden uns einen Tarzanfilm ansehen. Jawohl: einen Tarzanfilm. Auf Wiedersehen, Mademoiselle Mara, ich muß jetzt nach Hause. Auf Wiedersehen ... Sally!

– Auf Wiedersehen, Barnabé.

Wir drückten uns die Hand, und er ging weg.

Ich finde es sehr hübsch und sehr richtig, dies Ding einen »Prügel« zu nennen. Ob das eine Erfindung von ihm ist? Sollte Barnabé etwa ein Poet sein?

14. Mai

Wir haben uns einen Tarzanfilm angesehen. Alles ist gut verlaufen. Aber es ist doch seltsam: wenn er das angenehm empfunden hat, weshalb sollte ich ihm dann dieses kleine Vergnügen nicht wieder tun? Es ist wirklich schade, daß ich ihm versprochen habe, es nicht wieder zu tun. Ich habe es sogar geschworen. Trotzdem ...

Trotzdem habe ich widerstanden. Und doch.

Die Tarzanfilme werden von unserer Heiligen Mutter Kirche gutgeheißen, wie Barnabé sagt. Und dabei ist dieser Tarzan ein ebenso schöner Bursche wie Apoll oder Hermes oder Herkules. Eine richtige Statue, dieser Tarzan: die Schultern, die Muskeln, das Gesicht, ein richtiger Gott. Der reine Geist des Dschungels. Was seinen Prügel angeht, den kann man bei dieser Art Lendenschurz, den er ständig trägt, über-

haupt nicht sehen. Dabei habe ich genau aufgepaßt. Ich hatte fortwährend auf diese Stelle gestarrt, um Informationen zu sammeln. Und was der für Schenkel hat, dieser Tarzan, und was für Waden. Die Anatomie der Prügelträger ist ja doch was Schönes. Am liebsten hätte ich mich auf der Stelle diesem Studium verschrieben. Ich hatte zwar einen in Reichweite, aber versprochen ist versprochen, und geschworen ist geschworen.
Ich habe meine schlechte Laune runtergeschluckt und bin nach Hause gegangen. Eigentlich habe ich meine gute Laune runtergeschluckt (die, die ich gehabt hätte, wenn ...) und sie kam mir in Form von bitteren und angewiderten Worten wieder hoch.
Was Mary zu interessieren schien.

15. Mai
Es macht mir Kummer, daß ich meine Zeitschrift verloren habe. Ich weiß jetzt, daß es Joel war, der sie mir stibitzt hat. Heute morgen hat er mich gefragt, ob Presle mir nicht noch eine andere Nummer geschickt hätte. Nun ist es ja klar wie Kloßbrühe, wie man zu sagen pflegt. Aber was mag ihn da bloß interessieren? Will er vielleicht seine Maße mit denen des französischen Prototyps vergleichen?
Und Presle, dieser Kerl. Ihm immer noch nicht gedankt. Halt, ich werde das sofort tun, incognito, wie man auf französisch sagt.

17. Mai
Gestern an Monsieur Presle geschrieben. Ich danke ihm, erzähle ihm, wie es mir geht, wie es meiner Familie geht, wie es Baoghal geht undsoweiter undsoweiter und erkundige mich zum Schluß, wie er geht, ich meine, wie es ihm geht (ich habe den Eindruck, ich vergesse im Augenblick ein we-

nig mein Französisch) und dann noch, wie es seinem Prügel geht.
Ich weiß zwar nicht, ob er die Anspielung kapieren wird, aber wenn er versteht, wird er herzlich darüber lachen.

19. Mai
Ab nächste Woche gibt Padraic Baoghal keine Stunden mehr. Er fährt für sechs Monate nach Italien, der glückliche Hahnrei. Madame Baoghal wird für die Freunde und Bekannten den letzten Empfang der Saison geben. Sie wird bei dieser Gelegenheit kein Ektoplasma zeigen, jene weißliche Substanz, die ihr aus dem Ohr kommt, wie man den Kindern erzählt, daß sie dort herauskommen.
Wo kommen sie denn nun eigentlich wirklich heraus?

20. Mai
Ich habe beachtliche Fortschritte in Gälisch gemacht, aber trotzdem bin ich weit davon entfernt, einen Roman in dieser Sprache schreiben zu können. Ich werde es noch eine Weile aufschieben. Außerdem habe ich keine Ideen. Aber ich verliere diesen Plan nicht aus den Augen, und ich möchte, daß dieses künftige Werk – von dem ich noch nichts Näheres weiß – kurzweilig und dabei doch von einem gewissen Nutzen, zum Beispiel für die Erziehung junger Mädchen, ist; kurz, meine Devise wird zu Ehren Barnabés lauten: »Den Prügel mit dem Angenehmen verbinden.«

21. Mai
Bin in der Sackville Street Tante Patricia begegnet. Ich hatte einige Gewissensbisse, denn nach meinen beiden unzeitigen und eigennützigen Besuchen war ich nicht zu ihr gegangen, um mich zu bedanken. Was ich befürchtete, geschah:
– Guten Tag, Tante Patricia, sagte ich höflich.

– Guten Tag, Sally, antwortete meine Tante. Na? Ist aber schon lange her, daß es dich nicht mehr gelüstet hat, den Lokus meiner Wohnung zu benutzen!
– Aber, Tante Patricia ... Ich möchte dich nicht ausnutzen ...
– Nur keine Umstände, Sally. Ich bin immer froh, wenn ich's den Leuten leichtmachen kann. Vor allem, wenn sie zu meiner Verwandtschaft gehören, fügte sie hinzu.
– Liebe Tante Patricia, ich danke dir herzlich ... und bei Gelegenheit ...
– Na, ich hoffe, es wird recht bald sein.
– Vielleicht nicht, Tante Patricia. Ich komme nämlich während des Sommers nicht mehr in dieses Viertel: Ich höre auf, Stunden zu nehmen.
– Was für Stunden denn, mein Kind?
– Irischstunden.
– Sehr gut, sehr gut, und mit wem?
– Padraic Baoghal.
– Dem Dichter?
– Ja, Tante Patricia.
– Mit dieser lebenden Schweinerei?
– Oh! machte ich.
Tante Patricia schien sehr bewegt.
– Ja, eine lebende Schweinerei. Du weißt vielleicht nicht, daß ich ihn heiraten sollte.
– Du, Tante Patricia?
– Wundert dich das, du dumme Gans?
– Aber ... Tante Patricia ...

Ganz richtig. Er hat mich heiraten wollen. Er liebte mich, dieser dicke, läppische Bengel, und dann, schwupp, hat er einem Serviermädchen ein Kind gemacht. Peng, mußte er sie heiraten, und bums, ließ er mich fallen. Der und Dichter? Ein lüsterner Lümmel.
– Aber Tante Patricia, wie hat er denn dem Fräulein ein

Kind machen können, wenn er gar nicht mit ihr verheiratet war?
Sie sah mich mit runden und bösartigen Augen an. Dann lächelte sie:
– Das ist ein ganz Gerissener. Der hat so seine Kniffe. Hüte dich vor ihm.
Ich weiß nicht, wovor ich mich hüten sollte. Die Kinder sind ein Produkt der Ehe, ein Herr und eine Dame, die nicht verheiratet worden sind, können sich Tag und Nacht noch so sehr küssen und umarmen, wochenlang, wenn's ihnen Spaß macht, da kommt nie ein Kind dabei heraus, das dann ich weiß nicht wie ausgebrütet wird und auf rätselhafte Weise wieder ans Tageslicht kommt. Ich sage das jetzt, aber in jenem Augenblick dachte ich an anderes.
– Aber die augenblickliche Madame Baoghal, ist die etwa das fragliche Serviermädchen?
– Ganz recht.
– Sie malt verdammt gut.
– Sie? Sie malt? ...
– Ja, Tante Patricia. Wunderbare kleine Miniaturen von Himmelsgeistern, mit allen ihren Attributen.
– Hast du es gesehen?
– Sie ist bei jeder meiner Lektionen anwesend.
– Aha, sie nimmt an allen Lektionen teil. Mit dem Dichter?
– Ja, Tante Patricia.
– Gar nicht so dumm, das Biest.
– Und ich sehe, wie sie arbeitet.
– Na, ich hätte nie gedacht, daß sie irgendein Talent haben könnte.
– Es ist sehr hübsch und sieht sehr ähnlich.
– Ich frage mich, wie du wissen kannst, ob es ähnlich sieht.
– Nun, ich meine, man könnte meinen, es wären richtige Männer.

– Ach! machte Tante Patricia und betrachtete mich neugierig mit ihrem runden Auge.
– Aber Tante Patricia, und das Kind?
– Welches Kind?
– Nun, Monsieur und Madame Baoghal haben meines Wissens kein Kind. Was ist denn daraus geworden?
– Nichts.
– Nein? Nichts? Wieso denn das?
– Es hat nie existiert.
Ich fand, daß Tante Patricia anfing, dummes Zeug zu reden. Ich hatte ja gleich geahnt, daß Tante Patricia Geschichten erzählte mit diesem Mädchen, das ein Kind bekommen haben soll, ohne verheiratet gewesen zu sein.
Es trat eine Verlegenheitspause ein, und wir schwiegen. Tante Patricia fuhr als erste wieder fort:
– Und wie geht's deiner Mutter? Immer noch gut?
– Oh, ja, Tante Patricia.
– Strickt sie immer noch Socken für den Gatten?
– Ja, Tante Patricia.
– Und Joel, immer noch versoffen?
– Immer noch, Tante Patricia.
– Und Mary, paukt sie immer noch?
– Sie will im nächsten Jahr ihre Prüfung machen.
– So, so. Na, ich sehe, daß alles zum besten steht. Also denn, auf Wiedersehen, Sally.
– Auf Wiedersehen, Tante Patricia.
– Und, ich sage es noch einmal, mein Lokus steht immer zu deiner Verfügung.
– Ich danke vielmals, Tante Patricia.
– Und vergiß nicht, deinem Baoghal zu sagen, daß ich ihn für eine mit Ziegenköteln verzierte Misthaufendekoration halte.
– Das werde ich ihm nicht sagen, Tante Patricia.

– Ich begreife. Er liebäugelt mit dir. Armes, dummes Frauenzimmer. Dieser von der letzten Kirchweih übriggebliebene Eierknülch, dieser fünfzigjährige Arsch mit Ohren hat sicher eine Schwäche für Satyr-Geflügel von deiner Sorte. Liebe Nichte, nimm dich in acht, liebe Nichte.
Und sie ging davon.
Arme Tante Patricia.
Verheiratet sein muß doch was Gutes sein, sonst könnten die, die es nicht sind, nicht solche Krisen bekommen.
Ich vergieße eine Träne darüber und mache meine Schwarte naß. Und dabei wollte ich nie heiraten. Was muß das doch für eine Sache sein. Mit seinem Mann muß man intim sein, noch intimer als mit seinem Tagebuch. Wenn man mit ihm spricht, darf man berauschende und verbotene Worte gebrauchen wie: Unterhose, Teufel, Rasurel, Eierapfel, Butike, Podex.
Ich würde mich nie trauen.
Sieh mal an, Monsieur Presle hat mir immer noch nicht geantwortet.

22. Mai
Also tatsächlich, entgegen meiner bisherigen Meinung kann eine Dame mit einem Herrn ein Kind bekommen, ohne daß die beiden miteinander verheiratet sind. Oh, das ist eine ganz tolle Geschichte, eine ganz tolle Geschichte. Ich bin einfach um. Das haut mich direkt aus den Latschen. Da kann ich nur noch Bauklötze staunen. Das verschlägt mir den Atem. Ich muß das unbedingt erzählen. Wir saßen also heute beim Abendessen alle vier am Tisch. Mrs. Killarney geht immer gleich weg, nachdem sie das Abendessen zubereitet hat, sie trägt nicht auf, das tut Mama. Wir saßen also zu viert am Tisch, es gab ein kleines Abendessen, eine Kohlsuppe, einige Meter Blutwurst mit Speckkartoffeln,

einen Laib Käse von zehn Kilo und eine Algenmargarinetorte, als – na, wo war ich denn stehengeblieben? – oh, ich bin ja so aufgeregt, so aufgeregt, daß ich nicht mehr weiß, wo ich dran bin, also wo war ich nur stehengeblieben, wo? Wir löffelten also, mit gutem Appetit muß ich schon sagen, unsere Kohlsuppe. Joel war nicht allzu betrunken. Ab und zu schüttete er zwar den Inhalt seines Löffels in seine Socken, aber nicht allzu häufig, es ging an.
Wir waren nahezu fertig, wir kratzten unsere Teller aus, als Mrs. Killarney, von der wir glaubten, sie sei schon weggegangen, hereinkommt und zu Mama sagt:
– Madame Mara, ich hätte Ihnen zwei Wörtchen zu sagen.
– Ich höre Ihnen zu, antwortete Mama und leckte ihren Löffel ab und fuhr sich mit der Zunge um den Mund (sie mag ja so furchtbar gern Kohlsuppe).
– Ich möchte Ihnen das unter vier Augen erklären, sagte Mrs. Killarney.
– Warum denn? sagte Mama. Ich habe vor meinen Kindern nichts zu verheimlichen.
– Gewiß, aber es wäre mir etwas peinlich vor den jungen Damen.
– Sag mal, Mama, mischte sich Joel ein, du solltest jetzt die Blutwurst und die Speckkartoffeln holen, sonst hängen sie unten an.
– Ich gehe schon, ich gehe schon, sagte Mama; eure Teller, liebe Kinder.
Nachdem Mama hinausgegangen war, sagte Joel zu Mrs. Killarney:
– Werden zwei Wörtchen genügen, um alles zu sagen, was Sie Mama zu sagen haben?
Mrs. Killarney, sehr gemessen, antwortete nicht.
– Sie hätten sich ruhig einen anderen Zeitpunkt aussuchen können, um Ihre Geschichten zu erzählen, fuhr Joel fort.

Hoffentlich sind die Kartoffeln nicht unten angehängt. Das schmeckt nämlich abscheulich. Und riechen tut's schlimmer, als wenn's richtig verbrannt ist.
– Der Herr ist eben verwöhnt.
Und Mrs. Killarney lachte höhnisch.
– Mensch, halt bloß das Maul, alte Schickse!
– Oh, rief ich verdutzt.
– Ich weiß, was ich sage. Du wirst schon sehen! Du wirst schon sehen!
Und nun lachte auch er höhnisch und strich dabei mit der Nase Butter auf einen Zwieback. Gewöhnlich tat er es sehr geschickt, aber zweifellos hatte ihn diese Attacke etwas aus der Fassung gebracht, denn er verschmierte sich bis hinter die Ohren.
Unterdessen kam Mama zurück, und wir machten uns hinter das gehaltvolle Mahl.
– Na, Mrs. Killarney, sagte Mama und teilte die Blutwurst mit ihrer Wurstschere, sprechen Sie sich aus, wir hören Ihnen zu.
– Vor den jungen Damen?
– Warum denn nicht? Sie sind ebenso meine Töchter wie Joel.
– Ich bin nicht deine Tochter, sagte Joel.
– Ist der schlau, sagte Mary.
– Du willst wohl mein Stück Blutwurst quer auf die Fresse? fragte Joel.
– Und seinen Prügel noch gratis dazu, sagte ich und lachte mich halbtot.
Mama, Joel und Mary taten mir nach, und fünf Minuten lang wälzten wir uns alle vier am Boden und lachten uns krumm. Tränen lachten wir. Unterdessen wurden die Speckkartoffeln kalt, und Mrs. Killarney verlor nichts von ihrer Würde.

– Aber, rief Mama, die sich beruhigt hatte, plötzlich, setzen Sie sich doch zu uns an den Tisch, Mrs. Killarney, und essen Sie mit uns. Aber doch! Aber doch! Warten Sie, ich werde Ihnen ein Gedeck auflegen. Aber doch, aber doch! Sehen Sie, es ist schon geschehen. Und hier ein schönes Stück Blutwurst. Und von diesen ausgezeichneten Speckkartoffeln, die Sie selbst zubereitet haben, Mrs. Killarney.
Sie ließ es mit sich geschehen, und zu fünft hatten wir bald den Kochtopf geleert. Dann kamen die zehn Kilo Käse dran und anschließend die Algenmargarinetorte, mit der unsere Köchin sich selber übertroffen hatte. Dann gab es Kaffee und die Ration Whisky. Joel legt die Beine auf den Tisch und zündet seine Pfeife an. Mama fängt wieder zu stricken an. Mary und ich rauchen eine Zigarette und streicheln uns dabei sanft den Bauch. Mrs. Killarney gießt sich mechanisch eine neue Ration Alkohol ein.
– Was, fragte Mama ohne hochzublicken, denn sie war sehr mit ihrer Arbeit beschäftigt, wollten Sie mir denn eigentlich vorhin sagen?
– Ich? fuhr Mrs. Killarney hoch. Stimmt ja. Ich darf unter keinen Umständen weggehen, bevor ich Ihnen das gesagt habe.
Ein dröhnender Schluckauf folgte.
– Verzeihen Sie mir, wenn ich mich entschuldige, fuhr sie fort. Ich hatte Ihnen also folgendes geradeheraus auseinanderzuschrauben: dieser Schuft (sie zeigte mit dem Finger auf Joel) hat mich in die Situation einer Frau in guter Hoffnung gebracht.
– Das ist sehr interessant, sagte Mama und arbeitete an ihrer Strickerei weiter, aber was meinen Sie damit eigentlich?
– Muß ich denn noch das Tüpfelchen aufs i setzen?
– Im Gälischen setzt man kein Tüpfelchen aufs i, bemerkte ich. Dagegen setzt man welche auf die Buchstaben b, c, d, f, g, m, p, s und t, um die Aspiration anzuzeigen.

– Sie sind sehr gelehrt, Mademoiselle Mara, aber nichtsdestotrotz hat mir Ihr Bruder, der hier anwesend ist, ein Kind gemacht.
– Sie will sich wohl 'nen Jux erlauben, sagte Mama, die die Konstruktion ihrer Socke zu faszinieren schien.
– Aber, rief ich, wie wollen Sie denn ein Kind bekommen, da Sie gar nicht verheiratet sind?
– Sehen Sie, sagte Joel zu Mrs. Killarney, da gibt's nichts drauf zu sagen.
– Darauf eine Entgegnung zu finden, ist nicht schwer.
– Und das wäre?
– Es ist eine Tatsache.
– Was ist eine Tatsache?
– Daß ich schwer zu Fuß bin.
– So schlimm ist es nicht, sagte ich.
– Es gibt Frauen in Ihrem Alter, die sind noch dicker als Sie, fügte Mary hinzu.
– Auf jeden Fall, sagte Mrs. Killarney, weiß ich, wer mich dick gemacht hat.
– Wer denn? murmelte Mama und blickte endlich zu ihr auf.
– Ich sage Ihnen noch einmal: dieser junge Mann hat mir einen Luftballon unters Hemd bugsiert.
– Davon glaube ich kein Wort, für dieses Spiel ist er schon zu alt, bemerkte Mama.
Darauf sprach Mrs. Killarney eine entsetzliche Abscheulichkeit aus, die ich kaum in mein Tagebuch niederzuschreiben wage, aber schließlich muß ich es doch tun, denn ich habe mir geschworen, immer die ungeschminkte Wahrheit zu sagen. Mrs. Killarney hat also gesagt:
– Ich bin schwanger.
Und sie sagte noch einmal:
– Wie ich die Ehre habe, es Ihnen zu sagen, Mrs. Mara. Ich bin schwanger durch die Machenschaften Ihres Sohnes!

Mary und ich zeigten beide durch ein bewunderndes Pfeifen unsere höchste Überraschung. Joel zuckte nicht mit der Wimper.

– Das können Sie mir nie weismachen, sagte Mama.

– Wie ich Ihnen sage, entgegnete Mrs. Killarney.

– Sie tragen dick auf, sagte Mama.

– Nicht so dick wie er, entgegnete Mrs. Killarney.

– Und woher wollen Sie wissen, daß es so ist? fragte Mama.

– Ich habe seit zwei Monaten meine Regel nicht mehr gehabt, antwortete Mrs. Killarney.

– Das sind die Wechseljahre, entgegnete Mama. Worauf Mrs. Killarney stumm und sprachlos blieb und nichts zu antworten wußte.

So erfuhr ich in fünf Minuten, was sage ich, in neunzig Sekunden, daß eine Frau ein Kind bekommen kann, ohne verheiratet zu sein, und ferner, daß das Kinderkriegen etwas mit den Mondphasen zu tun hat.

Mama nutzte ihre Überlegenheit aus.

– Wieso haben Sie denn nicht daran gedacht, Mrs. Killarney. Das ist doch klar. Das ist doch ganz klar.

– Glauben Sie, Mrs. Mara?

– Selbstverständlich, selbstverständlich.

– Aber, Mrs. Mara, es gibt Frauen, die ...

– Aber nein, aber nein.

– Aber, Mrs. Mara, Monsieur Joel hat mir immerhin ...

– Das hat nichts zu sagen, das hat gar nichts zu sagen. Die Neckereien eines großen Kindes. Gehen Sie ruhig nach Hause, Mrs. Killarney, und schlafen Sie mal gründlich aus.

– Glauben Sie, Mrs. Mara?

– Aber ja, aber ja, sagte Mama. Sehen Sie, Ende gut, alles gut. Und um das zu feiern, werde ich in der großen Suppenschüssel eine Feuerzangenbowle ansetzen.

– Vergiß nicht, eine Gewürznelke reinzutun, sagte Joel.
Mama legte die Socken auf den Tisch und verschwand in Richtung Küche.
– Was gibt's denn morgen zum Mittagessen? fragte Joel Mrs. Killarney.

23. Mai
Keine Zeit, über meine Entdeckungen von gestern zu epilogisieren, hab übrigens auch keine gehabt, um drüber nachzudenken. Ich bin gegen Mittag aufgestanden (wir haben bis um vier Uhr morgens Feuerzangenbowle getrunken), und ich habe mich dann fertig gemacht, um auf den Empfang von Mrs. Baoghal zu gehen.
Ich war zwar nicht geradeso aufgeregt wie beim ersten Mal, aber trotzdem stattete ich meiner Tante Patricia, als ich an ihrer Wohnung vorüberkam, einen kleinen Besuch ab.
– Ich sage dir noch einmal, nimm dich in acht, nimm dich in acht, sagte sie auf der Türschwelle zu mir.
– Ja, Tante Patricia.
Ich sage das so aus Höflichkeit zu ihr, um sie nicht zu ärgern, aber seit der Sitzung von gestern abend und obgleich ich, wie ich schon weiter oben geschrieben habe, noch keine Zeit gehabt habe, darüber nachzudenken, bin ich immer mehr davon überzeugt, daß es die Zeremonie ist, die das Kind macht.
Ich wurde an der Tür von Meve empfangen, die recht kühl zu mir ist. Ich frage mich, warum. »Guten Tag, Meve«, »Guten Tag, Mademoiselle Mara«, das ist alles, was wir miteinander sprechen.
Madame Baoghal empfing mich sehr leutselig und freundlich, sie war prächtig aufgetakelt mit einem pistaziengrünen Kleid mit gelben und malvenfarbenen Streifen, dazu das weinhefefarbene Taftmieder raffiniert eingezogen. Breite

und offene Ärmel. Monsieur Baoghal im grauen Gehrock und geblümter Weste sagte einige liebenswürdige Worte in Gälisch zu mir:

– *Conus tà tù?*

Connan O'Connan, der Dichter, war mit seiner Frau, seinem Sohn und seiner Tochter Irma da. Auch Sarah war mit ihren beiden Brüdern Phil und Tim, ihrer Mutter und ihrem Vater Gregor Mac Connan, dem Dichter, da. Padraic O'Gregor Mac Connan war ebenfalls da mit seinem Vater Mark, dem Dichter, seiner Mutter und seiner Schwester Ignatia. Ferner war Mrs. O'Cear da, mit ihrem Mann, dem Druiden-Barden, ihren drei Söhnen Arcadius, Augustin und Cesar und ihrer Tochter Arcadia. Schließlich war noch Mac Adam, der Primitivisten-Philosoph mit seiner Frau und seinen Kindern Abel, Beatitia, Cain und Eva da. Und ich werde nicht vergessen, auch Barnabé aufzuzählen, der ohne Vater und ohne Mutter, ohne Brüder und ohne Schwestern gekommen war.

– Sind Sie denn ein Waisenknabe? fragte ich ihn.

– Meine Eltern wohnen in Cork, gestand er.

– Ich kenne Cork nicht, gestand ich, aber mein Bruder ist im vergangenen Monat mit Tim Mac Connan dort gewesen.

– Mein Kompliment, gnädiges Fräulein, sagte Tim, der hinter meinem Rücken zuhörte. Bezaubernde Stadt, Cork, sagte er zu Barnabé mit einem frechen Ausdruck.

– Ach, da sind Sie ja, rief Pelagia. Ignatia sucht Sie überall, Barnabé.

Sie zog ihn mit sich fort.

– Sie haben sich auf einer unserer Samstagsparties kennengelernt, sagte Tim. Doch Sie sind bisher noch nicht gekommen.

– Ich kann nicht tanzen, gab ich zur Antwort, und außerdem werde ich ja nicht eingeladen.

– Oh, wenn Ihnen das nicht gefällt, will ich nicht weiter in Sie dringen. Abgesehen davon, wie geht es Joel? Ist die Geschichte mit der Köchin in Ordnung gekommen?
– Aber ja.
– Ohne Scherz, behält sie das Kind?
– Aber es gibt ja keins.
– Nein?
– Es sind die Wechseljahre.
Tim sah mich verdutzt an, ich frage mich, warum. Dann, sehr ernst:
– Sally, sollen wir nicht einmal zusammen ins Kino gehen?
– Warum nicht? sagte ich.
– Gehen Sie gern ins Kino?
– Es geht so. Der letzte Film, den ich gesehen habe, war ein Tarzan.
– Eine seltsame Wahl. Sehen Sie gern Tarzanfilme?
– Barnabé hat mich mitgenommen.
– Was! Sie sind mit Barnabé ins Kino gegangen?
Er schien sich immer mehr zu wundern, aber was war da schon Erstaunliches dran?
– Verflixter Barnabé, murmelte er.
In diesem Augenblick tauchte Baoghal auf.
– Sally, Sally! Ich suchte Sie überall, da ist ein Herr aus Paris, ein Freund von Monsieur Presle, der Ihnen gern vorgestellt werden möchte.
Der Freund von Monsieur Presle war ein Mann im reifen Alter, achtundzwanzig, dreißig Jahre vielleicht, sehr gut gekleidet, steifer Kragen, scharfe Bügelfalte an der Hose, charmanter, hochgezwirbelter Schnurrbart und ein Lorgnon, das am Ohr mit einem breiten Band aus schwarzer Seide befestigt war. Bei der Begrüßung machte er eine Verbeugung, wobei er die Spitze seines rechten Schuhs hinter die linke Ferse setzte und leicht die Beine durchbog.

Ein richtiger Musketier.
– Sie sprechen ja fabelhaft Französisch, rief er aus, nachdem ich »bon jour« zu ihm gesagt hatte.
– Es ist die Frucht der Französischstunden Monsieur Presles, gab ich ihm zur Antwort.
– Ach, der liebe Presle! Er hat mir viel von Ihnen erzählt. Unaufhörlich sang er Ihr Lob, er sprach von Ihren Gaben, Ihrer Arbeit, Ihrer Intelligenz ... Ich wurde wider Willen rot. Er verbeugte sich von neuem.
– Oh, oh, machte ich, oh, oh, oh.
Hochrot im Gesicht, schlenkerte ich von einem Fuß auf den andern, was der natürlichen Schüchternheit junger Mädchen Elastizität gibt.
– Ich stelle fest, fuhr der Herr aus Paris fort, daß er nicht übertrieben hat. Ich möchte sogar sagen, daß er weit unter der Wahrheit blieb, denn ich muß gestehen, daß ich nie einer Schönheit begegnet bin, die der Ihren vergleichbar wäre. Er erklärte sich mit großen Gebärden.
– Nein, nein, stammelte ich, Sie machen sich lustig.
– Wollen wir uns nicht in ein ruhiges Eckchen zurückziehen, um dort zu plaudern? schlug er mir vor.
Er faßte mich energisch am Ellbogen und führte mich in den Flur, einen dunklen Ort, an dem man das Gepiepse der Teegäste nur noch wie im Traum hörte.
Wir setzten uns auf bestickte Keilkissen, die auf einer bretonischen Truhe lagen, die Padraic Baoghal von einer seiner Forschungsreisen als Souvenir mitgebracht hatte.
Kaum saßen wir, stürzte sich der Herr aus Paris auf meine Hand, ergriff sie und umklammerte sie kräftig. »Verdammt noch mal«, sagte ich mir, »der geht aber ran.« Unterdessen fuhr der Quasselbruder fort:
– Sally, sagte der Herr aus Paris, gestatten Sie mir, daß ich Sie so nenne?

– Selbstverständlich.
– Mich können Sie Athanasius nennen, murmelte er mir ins Ohr. Ich schnüffelte an ihm. Er war ganz parfümiert. War es *Scandal* von Lanvin, *Missive* von Roger et Gallet, *Zibeline* von Weil oder *Vol de Nuit* von Guerlain, alles wohlriechende Substanzen, die in der letzten Nummer von *Votre Beauté* annonciert worden waren? Ich hätte es nicht sagen können, obgleich ich es immerhin gern gewußt hätte.
– Sie riechen aber mal gut, säuselte ich.
– Nicht wahr, mein Häschen? Das ist die gute Pariser Luft!
– Was ist denn das für ein Parfüm?
– Pssst! machte er und legte sich einen Finger auf den Mund. Pssst! Das ist eine Überraschung.
Er sah sich um, und nachdem er sich vergewissert hatte, daß uns niemand beobachtete, knöpfte er seine Hose auf und holte etwas heraus, das ich zuerst für seinen Prügel hielt.
– Pssst! machte er von neuem. Pssst! Ich habe es wegen dem Zoll versteckt, erklärte er mir und hielt mir ein Fläschchen Parfüm hin. Ein Geschenk von unserem Freund Presle, kommentierte er.
Stürmisch bemächtigte ich mich dessen und drückte es nacheinander unter meine Nase und an mein Herz.
– Es ist *Scandal*, rief ich glückselig. Wie lieb von ihm!
Ich füllte mir die Nasenlöcher mit Duft, bis mir die Luft ausging.
Während ich so von den Genüssen des Geruchsinns in Anspruch genommen war, hatte mich der elegante Athanasius, einen Arm durch die Keilkissen schiebend, um die Taille genommen und schob nun unter mein grünes Kretonnekleid mit roten Punkten seine Hand, die sich langsam meinem Höschen näherte.
– Der liebe Michel, seufzte ich. Oh, er hat mich nicht vergessen, der Darling!

Nachdem ich mir noch einmal eine Nase voll geholt hatte, verstaute ich das Fläschchen in meiner Handtasche und sah dann der Situation konkret ins Auge. Der galante Musketier fing an, dummes Zeug zu faseln.

– Oh, oh, oh, machte er und rieb mir an den Schenkeln rum, oh, oh, oh, wie niedlich sie doch ist, das hübsche, kleine Mämädi aus dem grünen Erin, und wer wird ihr denn ihr kleines Schlüpüpferchen ausziehen? Natürlich der beste Freund ihres Mimi, ihres Chechel, ihres Preprel.

Ich nahm seine Nase zwischen zwei Finger und vollzog an diesem Appendix eine Umdrehung von hundertachtzig Grad.

Wie das Erdöl aus dem Boden Oklahomas schoß das Blut aus den zur Decke gerichteten Nasenlöchern.

– Keine Fuselmatenten, sagte ich und brachte seinen Riechbolzen wieder in die normale Lage zurück. Und vielen Dank und nichts für ungut, fügte ich hinzu.

Ich stand auf und ließ ihn einfach sitzen, während er sich die Visage kolmatierte.

Als ich wieder in den Saal kam, stürzte Barnabé auf mich zu und wimmerte:

– Wissen Sie, Sally, ich wollte gerade eingreifen.

– Spionieren Sie mir nach?

– Ich muß es Ihnen gestehen, wimmerte er. Bei diesem Pariser war ich mißtrauisch.

– Riechen Sie mal, sagte ich zu ihm und hielt ihm das Fläschchen *Scandal* unter den Riecher.

– Entsetzlich, wimmerte er. Das stinkt.

– Ein Geschenk von Michel Presle.

– Diese Franzosen! wimmerte er.

Madame Baoghal, vom Geruch angezogen, eilte herbei.

– Das ist ja göttlich, blökte sie und strich mit der Nase über den Stopfen.

– Ein Geschenk von Michel Presle, erklärte ich.
– Wo ist denn unser Besucher?
– Er knöpft sich wieder zu, erklärte ich.
Madame Baoghal machte ein überraschtes Gesicht.
– Da ist er ja schon.
Er trat herbei: Der Mittelpunkt seines Gesichtes leuchtete. Er schnitt Grimassen, es schien ihm immer noch weh zu tun. Aber er zeigte es nicht allzusehr, hierin den Traditionen des Muts seiner Nationalität getreu.
– Verehrtester! Ist sie nicht ein richtiges Elitemädchen?
– Bemerkenswert, pflichtete er ihr bei und verbeugte sich. Aber als er sprach, platzten ihm die Blutgefäße im Kopf wieder auf, und von neuem schoß das Blut hervor. Er verstopfte sich den Zinken.
– Mein Gott! rief Madame Baoghal. Was haben Sie denn gemacht?
– Ich habe mich an der Wasserspülung gestoßen, redete er sich heraus. Aber es ist nicht schlimm.
– Funktioniert sie noch? erkundigte sich die Hausherrin.
– Seien Sie ohne Sorge, liebe Madame.
– Ja, ja, gerade die kleinen Abenteuer machen den Zauber der Reisen aus, sagte Mrs. Baoghal.
– Ich wünsche Ihnen ähnliche, gab der Franzose lächelnd zur Antwort.
– Ist der galant, sagte Mrs. Baoghal gerührt. Aber sagen Sie, wie finden Sie denn unsere Stadt?
– Bestens.
– Wie bezaubernd er ist!
– Haben Sie unser Museum schon besucht? Nein? Ich bin sicher, daß Miß Mara Sie mit dem größten Vergnügen begleiten wird.
– *Is cumadhom,* sagte ich auf gälisch, das heißt: Da bin ich gar nicht scharf drauf.

– *Nà biodh eagla ort!* entgegnete mir Mrs. Baoghal, das heißt: Seien Sie kein Hasenfuß!
– Gut, gut, machte ich.

24. Mai
Und deshalb habe ich Athanasius heute in die National Gallery geführt. Wir haben uns vor diesem Gebäude verabredet. Gewissenhaft haben wir die beiden *Ansichten Dresdens* von Canaletto, den *Heiligen Franziskus* von El Greco, den *Abschied Christi von seiner Mutter* von Gérard David, das *Frauenbildnis* von Goya und einige Gainsboroughs bewundert. Athanasius verhielt sich während des ganzen Besuches außerordentlich korrekt und kniff mir höchstens mal ab und zu leicht in die Hinterbacken.
Sein Schnurrbart war gewichst, seine Schuhe gestriegelt, sein Lorgnon glänzte in tausend Feuern: ein richtiger Musketier. Er mußte den Eindruck haben, daß ich mich vor ihm in acht nahm, aber wenn ich eine vielleicht etwas gezwungene Haltung an den Tag gelegt habe, so nur deshalb, weil ich befürchtete, der Wächter, den ich in den Dreck geworfen hatte, könnte unvermutet auftauchen. Natürlich lag es nicht in meiner Absicht, meinem Athanasius die Statuen des Gartens zu zeigen. Die Furcht, dort meinem Feind zu begegnen, war zu groß, und außerdem dachte ich, daß es in Paris wohl schönere gäbe. Wenn ich mich an seine Stelle versetzte, konnte ich mir höchstens eine Aphrodite oder eine Diana vorstellen, der er hätte die Waden ablecken können. Als wir durch den Saal der Präraffaeliten kamen, ließ ich ihn törichterweise hinter mir hergehen. Anstatt die fernen Prinzessinnen zu betrachten, deren mangelhaft entwickelte Brüste im Sepianebel unsterblicher Meisterwerke verschwanden, kam es ihm in den Sinn, aus dem Fenster zu schauen, und ich hörte, wie er hinter mir losprustete:

– Ist das aber mal lustig, sagte er halblaut. Ist das aber mal lustig.
– Was denn?
– Die Zinkblätter und die Unterhosen! Kommen Sie, das müssen wir uns genau ansehen.
Er zog mich mit. Ich wußte nicht, wie ich widerstehen sollte. Wir betraten den Park, und bereits bei der ersten Statue, meinem behosten Apoll, begann Athanasius maßlos zu lachen. Leider tauchte, wie ich vorausgesehen hatte, ein Wächter auf: der meine.
– Sie, was gefällt Ihnen in unserem Museum denn nicht? fragte er ihn mit kühlem Ausdruck, wobei er so tat, als sehe er mich nicht.
– Was sagt er?
Denn der Wächter sprach gälisch.
– Der Herr spricht nur englisch, sagte ich zu dem Wächter.
– Er ist aber kein Engländer, entgegnete er immer noch auf gälisch.
Unterdessen hatte Athanasius, des Wächters nicht achtend, sich vor der zweiten Statue – meinem Herkules – aufgebaut und stieß ein lautes Glucksen aus, wobei er sich mit der echten Eleganz eines Marquis des achtzehnten Jahrhunderts den Bauch hielt. Diese Entfernung ausnützend, flüsterte mir der Wächter die folgende, in Gälisch gesprochene kleine Rede ins Ohr:
– Kleines Lumpenmensch! Kleine Hur! Nicht genug damit, daß du hierherkommst, um deine hysterischen Anfälle auf den Leibern dieser unschuldigen frigiden Statuen abzureagieren, bringst du jetzt auch noch ausländische Taugenichtse mit, die sich über die gesunden Grenzen lustig machen, welche die Konservatoren dieses Museums den Auswüchsen des menschlichen Fleisches zu geben wußten. Schamloses Mädchen! Geiles Kind Erins! Ich weiß eine ganze Menge

über dich, ich weiß deinen Namen, deinen Vornamen, deine Adresse, deinen Beruf. Nimm dich in acht! Nimm dich in acht! Wenn du fortfährst, deine Schandtaten im Schoße der ästhetischen städtischen Stiftungen zu treiben, wenn du fortfährst, die Bildhauerei in Motive solitärer Befriedigung oder kollektiven Juxes zu verwandeln, wird eine Klage gegen dich angestrengt. Ja, eine Klage wird gegen dich angestrengt, Sally Mara! Eine Klage! Eine Klage! Eine Klage!
Woher kannte dieser dicke Tolpatsch meinen Namen? Das war ja unglaublich! Aber anstatt zu schlottern, hätte ich am liebsten in das Lachen Athanasius' eingestimmt. Warum hatte ich keine Angst? Das frage ich mich jetzt noch. Sicher ist jedenfalls, daß ich nicht unrecht hatte.
Anstatt mich nun ins Bockshorn jagen zu lassen und vor dem Aufseher der Zinkblätter und der Gipshosen auf dem Bauch zu kriechen, rief ich meinen Gefährten, der eiligst herbeikam, und sagte zu ihm:
– Dieser Mann ist ein altes Ekel, er hat mir unsittliche Anträge gemacht.
– Aääh, machte Athanasius.
– Ich sollte ihm mit der Hand durchs Haar fahren.
– Pfui! machte Athanasius und wollte mich fortziehen.
Ich sträubte mich.
– Ja, wie, rief ich, wollen Sie ihm etwa nicht in die Fresse hauen?
– Der arme Mann! Ich kann ihn verstehen.
– Nein? Sie wollen also nicht?
Der Wächter, der auf diese Reaktion nicht gefaßt war, machte ein ängstliches Gesicht. Athanasius trat auf ihn zu und befahl ihm in einem holprigen Englisch, sich bei mir zu entschuldigen, was der andere nicht zu verstehen wünschte. Darauf schob ich den Franzosen beiseite, ergriff meinen Landsmann mit dem rechten Arm am Revers seiner Uni-

form und schickte ihn in die Spindelbäume, wo er sich lang hinstreckte.
– Na ja, sagte Athanasius. Ein hübscher Schwinger. Werden wir nun keine Unannehmlichkeiten bekommen?
– Haben Sie keine Angst. Ich verpasse ihm jedesmal eine Abreibung, wenn ich herkomme.
– Oh, stramme Jungfrau! deklamierte der Musketier.
Wir hatten kaum die National Gallery verlassen, als er sich auf schnellstem Wege von mir verabschiedete. Ich hätte ihn gern ausgefragt, um Einzelheiten über das Leben Michel Presles zu erfahren, aber ich habe es vergessen. Und es ging auch alles etwas schnell.
Aber ich frage mich, woher der andere Schmutzfink meinen Namen weiß.

24. Mai
Ich bin Athanasius ganz zufällig auf der Straße begegnet. Er hat mich zwar sehr höflich gegrüßt, hat mich aber nicht angesprochen. Was für ein komischer Kauz. Dabei hätte ich ihm gern schöne Grüße an Monsieur Presle aufgegeben.

25. Mai
An Monsieur Presle geschrieben, um ihm für sein Parfüm zu danken und ihn (diskret) um andere Nummern von »*Votre Beauté*« oder Zeitschriften dieser Art zu bitten. Ein Teil meines Briefes ist in Gälisch abgefaßt, um ihm zu zeigen, welche Fortschritte ich gemacht habe. Schreibe ihm auch von Athanasius, doch ohne große Begeisterung; da er sein Freund ist, will ich ihn nicht vor den Kopf stoßen und mache zum Schluß einige Komplimente über seine Gesellschaftstalente.

26. Mai

Wir werden den Sommer bei Onkel Mac Cullogh, dem Bruder Mamas, verbringen. Er hat einen Bauernhof einige Meilen von Cork entfernt, auf der Strecke nach Macroon.

27. Mai

Mrs. Killarney muß sich häufig erbrechen; Mama sagt, es sei die Leber, die ihr zu schaffen mache, der armen Frau. Sie hat ihr einige Gebete an den heiligen Boldo empfohlen, der für die Beschwerden dieses inneren Körperorgans unfehlbar ist.

28. Mai

Ich habe meine Zeitschrift wiedergefunden und zwar so:
Seit drei Tagen (ich habe ganz vergessen, es zu notieren, aber ich bin es allmählich satt, alle Räusche meines Bruders schriftlich festzuhalten) ist Joel dabei, ein tolles »batter« zu feiern. Heute abend nun, wir aßen zu dritt, Mama, Mary und ich, fängt Mama laut zu denken an – »denken« ist vielleicht übertrieben, na ja, was sie eben so »denken« nennt –, was wir alles mitnehmen müßten, wenn wir in Ferien fahren. Mit lauter, träumerischer, ferner und leicht romantischer Stimme machte sie ihre Bestandsaufnahme. Da Joel mitfährt, hat sie sich plötzlich daran erinnert, daß noch zwei Knöpfe an seinem Hosenlatz anzunähen sind. Ich habe mich erboten, den Gegenstand zu holen (nicht um sie anzunähen, denn Mama macht das sehr gut). Ich gehe also hinauf in Joels Zimmer, ich klopfe an, um mein Gewissen zu beruhigen, obgleich ich mir schon denken konnte, daß er mir, seinen Bier- und Whiskyrausch ausschlafend, kaum Antwort geben würde. Da ich also keine Antwort höre, trete ich ein.
Joel liegt ausgestreckt auf dem Bett. Er hatte wohl irgendeine Arbeit verrichtet und war darüber vor Müdigkeit ein-

geschlafen, noch bevor er seinen Prügel, den er in der Hand hielt, weggesteckt hatte. Auf dem Boden lag meine Zeitschrift. Sie war auf der Seite aufgeschlagen, auf der ein charmantes, von hinten photographiertes Pariser Modell die Qualitäten eines *Scandale* genannten Strumpfbandhalters zur Schau stellt. Eine bezaubernde Person, und sie lächelt. Ihre Strümpfe spannen sich über die apollinischen oder eher aphroditischen, in jedem Falle aber göttlichen Beine und werden am Oberschenkel, damit sie keine Falten schlagen und die Haxen formen, von Strumpfbändern erfaßt, die an dem Halter befestigt sind, dessen leicht durchsichtiges Latexgewebe die Teilung dieser köstlichen Kugel, die wir Frauen als Cul durch die Gegend tragen, in zwei Halbkugeln erkennen läßt.
Das Seltsamste an der Geschichte ist, daß dieses Reklamebild mit einer Art Leim bedeckt war, dessen Ursprung ich nicht auszumachen vermochte.
Ich verzichtete also auf die Lösung dieses interessanten Problems und nahm seine Hose, um sie Mama zu bringen; es fehlten tatsächlich zwei Knöpfe dran.

14. Juli
Heute ist der Nationalfeiertag der französischen Republik. In Paris scheint es ganz toll zu sein. Michel Presle hat es mir geschrieben: Auf den Straßen wird getanzt, Bierkrüge liegen umher, auf den Brücken werden Feuerwerke abgebrannt. Ach, wann werde ich endlich einmal Paris sehen können? Im Augenblick habe ich nichts vor Augen als die grünen Täler Erins, denn seit einigen Tagen wohnen wir bei Onkel Mac Cullogh. Joel und er verstehen sich prima: Sie werden überhaupt nicht mehr nüchtern. Mama strickt weiter Socken für die eventuelle Rückkehr Papas. Mary und ich beschäftigen uns, so gut es geht.

Seit meinem achten Lebensjahr – God, liegt das weit zurück – bin ich zum erstenmal wieder auf dem Land. Recht niedlich, so ein Landaufenthalt. Das Land hat seine Reize: Es ist grün, bewegt sich nicht, verwandelt sich leicht in Misthaufen, was für den Mann, der die Felder bestellt, mit andern Worten für den Agronom, sehr nützlich ist. Mary und ich kümmern uns nicht um die Pflanzen, die keinerlei Prügel zu haben scheinen, außer den Dingern, die man in der Schule lernt: Griffel, Staubfäden und ähnliche Flausen, die sich günstigstenfalls als Katechismusvokabular eignen. Mary und ich lassen sie also links liegen und konzentrieren unsere Aufmerksamkeit hauptsächlich auf die Tiere.
Was wir nicht begreifen können, weder Mary noch ich, ist ihre Manie, sich gegenseitig zu besteigen, vor allem die kleinen Tiere. Zum Beispiel die Fliegen, die bei Onkel Mac Cullogh in rauhen Mengen auftreten: Häufig fallen sie vor einem herab, und man sieht, daß es zwei sind, wobei die eine der andern auf dem Rücken sitzt. Es ist ganz klar, daß es sich hier um einen Trick von der handelt, die oben sitzt, um die, die unter ihr ist, am Fliegen zu hindern und sie somit den Gesetzen der Schwerkraft zu unterwerfen. Im allgemeinen mache ich durch einen kräftigen Schlag mit der flachen Hand aus beiden Mus, obgleich das der unteren gegenüber vielleicht ungerecht ist. Mary möchte, daß wir die, die oben sitzt, fangen, um ihr die Flügel auszureißen und sie Mores zu lehren: Aber ich habe für diese Art Pädagogik nicht viel übrig.
Im Hühnerhof geschehen ähnliche Dinge. Der Hahn denkt nur an eins: sich auf die Hühner kuscheln, während das brave Federvieh nur ans Kuscheln denkt, wenn es sich zur Ruhe begibt. Außerdem gefällt das den Hühnern ganz und gar nicht, denn sie gackern ganz wild dabei. Daher bringe ich mit einer langen Stange in der Hand Ordnung in diese

kleine Welt. Sobald ich einen Hahn erspähe, der sich auf eine Henne stürzt, vertreibe ich ihn.
Allerdings springt mich der in Rede stehende Hahn jedesmal, wenn ich den Hühnerhof betrete, mit einem wilden und gehässigen Ausdruck an. Er scheint mein Verfahren nicht sonderlich zu schätzen. Ist das etwa meine Schuld? Aber man sagt ja allgemein, die Hähne seien nicht sehr intelligent.

3. August
Den Prügel eines Esels beobachtet. Ein unheimliches Ding. Aber wozu mag ihm das wohl dienen? Zum Nüsseknacken ganz bestimmt nicht. Bekanntlich tut dieses Tier nichts Besonderes. Jedenfalls ist es bei ihm nicht wie beim Biber, der mit seinem Schwanz Dämme baut.

25. August
Nicht nur die kleinen Tiere besteigen sich gegenseitig, auch die mittleren. Die braven Wauwaus zum Beispiel versuchen ständig, Bockspringen miteinander zu spielen, allerdings glückt es ihnen nie. Sie tun sich zu fünft, zu sechst zusammen, einer dient als Trampolin (im allgemeinen eine Hündin, wie mir scheint), sie stellen sich auf die Hinterbeine, als wollten sie Männchen machen, klammern sich an den Flanken des andern fest und machen dann krampfhafte Anstrengungen, über den Partner hinwegzuspringen, doch sind diese Anstrengungen nie von Erfolg gekrönt. Nachdem sie sich eine Zeitlang abgemüht haben, fallen sie wieder auf die Pfoten zurück, erschöpft und keuchend. Es ist komisch und kläglich. Die Kinder bilden einen Kreis um sie herum, was uns, Mary und mich, bei unserer Beobachtung beträchtlich stört. Wir trauen uns nicht näher heran, so daß wir dieses Spiel bisher noch nicht in allen Einzelheiten studieren konnten.

26. August

Die Hitze im Zimmer, der Eifer meiner zoologischen Untersuchungen und das Heranrücken meiner Monatsregel ließen mich heute nacht nicht schlafen. Gegen drei Uhr morgens stand ich auf, zog meinen Morgenrock über und ging auf den Hof hinaus. Alles war still. Der Mond kugelte majestätisch über den Teppich des Himmels und bespritzte das Anwesen Onkel Mac Culloghs mit seiner Milch. Plötzlich schoß ein herzzerreißender Schrei durch die Stille der Nacht und jagte mir eine Heidenangst ein. Der blonde Flaum meines kräftigen, jungfräulichen Leibes sträubte sich vor Entsetzen. Ich rührte mich nicht. Noch einmal drang der Schrei durch die Nacht, schrill, aggressiv, unheimlich. Ich begann zu schwitzen, zuerst auf der Stirn, dann unter den Achselhöhlen, dann in den Lendenhöhlen. Nur kurz wurde das Jammergeschrei jeweils unterbrochen und ging dann in voller Lautstärke weiter. Einen Augenblick lang glaubte ich an die Gegenwart eines Gespenstes, das Kummer hat, da man aber hier in der Gegend nie eines erwähnt hatte, schien mir das sehr bald völlig unwahrscheinlich. Und außerdem glaube ich kaum an diese Geschichten.

Eine köstliche Brise, die einen guten Geruch nach Torf mitbrachte, kühlte meine Stirn. Ich öffnete ein wenig meinen Morgenrock, damit sie den Rest trockne. Obgleich das Geschrei nicht aufgehört hatte, begann ich wieder Mut zu schöpfen und beschloß, einmal nachzusehen, was wohl so furchtbar schreien mochte. Dem Schall nachgehend, näherte ich mich unter stetem Zögern dem tönenden Wesen und entdeckte zwei Katzen. Die eine, die gellende, lag flach hingeduckt auf dem Bauch, den Kopf am Boden und das Hinterteil hochgestreckt. Die andere strich um sie herum. Ab und zu ging sie näher heran, dann schlugen sie mit den Krallen nacheinander und fauchten sich an. Darauf zog sie sich

zurück, besiegt, strich wieder um den Gegner herum und beobachtete ihn. Ich zögerte nicht, in Anbetracht der Lage und der Kampfmethode dieses Gegners auf dessen Niederlage zu schließen. Ich habe darin einige Sachkenntnisse, da ich zur C. A. C. C. F. A. (Catch-as-catch-can Feminine Association), zur F. I. F. A. (Full-in Feminine Association) und zur G. R. W. F. A. (Greco-roman Wrestling Feminine Association) gehöre. Gewiß, seit über einem Jahr übe ich diesen Sport nicht mehr aus. Ich habe nicht einmal meine Beiträge bezahlt. Ich muß mich wieder dahinterklemmen. Dieses Jahr hat das Studium des Irischen meine ganze Zeit in Anspruch genommen. Und wird sie auch noch weiterhin in Anspruch nehmen. Diese verfluchte Sprache, wie Presle sagte, kann die schwer sein. Das ist ganz was anderes als Marys Postfräuleinstudien. Aber ich bleibe fest bei meinem Entschluß: Ich will einen Roman in dieser seltsamen Sprache schreiben. Ich könnte ihn in Englisch schreiben (meine Muttersprache) oder sogar in Französisch (wie dieses Tagebuch), aber nein, ich will, daß dieser Roman irisch geschrieben wird. Und ich habe nicht einmal die geringste Idee über die Handlung! Ist das nicht sonderbar? Aber wo war ich denn stehengeblieben? Ach ja! Meine Katzen. Nun, es trug sich genauso zu, wie vorauszusehen war. Der Umherstreicher sprang der anderen aufs Hinterteil und hat sie ganz schön durcheinandergeschüttelt.
Ich möchte nur wissen, was diese Tiere alle haben, daß sie sich gegenseitig auf den Rücken steigen? Man könnte meinen, daß sie an nichts anderes denken und daß es im Leben nichts anderes gibt.

27. August

Während ich heute morgen die Runkelrübenfelder Onkel Mac Culloghs betrachtete, kamen mir wieder Bruchstücke aus dem Naturkundeunterricht in der Schule ins Gedächtnis. Wir hatten zwar einige Betrachtungen über die Fortpflanzung der Pflanzen angestellt, doch über die der Tiere kein Wort. Allmählich begreife ich, daß alles, was mich in letzter Zeit so stark beschäftigt hat, etwas mit dieser heiklen Frage zu tun hat. Allerdings begreife ich die Analogien nicht: Der männliche Prügel gleicht zwar dem Griffel, aber hat er die gleiche Funktion? Was wären dann die Staubfäden? Die Flaumhärchen, die zu meiner Mitte hochwachsen. Geheimnis. Das ist alles so zusammenhanglos.

28. August

Trotz meiner Größe, und Mary ist auch nicht klein, nennt uns Onkel Mac Cullogh immer »Kinderchen«. Heute morgen sagte er zu uns:

– Na, Kinderchen, wenn es euch Spaß macht, werden wir mal die Ziege zum Bock führen.

Wir haben Ja gesagt, darauf hat er Betty, einem weißen Zicklein, einen Strick um den Hals gelegt, und wir haben uns auf den Weg gemacht zu dem Hof von Fyve O'Clogh, der etwa zwei Meilen von dem Anwesen des Onkels entfernt liegt. Wir waren vielleicht eine halbe Stunde marschiert, als Mary und ich gemeinsam ausriefen:

– Mensch Meyer, wie riecht's denn da! Es stank in der Tat entsetzlich.

– Ich rieche nichts, sagte der Onkel. Aber das muß wohl Barnabé sein.

– Barnabé, rief ich, und das Herz krampfte sich mir zusammen.

Mary lachte laut auf.

Der Onkel machte ein schlaues Gesicht.

– Sag mal, Sallylein, du scheinst mit einem Barnabé zu poussieren. Unser Barnabé ist der Bock von O'Clogh.

– Den sollte man mal gründlich waschen, bemerkte Mary.
– Das würde seinen Reizen nur schaden, wie, Zicklein?
Und liebevoll versetzte er ihr einen Schlag mit dem Knüppel.
– Na, fuhr der Onkel fort, und wann soll die Hochzeit sein mit diesem Barnabé?
– Sie ist noch nicht entschlossen, bemerkte Mary.
– Ich bin weit entfernt, mich zu verheiraten. Vor allem mit Barnabé. Den ich kaum kenne. Ich habe nur zwei- oder dreimal mit ihm gesprochen.
– Was tut er denn?
– Er lernt Irisch.
– Eine verdammt harte Arbeit, sagte der Onkel.
– Das will ich meinen, bestätigte ich.
– Und warum willst du nicht heiraten?
– Das weiß sie auch nicht, sagte Mary.
– Es paßt mir im Augenblick nicht in den Kram. Je weiter wir kamen, um so mehr stank es. Und zu allem Elend mußte ich auch noch Gründe finden. Ich ersann den folgenden, den törichtsten und unehrlichsten von allen:
– Glaubst du vielleicht, das Beispiel Mamas sei sehr ermutigend?
– Ja was denn! Sie hat die Jugend ihres Mannes genutzt, jetzt ist sie ihn auf gute Art losgeworden.
– Sie wartet auf ihn, sagte Mary.
– Nur Verstellung, entgegnete der Onkel.
– Die reine Dummheit, entgegnete Mary.
– Du kleines, unverschämtes Luder, rief der Onkel, meine Schwester zu beleidigen!
Er sah aus, als sei er wirklich empört. Dabei weiß jeder, daß Mama eine weiche Birne hat.
– Los, halt mal die Ziege, befahl mir der Onkel.
Ich nahm den Strick, und der Onkel nahm Mary unter den

Arm und verabreichte ihr sechs Klapse auf den Popo. Dann läßt er sie gehen. Er will wieder den Strick nehmen. Doch er besinnt sich eines anderen. Er packt meine Schwester von neuem und verabreicht ihr von neuem eine Tracht Prügel aufs verlängerte Rückgrat. Mary bleibt zurück, nachdem der Onkel sie losgelassen hat. Sie schmollt. Sie macht ein sonderbares Gesicht. Der Onkel, der wieder den Strick an sich genommen hat, ebenfalls. Verstohlen betrachte ich ihn von Kopf bis Fuß. Ungefähr in der Mitte des Körpers stelle ich fest, daß seine Geistigkeit so stark zum Vorschein kommt, daß er sie sicherlich als Knüppel für das Zicklein benutzen könnte. Das die ganze Zeit über meckert und unruhig zu werden scheint. Der Hof mit dem Bock liegt an der Biegung der Landstraße.

– Na, sagt der Onkel schließlich, mach nicht solch ein Gesicht, Mary.

Seit Papa vor zehn Jahren wegging, ist uns das nicht mehr passiert, weder Mary noch mir. Joel hat zwar einige Male den Versuch unternommen, da er aber der Schwächere war, haben wir ihn beide gehörig verwalkt. Ein richtiger Waschlappen, dieser Joel! Aber ich erinnere mich noch gut an die Prügel, die mir der Father verpaßte. Er war feierlich und methodisch. Die Ärmel hochkrempeln, meine Hose herunterziehen, mich über die Knie legen, das nahm alles Zeit in Anspruch, viel Zeit. Für ihn war es eine regelrechte Messe, die er zelebrierte, eine Kommunion. Und die Pranke, die dieses Vieh hatte. Aber ich sah diese Prozedur keineswegs als Demütigung an. Noch viel weniger als Strafe. Mich überkam stets ein großes Gefühl des Triumphes. Ich fand, daß er sich erniedrigte, indem er sich so hartnäckig für jenen Teil meines Körpers interessierte, der für mich nur der Körperteil war, auf den ich mich hinsetzte. Ich betrachtete mich als Königin, und er war lediglich der Sklave meines Hintern, ein

einfacher Klapsstuhl. Wenn es vorbei war, zog ich ohne Zähre (aber manchmal doch, wenn er mir zu weh getan hatte) meine Hose wieder hoch und ging würdig und zufrieden weg, denn im Grunde habe ich es gern warm am Hintern.
Mary hatte uns inzwischen wieder eingeholt und ging nun neben uns.
– Du mußt das verstehen, erklärte ihr der Onkel. Ich weiß ja, daß deine Mutter verdammt einfältig ist, aber das zu sagen, steht dir nicht zu. Oh, nein, mitnichten. Rrrh.
Er spuckte stolz aus.
– Da sind wir. Er hat einen schönen Hof, O'Clogh. Auch einen schönen Ziegenbock. Kinderchen, ihr werdet gleich sehen, was das für eine schöne Hochzeit wird.
Er lachte laut.
– Schöne Hochzeit! Schöne Hochzeit!
Mary und ich sahen uns an; die gleichen Vorstellungen schienen sich in unserem Bregen zu regen.
– Warum führst du denn die Ziege zum Bock? fragte ich den Onkel mit zitternder Stimme.
– Das werdet ihr gleich sehen, Kinderchen! Das werdet ihr gleich sehen!
Wir kommen also hin, wir sehen den alten O'Clogh, wir verhandeln mit ihm, es meckert von allen Seiten, der Ziegenbock steht in dem Verschlag dort drüben, ihr werdet gleich sehen, Kinderchen, ihr werdet gleich sehen, es wird Whisky getrunken, der Hochzeitspreis wird ausgehandelt, denn eine Hochzeit soll stattfinden, es meckert immer lauter, es wird wieder Whisky getrunken, schließlich ist man sich einig geworden, ihr werdet gleich sehen, Kinderchen, ihr werdet gleich sehen, man zerrt die Ziege herbei, die Tür des Verschlags wird geöffnet, so ein Gestank, so ein Gestank, ein bärtiges Wesen trampelt vor Ungeduld, seine

Augen funkeln, es will partout auf den Hinterbeinen gehen, es legt dem Zicklein die Vorderbeine auf den Rücken und nun müht es sich ab wie ein richtiger Hund und sieht sehr zufrieden dabei aus. In meinem Kopf wirbelt alles durcheinander, die reinen Geister, die Erregtheit Barnabés, die Monatsregel Mrs. Killarneys, die Besteigung Joels, der Eselsprügel, die Unterhosen der Statuen, die Fortpflanzung der Pflanzen, der Tiere und der Menschen, die Ehelichkeit. Eins folgt dem andern, alles wird klar – oder wenigstens scheint es mir so. Blitze zucken durch meine kleine (unsterbliche) Seele. Ich bin geblendet. Der Bocksgestank erstickt mich. Ich werde ohnmächtig. Ich drohe umzufallen.

– Schön bei der Stange bleiben, flüstert mir der Onkel ins Öhrchen.

Ich strecke die Hand aus und halte mich an seinem Knüppel fest.

Ein gewöhnlicher Holzknüppel.

Onkel Mac Cullogh ist eben kein Gentleman. Wie der vom Hafen.

1935

13. Januar
(Jahrestag der Abreise Michel Presles und meiner Begegnung mit dem Gentleman)

Seit sechs Monaten: nein, etwas mehr als vier, habe ich nichts mehr in mein Heft geschrieben. Ich hatte es in eine Schublade gefeuert und nicht mehr angerührt, ich wußte nicht mehr, was ich hineinschreiben sollte. Seit den Ferien ist nicht viel passiert. Ich nehme wieder Stunden bei Baoghal, Barnabé auch. Ich gehe nie mit ihm aus, oh, nein. Auch nicht mit irgendeinem andern Mann. Madame Baoghal malt immer noch mit dem gleichen Eifer ihre Miniaturen, das stört mich, es bereitet mir Unbehagen, ich kann mich nicht mehr so auf die Arbeit konzentrieren. Joel hat sich einen Plattenspieler gekauft. Wenn er nicht da ist, lernen wir tanzen, Mary und ich. Sie geht jetzt in Tanzlokale, mindestens einmal in der Woche, manchmal sogar zweimal. Sie verkehrt mit einem gewissen John Thomas. Und dabei hat sie an dem Abend mit dem Bock plötzlich in ihrem Bett zu weinen angefangen, wir hatten das gleiche Zimmer, und immerzu gestammelt: »Armes Zicklein, armes Zicklein.« So sind die jungen Mädchen. Ich gehe übrigens auf keine Party. Was ist sonst noch passiert? Mama hat Mrs. Killarney wegen ihrer zunehmenden Fettleibigkeit entlassen. Das hat einen schönen Zauber gegeben. Sie hat gesagt, sie käme wieder, so einfach ginge das nicht ab. Wir haben jetzt ein junges Dienstmädchen, so in der Art von Meve. Joel läßt sie in Ruhe. Er ist immer noch der gleiche Alkoholiker. Ich sehe ihn nicht sehr oft. Auf der einen Seite Mary, auf der ande-

ren Joel und Mama, die für Papa Socken strickt, der vielleicht an einem der nächsten Tage zurückkommen wird, so fühle ich mich sehr allein. Ich habe zu nichts Lust. Ich bin ganz melancholisch, doch meinen Eierstöcken geht es gut, danke.
Ich habe dieses Heft wieder in die Hand genommen, weil es jetzt ein Jahr her ist, daß ich anfing, ein intimes Tagebuch zu führen, aber ich habe keine große Lust mehr dazu.
Michel Presle hat mir zweimal geschrieben, er hat mir noch andere französische Zeitschriften geschickt. *Vogue, Fémina* etc.
Es macht mir Spaß, darin zu blättern, ich würde gern solche schönen Sachen tragen, wie man sie da sieht, aber es ist höchst unwahrscheinlich, daß mir das je passiert, und deshalb ist mir ganz weh ums Herz. Und überhaupt, sich schön machen, sich auftakeln, sich herrichten, sich anstreichen, sich parfümieren und so fort, um sich dann zu guter Letzt von einem stinkenden Vieh durchlöchern zu lassen? Nein, das lohnt wirklich nicht!

16. Januar

Als ich mein Tagebuch wieder vornahm, dachte ich bestimmt nicht, daß ich sobald Gelegenheit hätte, phantastische Begebenheiten einzutragen. Unglaubliche, ungeheuerliche, verblüffende Dinge sind geschehen. Und zwar folgende:
Wir aßen zu Abend. Wir hatten gerade den Hering mit Ingwer verspeist und wollten uns hinter den Speck mit Kohl machen, zufällig waren Joel und Mary da, es ist im Augenblick selten, daß wir alle vier beisammen sind, immer fehlt einer, entweder Joel oder Mary. Joel, der nicht allzu besoffen war, bohrte sich zerstreut mit einem Essiggürkchen im Ohr. Mama schnitt den Speck, der Kohl roch gut, draußen

war es kalt, drinnen war es warm, wir fühlten uns wohl, als es plötzlich klingelt: Die Kleine geht öffnen. Wir hören Stimmen, Kindergekreisch, Gepolter, die Tür wird heftig geöffnet und herein kommt Mrs. Killarney, die Bess zurückstößt. Sie war wieder zusammengeschrumpft und trug ein Päckchen im Arm. Es war das Päckchen, das kreischte. Sie legte es Mama auf die Knie.

– Da, Großmutter, da, sagte sie zu ihr, jetzt können Sie sich drum kümmern. Ich habe anderes zu tun. Guten Abend.

– Nein, nein, nichts da! rief Mama. Nehmen Sie das schön wieder mit.

Und sie stand auf, um dem Weib den Schreihals wieder in den Arm zu schieben.

– Ich will es nicht mehr, grölte Mrs. Killarney. Ich habe es neun Monate in der Schublade gehabt, das reicht mir.

– Nichts zu machen, heulte Mama, wir wollen das Ding nicht haben! Außerdem, wer sagt uns denn, daß Sie es nicht aus einem Kinderwagen geholt haben, um uns einen bösen Streich zu spielen? Die Intelligenz Mamas wurde verblüffend.

Mary versetzte Joel unterm Tisch einen Fußtritt.

– Sagst du nichts?

Er betrachtete träumerisch das Ohrenschmalz, das das Ende seines Gürkchens zierte und antwortete einfach: »Auh.« Er hatte nicht einmal aufgeschaut. Mama vollbrachte Wunder an Strategie.

– Bess! Bess! Schließen Sie die Tür ab! Bess lief zur Tür, sie lachte sich krumm.

– Mrs. Killarney, Sie werden nicht von hier weggehen, ohne dieses liebliche Baby mitzunehmen.

– Gelt, es ist lieb? sagte Mrs. Killarney.

– Bezaubernd. Es sieht Ihnen ähnlich, fügte Mama hinzu.

– Finden Sie?

– Eine richtige Puppe. Hat Ihre Augen.
– Glauben Sie?
– Es hat sehr schöne Augen.
– Ich fand, daß es eher die Augen seines Vaters hat, sagte Mrs. Killarney.
– Und wer ist sein Vater? fragte Mama mit gleichgültigem Gesicht.
– Ihr Sohn, natürlich, antwortete Mrs. Killarney.
– Na, na, machte Mama nachsichtig, wenn er Sohn ist, ist er nicht Vater, Mrs. Killarney, erzählen Sie doch nicht solche Geschichten. Sie würden ja überall ausgelacht werden. Kommen Sie, setzen Sie sich her, und trinken Sie ein Glas Whisky, während wir weiteressen. Aber vielleicht haben Sie noch gar nicht zu Abend gegessen? Bess! Ein Gedeck für Mrs. Killarney und noch eine Flasche Whisky.
Unversehens saß Mrs. Killarney an unserem Tisch, mit dem Baby auf dem Arm.
– Sie werden uns jetzt sagen, wie Sie Bess' Speck mit Kohl finden.
Mama klatschte ihr eine anständige Portion auf den Teller.
– Danke, Mrs. Mara, sagte Mrs. Killarney. Das riecht gut. Sie stürzte sich drauf.
Und wir begannen den Speck mit Kohl zu verschlingen, dann einen Laib Käse von zwölf Pfund und schließlich eine Algentorte.
– Sie kocht gut, die Kleine, sagte Mrs. Killarney und wischte sich mit dem Handrücken den Schnurrbart ab. Da haben Sie ja Glück gehabt, denn ich bin nicht bereit, wiederzukommen.
– Wir vermissen Sie! Wir vermissen Sie, machte Mama.
Das Baby hatte sich bis dahin ruhig verhalten. Mit verschämter Neugierde sah ich es verstohlen an. Mrs. Killarney aß über seinen Kopf hinweg, und ab und zu war ihm etwas

von dem Fraß draufgefallen. Als es nicht mehr kauen hörte, wurde es wach. Es begann zu brüllen.
– Er hat Hunger, der Kleine, meinte Mama.
Mrs. Killarney pflichtet ihr bei, knöpft ihre Bluse auf und holt eine enorme Halbkugel mit der Milch heraus, auf die sich das Baby nun ebenso gierig stürzt wie wir auf den Speck mit Kohl. Daß diese weiche, gefräßige Larve (vielleicht) mein Neffe war, erfüllte mich mit der gleichen Verwunderung wie der Gedanke, daß meine kleinen, harten Brüste eines Tages, nachdem der Bock über mich gekommen war, ebenso kugelig-rund werden könnten wie die von Mrs. Killarney, oder daß besagte Mrs. Killarney an einem gewissen Tag auf allen vieren vor meinem Bruder gekrochen war. Ich konnte mir schlecht vorstellen, wie sich das zugetragen haben mochte. Ich konnte mir kein Bild von dieser Szene machen. Ich glaubte nicht daran. Und alles geriet durcheinander, verwirrte sich, ich fand mich nicht mehr zurecht. Und das gefräßige Baby saugte weiter an der Mutterbrust, und Mama machte ein gerührtes Gesicht und Mary ein angewidertes, und in der allgemeinen Stille hob Joel schließlich die Augen und sagte:
– Mrs. Killarney, Sie sollten das verstecken.
– Warum denn? fragte Mama. Sie tut nichts Böses, Mrs. Killarney.
– Aha! rief diese, der Herr läßt sich endlich dazu herbei, mit mir zu sprechen.
– Ich sage Ihnen, Sie sollen das verstecken.
– Unhöflicher Mensch!
– Los, los, verstecken Sie die Dinger!
– Unverschämter Lümmel!
– Aber, aber, sagte Mama, ihr werdet euch doch nicht wegen solcher Lappalien streiten wollen. Joel, wenn dir dieser Anblick zuwider ist, und ich frage mich, warum, dann

kannst du ja wegsehen. Ich denke, daß er nicht mehr lange zu saugen hat, der Kleine.
– Es ist ein Mädchen, sagte Mrs. Killarney würdevoll.
– Und welchen Vornamen hat sie?
– Salome.
– Oh, ist das aber ein niedlicher Name, gluckste Mama.
– Ich gab ihr diesen Namen zum Andenken an Monsieur Joel. So nannte er mich immer, wenn wir beieinander waren.
– Er nannte Sie Salome? fragte Mary und sah ihr in die Augen.
– Ja, Mademoiselle Mara. Er pflegte zu sagen: »Du wirst meine Salome sein, aber du wirst deine sieben Schleier anbehalten.«
– Tja, sagte Mama voller Stolz, an Phantasie fehlt's unserem Joel nicht, wenn er will.
Und sie stimmte in unser Lachen ein. Mary und ich, wir bogen uns, wir lachten dicke Tränen.
– Die blöde Kuh, brüllte Joel ohne sich zu rühren, mit einem etwas gezwungenen Lächeln im Mundwinkel, die blöde Kuh, knurrte er, und außerdem ist es gar nicht wahr.
– So eine Dreistigkeit!
– Ziehen Sie Leine !
Joel versuchte würdig auszusehen.
– Kss, kss, machte Mary.
Wir konnten einfach nicht mehr.
– Ich bin zu gut zu Ihnen gewesen, deklamierte Joel. Übrigens, man ist immer zu gut zu den Frauen.
Ich lachte derart, daß ich irgendwohin mußte. Nachdem ich mein kleines Geschäft verrichtet hatte, wollte ich gerade ins Eßzimmer zurückgehen, wo der Krach immer lauter wurde, als die Hausglocke ertönte.
– Ich gehe schon, rief ich, aber es hatte sowieso niemand gehört.

Ich öffnete die Tür. Ein Mann stand vor mir, den Hut tief in der Stirn, die Hände in den Taschen. Die düstere Laterne, die die Straße vor unserem Haus beleuchtet, und das schwache Licht im Korridor machten es mir unmöglich, sein Gesicht zu sehen. Der Mann war ebenso groß wie ich, er hatte breite, etwas vornübergebeugte Schultern.

Als ich öffnete, war ich noch ganz fröhlich, jetzt stand ich verdutzt da. Schließlich stammelte ich:

– Was wünschen Sie, Monsieur?

Mit dumpfer Stimme fragte er mich, ob Mrs. Mara immer noch hier wohne. Ich antwortete mit Ja.

– Gut, machte er.

Er putzte sich sorgfältig die Schuhe an der Strohmatte ab und zog die Hände aus den Taschen. Dann schob er mich mit dem Arm entschlossen zur Seite und trat ein.

– Sagen Sie mal! rief ich dumm und lief hinterher. Sagen Sie mal!

Aber als er am Ende des Korridors angekommen war, blieb er stehen.

– Ist das ein Krach! murmelte er.

– Sagen Sie mal! machte ich noch einmal.

Er zog seinen Hut ab und warf ihn mit sicherer Hand in Richtung des Kleiderständers. Dann faßte er mich am Kinn.

– Bist du das Dienstmädchen?

Ich stieß ihn zurück. Ich war meiner Sache ziemlich sicher, daß ich ihn wiedererkannt hatte.

– Nein, ich bin Sally.

– Na schön, sagte er ruhig, du könntest deinem Vater einen Kuß geben.

Ich hatte keine Lust dazu. Er packte mich an der Schulter und küßte mich. Er war sehr schlecht rasiert, und sein Bart stach. Er hatte sehr kalte graue Augen und sah recht heruntergekommen aus. Ich stellte fest, daß ich keine einzige klare Erinnerung mehr an ihn hatte. Ich bemerkte, daß seine Jacke abgewetzt und voller Flecken war.

– Was ist denn das für ein Spektakel? fragte er mich von neuem.

Er schien neugierig zu sein und doch über den Ereignissen zu stehen.

– Das ist unsere frühere Haushälterin, die behauptet, daß Joel der Vater ihres Kindes ist. Sie kommen gerade richtig.

Er überlegte einen Augenblick, dann sagte er ruhig:

– Scheiße. Das fängt ja gut an.

Er kratzte sich am Kopf und machte einen Schritt auf den Kleiderständer zu.

– Ich habe gute Lust, gleich wieder die Kurve zu kratzen.

In diesem Augenblick wurde das Geboller im Zimmer nebenan noch lauter: eine zusammenhanglose Mischung von Gezeter, Lachen, Brüllen und umfallenden Möbeln.

– Ich werde mir das doch einmal ansehen, erklärte Papa. Ist es lustig? fragte er mich.

– Zeitweilig, erwiderte ich verlegen.

Er öffnete sacht die Tür zum Eßzimmer, und wir erblickten Joel, der seinen Prügel aus dem Hosenlatz hängen hatte und mit einem Nußknacker das vordere Ende zerquetschen wollte. Mama rief ihm mit jämmerlicher Stimme zu:

– Tu das nicht, Joel! Du wirst ihn kaputtmachen. Mrs. Killarney heulte, das Baby brüllte, Mary lachte mit irrem Ausdruck im Gesicht, ihre Augen waren halb weiß.

– Das ist ja niedlich, murmelte Papa.

Joel war der erste, der ihn erblickte – und erkannte.

– Vater, rief er.

Er ließ den Nußknacker fallen und knöpfte seine Hose zu. Mama drehte sich um, piepte: »John« und sank in seine Arme. Mary tat nichts.

– Guten Tag, alle zusammen, sagte Papa. Er verteilte Küsse

in der Runde und drückte Mrs. Killarney die Hand, wobei er sich ernst verbeugte. Ein kindliches Lächeln fürs Baby. Dann setzte er sich hin und goß sich ein Glas Whisky ein, das er mit nachdenklichem Gesicht in kleinen Schlücken leerte.

– Hast du die Streichhölzer mitgebracht? fragte ihn Mama.

– Ja. Da.

Er wühlte in seiner Tasche, zog eine neue Schachtel heraus und warf sie auf den Tisch.

– Danke, sagte Mama.

– Du solltest den Nußknacker aufheben, sagte Papa zu Joel.

Joel fuhr hoch, aber er gehorchte.

Dann wandte sich Papa an Mrs. Killarney.

– Und Sie, liebe Frau, was gedenken Sie zu tun?

– Ach, Monsieur Mara, ich bin ja so glücklich, Sie zu sehen; ich werde Ihnen alles erklären.

– Nicht nötig. Ich weiß alles. Sie behaupten, daß dieses Balg mein Enkel ist? Also schön, ob es wahr ist oder ob es nicht wahr ist, Sie werden auf der Stelle Leine ziehen.

– Nein, sagte Joel.

– Was hast du gesagt?

– Ich habe nein gesagt; sie bleibt, oder ich gehe mit.

– Sie wird Leine ziehen, und wenn du willst, kannst du mitmarschieren.

– Gut.

Er stand auf und ging zu Mrs. Killarney. Er half ihr beim Aufstehen und deklamierte:

– Mrs. Killarney, erlauben Sie mir, daß ich Ihr Leben teile. Wir werden unser Kind in Ehren und Würden großziehen.

Mary und ich klatschten dieser Erklärung kräftig Beifall. Mama schluchzte.

– Ich werde morgen kommen, um meine Sachen abzuholen, fuhr Joel fort. Adieu, liebe Mutter, adieu, liebe Schwestern, und verzeiht mir, daß ich euch verlasse. Die Pflicht ruft mich.

Er nahm Mrs. Killarney am Arm und ging mit ihr hinaus, während wir noch lauter klatschten.

– Und ihr, sagte Papa zu uns, wenn ihr bleiben wollt, dann werdet ihr jetzt nach meiner Pfeife tanzen, sonst kriegt ihr eure Abreibung.

Wir verhielten uns mucksmäuschenstill. Man hörte, wie die Haustür ins Schloß fiel. Das Schweigen hielt an.

Endlich kam Mama eine Idee. Im Ton eines sanften Vorwurfs sagte sie:

– John, du hast aber lange gebraucht, um eine Schachtel Streichhölzer aufzutreiben.

– Die Streichhölzer, das war nicht so schlimm, antwortete Papa, das Schwierigste war die Schachtel. Und er goß sich ein neues Glas Whisky ein. So habe ich einen Bruder verloren und einen Papa gewonnen.

25. Januar

Schlaff und streng, kristallisiert er die Atmosphäre zu schneidendem Eis oder verdickt sie zu einer Art Vogelleim. Er trinkt fast ebensoviel wie Joel (nein, trotzdem, bei weitem nicht), aber das äußert sich nicht. Er geht selten aus, offen gestanden ist er seit seiner Rückkehr nicht ein einziges Mal ausgegangen. Mama strahlt, aber Bess lebt in Angst und Schrecken. Mary hat erklärt, sie ginge weg, sobald sie Postfräulein geworden sei.

Ja, das Leben zu Hause hat sich geändert.

30. Januar

Wir sind Joel besuchen gegangen, Mary und ich. Er wohnt in der Winkelgasse, die von der Cross Kevon Street, an der Ecke der Technischen Hochschule, ausgeht und in die New

Street einmündet. Im Erdgeschoß hat ein Händler für Schlachtabfälle und Eingeweide seinen Laden. Wir stiegen über einige halbverweste Speckköpfe, einige Fleischmägen leberkranker Kälber und einige saftlose Ochsenhoden hinweg, erklommen die ausgetretenen Stiegen einer dunklen Treppe, in deren Mitte ein Urinbächlein sich sein Bett gegraben hatte.

– Das ist ja toll, brüllte Joel, als er uns erblickte. Seit ich von zu Hause weg bin, habe ich mich nicht ein einziges Mal besoffen. Stimmt's nicht, Salome? Wir begrüßten Mrs. Killarney und warfen dann noch einen Blick auf unsere Nichte, die in einem Koffer, der als Wiege hergerichtet war, fest pennte. – Seht her, im Augenblick, fuhr Joel fort, bin ich erst bei meinem achten Whisky (es war sechs Uhr abends). Und ich arbeite, ich arbeite! Gestern habe ich einen Koffer an den Bahnhof von Westland Row getragen, und vorgestern habe ich einen Schubkarren die ganze Cooks Lane entlanggeschoben. Ich bin ein regenerierter Mensch.

Er ließ sich auf einen Schemel fallen und lächelte zufrieden.

– Sag mal, Salome, was sollen wir ihnen anbieten? Whisky?

– Es ist keiner mehr da.

– Du könntest eine Flasche kaufen gehen.

– Kein Zaster.

– O'Coghtail wird dir schon pumpen.

– Will nicht mehr.

Er wühlte in seinen Hosentaschen: Er hatte nur noch einen Roal. Mrs. Killarney besaß noch drei Pingins. Mary hatte einen Florin in ihrer Handtasche und ich ungefähr drei Punts, aber ich zeigte nur zwei Koroinen.

– Das wird schon reichen, sagte Mrs. Killarney, die aufgekratzt davonging, um das Getränk zu erwerben.

– Und Vater? fragte Joel und kratzte mit dem Zeigefinger den vertrockneten Dreck ab, der an seinen Schuhen saß.

– Vater, von dem habe ich die Nase voll, vom Vater, sagte Mary. Sobald ich einmal selbst Geld verdiene, werde ich türmen.
– Wirst du mit John Thomas zusammenleben!
– Vielleicht.
– Spricht man zu Hause von mir?
– Mama läßt dir einen schönen Gruß ausrichten. Er spricht nur, um Dummheiten zu sagen, Befehle zu geben oder Flausen zu verzapfen. Ein aufgeblasener Armleuchter.
– Und du, Sally, du sagst ja gar nichts?
– Och, weißt du, gab ich zur Antwort, mir ist alles wurscht.
– Sag mal, Sally, fühlst du dich krank? Ich finde dich seit den Ferien ganz verändert. Was hast du denn?
– Ich? Nichts. Überhaupt nichts.
– Sie leidet an zurückgedrängter Liebe, sagte Mary.
– Mach mich nicht rot, du dumme Gans.
– Sie weiß nicht, wo sie sie aufhängen soll, ihre Liebe. Ihrem Leben fehlt ein Kleiderständer.
– Siehst du Barnabé nicht mehr? fragte mich Joel.
– Sag mal, seitdem du nicht mehr zu Hause bist, scheinst du dich sehr für mich zu interessieren.
– Ich sage dir doch, daß ich ein regenerierter Mensch bin. Mrs. Killarney kam mit fünf Flaschen zurück.
– Pump nicht tot, sagte sie und zwinkerte mit den Augen. Wir setzten uns so bequem es nur ging auf die Möbeltrümmer, die im Zimmer lagen und begannen von diesem und jenem zu reden, von der Existenz Homers und Shakespeares, von der Fresse des Prinzen von Wales usw. Als wir die dritte Flasche gekippt hatten, wies Mary darauf hin, daß es vielleicht an der Zeit sei, nach Hause zu gehen. Ich gab ihr zur Antwort, daß mir das vollkommen schnuppe sei. Wir kamen überein, bei der vierten Schluß zu machen. Joel gab Limericks zum besten, über die wir uns krummlachten;

Ich verstand jetzt etwa jeden fünften. Mary sagte die Liste mit den zwölfhundert Philippineninseln auf und zum Schluß sangen wir noch einige Lieder. Nachdem wir auf der Treppe unser kleines Geschäft verrichtet hatten, sagten wir Joel, Mrs. Killarney und der kleinen Salome, die durch unseren Weggang wach geworden war und für die wir für den Kauf eines unterhaltsamen Spielzeugs wie Trixbaukasten oder Mikroskop Geld zu sammeln versprachen, auf Wiedersehen. Die Treppe erwies sich als außerordentlich steil, das Pflaster als außerordentlich glitschig. Die andern sagten uns ein letztes Adieu, am Fenster stehend, aus dem schmutzige Wäsche hing, die niemals weiß werden würde. Mary kotzte auf ein Ster Sauohren, die auf einen Abnehmer warteten, und dann gingen wir nach Hause, das jetzt nicht nur das Mutter- sondern auch das Vaterhaus war.

Wir fanden, daß das Gehen ein sowohl schwieriger als auch gefährlicher Sport sei, und heiterten uns auf, indem wir einige Couplets sangen, in denen wir möglichst viele Wörter unterzubringen versuchten, deren genauer Sinn uns unbekannt war. Einige Passanten klatschten Beifall. Einige schlugen uns sogar vor, ihr Lager mit ihnen zu teilen, aber wir lehnten ab, denn ich für meinen Teil wenigstens mag mein Bettchen gern, und ich bin auch daran gewöhnt. Bei Onkel Mac Cullogh zum Beispiel schlief ich sehr schlecht. An der Ecke von Long Lane und Heytesbury Street trafen wir auf einen jungen Mann, den wir zu erkennen glaubten:

– Aber das ist ja Barnabé! rief ich.

– Glaubst du, daß es wirklich Barnabé ist? fragte Mary.

– Es sieht ganz so aus, als wäre es Barnabé, antwortete ich.

– Wie geht es denn Barnabé? fragte mich Mary.

– Barnabé geht's gar nicht so schlecht, bei den schlechten Zeiten heute, antwortete ich.

– Ich bin wirklich entzückt, daß es Barnabé bei den schlechten Zeiten heute gutgeht, erklärte Mary.
– Es ist eine ausgemachte Sache, daß es Barnabé bei den schlechten Zeiten heute wirklich sehr, sehr gut geht, bestätigte ich.
– Soll ich Sie nicht nach Hause bringen? fragte Barnabé.
– Ich glaube, Barnabé hat die Absicht, uns nach Hause zu bringen, sagte Mary.
– Wie wär's, wenn wir Barnabé bitten würden, die Absicht zu haben, uns nach Hause zu bringen? schlug ich vor.
Nachdem wir in eher eintöniger Weise verschiedene Worte miteinander gewechselt hatten, standen wir zweieinhalb Stunden später vor unserer Haustür.
– Ich werde mit eurer Mutter sprechen, sagte Barnabé vertraulich.
– Nicht nötig, sagte ich, das werden wir schon allein in Ordnung bringen.
Mary zog an der Klingel. Barnabé entfernte sich.
– Wann lädst du mich wieder ins Kino ein? rief ich hinter ihm her.
Ich verstand nicht, was er mir antwortete. Die Tür wurde geöffnet, und wir liefen im Trab bis zum Eßzimmer. Zu unserer großen Verblüffung war der Tisch abgeräumt.
– Ja, wie denn! sagte Mary. Gibt's heute abend nichts zu fressen?
– Pst, machte Mama, pst, pst.
– Stimmt ja, sagte ich. Was ist denn los? Papa kam ins Zimmer.
– Sieh mal an, der da ist ja auch da, machte ich. Und zu Mama:
– Ja wie denn? Und der Tisch? Noch nicht gedeckt?
– Wir haben bereits zu Abend gegessen, antwortete Papa mit Baobabstimme.

– Wir nicht, wir haben nicht einmal angefangen.
– Nun, heute abend wird's mal so gehen.
– Ich habe aber Hunger, sagte Mary.
– Hast du vielleicht auch Durst?
– Natürlich. Das ist vielleicht 'ne Frage! Jetzt hör sich das bloß mal einer an!

Sie erhielt eine kräftige Kopfnuß, worüber sie verblüfft den Mund aufsperrte. Dieser Akt der Brutalität trieb mich zum äußersten: Ich ging auf Papa zu, um ihn ein wenig am Überzieher zu schütteln und ihm Manieren beizubringen. Ich hatte nicht vorausgesehen, daß er in der Kunst, sich in der Familie zu schlagen, einigermaßen bewandert war, und der Whisky, den ich getrunken hatte, ersäufte in etwa die Erinnerung an vergangenes Training.

Einige Sekunden später lag ich also mit hochgestreiftem Rock und heruntergezogenem Slip auf den Knien meines Vaters und nahm eine energische Tracht Prügel auf den bloßen Hintern in Empfang. Zuerst dachte ich über die Eitelkeit der Dinge dieser Welt nach, über die Höhen und Tiefen der Existenz, über das Glück und das Unglück, dann dachte ich unter dem Einfluß der Fundamentalwärme an die Fortpflanzung der Pflanzen- und Tiergattungen, an die Konfektion von Männerkleidung im allgemeinen und von Hosenlätzen im besonderen, an den Tau der Menhire, an den Bart der Böcke, an die Dusterheit der Kinosäle. Ich geriet ins Schwärmen, und da Papa sich eifrig abmühte, die weite Fläche, die vor seine Augen zu bringen ich die Ehre hatte, scharlachrot zu färben, verfiel ich in eine seltsame Glückseligkeit, obgleich ich versuchte, mich wie an einen Rettungsring an diese Worte zu klammern: »Schön bei der Stange bleiben … Schön bei der Stange bleiben …«

31. Januar
Barnabé erwartete mich nach meiner Lektion bei Baoghal. Er hat mich daran erinnert, daß ich ihn gebeten hatte, mit mir ins Kino zu gehen. Wir sahen uns *New York–Miami* an. Ich habe höllisch aufgepaßt, daß ich ihm nicht die Hand auf den Schenkel legte. Er drückte sich, wie mir schien, regelrecht in seinen Sessel hinein. Er hat mich anschließend nach Hause gebracht. Wir haben nicht viel gesprochen. Wir haben uns nur ein wenig über keltische Philologie unterhalten. Ich frage mich, was er wohl denken mag. Papa war heute etwas geschwätziger. Er erzählte Mama Geschichten über Chicago, über die Bootleggers, die Maschinengewehrgarben und wie er dabei beinahe eine Schachtel Streichhölzer aufgetrieben hätte und dann sofort nach Hause gekommen wäre. Es war spannend. Aber er sprach nur mit Mama, er wandte sich nicht an uns. Er widmet auch Bess keinerlei Aufmerksamkeit. Sie ist sehr hübsch, Bess, sie gleicht Meve ein wenig, etwas magerer. Ich glaubte, daß Papa sie bocken würde. Kein Gedanke. Er sieht sie nicht einmal an. Nichtsdestoweniger lebt Bess ständig in Angst und Schrecken.

1. Februar
Er soll sich bloß nicht einbilden, daß das jetzt jeden Tag so weitergeht. Heute wollte er mir unter dem Vorwand, daß er sich mit dem Nußknacker (immer noch dieser verfluchte Nußknacker) den Finger gequetscht hat, den Popo purpurrot machen. Aber ich kenne jetzt seine Stärke und seinen Stil. Als er mich greifen wollte, bin ich an ihn herangegangen und verpaßte ihm einen doppelten Nelson Hausmacher Art, der ihm ganz schön zu denken gab.

3. Februar

Da er gegen mich nichts ausrichten kann, hält er sich an Mary schadlos.

Es gab Merlan zum Mittagessen. Mary war auf den absonderlichen Gedanken gekommen, etwas Salz dran zu machen (gewöhnlich machen wir Zucker dran, nach englischer Art). Das brachte Papa in Wut, er hat sich auf sie gestürzt und ihr eine sehr gründliche Abreibung verpaßt. Ich habe aufmerksam zugeschaut; am interessantesten ist es, die Veränderungen der Hautfarbe zu beobachten. Seltsam, wenn man sieht, wie ein Hintern, der im allgemeinen sehr weiß, fast opalinfarben ist (ich spreche von mir und Mary), knallrot werden kann wie eine Tomate. Noch erstaunlicher ist es, das Gesicht der versohlten Person zu sehen. Sie sah ganz komisch aus, Mary. Ich frage mich, ob ich neulich abends genauso ein Gesicht gemacht habe, als die Reihe an mir war.

Als wir dann allein waren, hat sie mir eine entsetzliche Szene gemacht. Weil ich ihr nicht geholfen habe. Weil ich eine falsche Schwester sei, eine perfide Wutz und eine niederträchtige Schlampe. Nach und nach beruhigte sie sich und erklärte:

– Also auf keinen Fall darf es hier so werden wie im Hause des Generals Durakin. Wenn er das noch einmal tut, haue ich ab, egal, ob ich meine Prüfung gemacht habe oder nicht.

– Wie willst du denn leben?

– Mit John Thomas.

Du wirst also heiraten müssen.

– Ja und, was ist schon dabei?

– Ja, was ist schon dabei?

Wir sahen beide nachdenklich vor uns hin. Ich betrachtete ihre Physiognomie.

– Es ist doch komisch, sagte ich zu ihr, wie einem dabei wird.

– Wobei denn?
– Na, bei den Klapsen auf den Popo.
– Ja, das stimmt. Siehst du, im Augenblick würde ich gern einen Jungen vernaschen.
– Was sagst du?
– Ach, ich hatte ganz vergessen. Das verstehst du ja gar nicht.
– Was verstehe ich nicht?
– Alles das.
– Was, alles das? Los, sprich!
– Die Dinge der Liebe.
– Oh, là, là, machte ich. Oh, là, là.
Als ob dieses »Oh, là, là« etwas bedeutet hätte, aber ich wußte nicht, was ich sonst sagen sollte. In der Tat, was wußte ich eigentlich von den Dingen der Liebe? Höchstens, daß sie auf allen vieren betrieben werden und daß sie mit der Fortpflanzung der Pflanzen- und Tiergattungen zu tun haben. Mary ging nicht näher darauf ein, sie besaß zweifellos eine heimliche Überlegenheit, von der ich nichts wußte. Sie kam auf ihr ursprüngliches Anliegen zurück.
– Sag, Sally, versprich mir, daß du mich verteidigen wirst, wenn er noch einmal den Versuch unternimmt, mich anzurühren.
– Du kannst auf mich zählen, Mary.
Mary dachte nach:
– Und wenn wir uns beide zusammentun würden? Dann wäre er bestimmt der Schwächere.
– Und wir würden ihm eine Abreibung verpassen.
Diese Aussicht entlockte uns ein Lächeln.

4. Februar

Barnabé hat mir Blumen geschickt, sie sind künstlich, wegen des Winters, aber es sind trotzdem Blumen. Er hatte

seine Visitenkarte dazugesteckt, auf die er in gälischen Buchstaben seinen Namen kalligraphiert hatte.
Es ist lustig, Blumen zu bekommen. Es ist das erste Mal, daß mir das passiert. Es ist nett, es ist beredt, es ist voller Anspielungen. Man denkt sofort an den Griffel, an die Pollen, an die Befruchtung. Ich hab sie am Schwanz gehalten, bevor ich sie in meine Vase gestellt habe.
Ich bin sehr gerührt.

6. Februar
Ich ahnte es. Papa hat Angst. Vorhin habe ich jäh den Arm gehoben, um an eine Tasse zu kommen, die hinter ihm stand, und er hat sich ganz automatisch mit dem Ellbogen geschützt. Hinterher ist er rot geworden. Er sagt nichts mehr zu Mary. Er hat wohl unsere Unterhaltung neulich abends mitangehört.
Er ist ein Waschlappen.

12. Februar
Bin diese Woche zweimal mit Barnabé ausgegangen. Wir hatten lange Gespräche über die Zukunft der gälischen Sprache. Wir wiederholten gemeinsam unsere Lektion. Wir sind gute Kameraden, unsere Häute berühren sich nur für das Guten Tag und Auf Wiedersehen.

13. Februar
Papa hat meine Abwesenheit ausgenützt und sich über Mary hergemacht, weil sie am Vortage zuviel Marmelade auf ihre Forelle gestrichen hat. Er hat sie derart vertrimmt, daß sie kaum noch sitzen kann. Sie ist toll vor Wut.

15. Februar

Es war einen Monat her, daß wir nicht mehr bei Joel gewesen sind. Sie lagen alle da und schnarchten; es war etwa drei Uhr nachmittags. Während wir warteten, bis sie wach wurden, haben wir die Reste aus den Flaschen zusammengegossen. Es langte gerade noch für zwei anständige Whiskys. Wir schauten ihnen zu, wie sie ratzten: Joel sah aus wie ein Engel, aber Mrs. Killarney war kein schöner Anblick, ihr Schnurrbart sträubte sich unter dem fahlen Hauch ihres Atems, und am Kinn floß ihr der Speichel herab auf den Hals.

– Wie kann er bloß diese alte Schachtel vernaschen, fragte sich Mary. Es ist ja doch traurig, wenn man einen Komplex hat, da macht man die unwahrscheinlichsten Sachen.

Obwohl ich diese Oma in meiner Phantasie auf alle viere stellte, konnte ich mir meinen Bruder einfach nicht vorstellen, wie er sie bockte. Er war schön so, in seinem Schlaf, ruhig, ätherisch, poetisch. Salome dagegen war seit unserem letzten Besuch mächtig verkümmert, sie wurde zusehends älter, man hätte dieser Larve sechzig Jahre gegeben. Dann sahen wir uns durchs Fenster das Treiben auf der Straße an. Es stank unheimlich. Träger von Schlachthausabfällen und Eingeweiden kamen und gingen, Kunden handelten, Bettler bettelten. Eine Zigeunerin ging vorbei, grün, rot, gelb. Zwei Hunde trieben unter den aufmerksamen Blicken einer Bande Gören Unzucht: Als ich sah, wie sie sich so bildeten, dachte ich an meine eigene Jugend zurück, an die Zeit, in der ich selbst mühsam die Stufen der sexuellen Studien erklomm.

Da sie zweifellos anderen Sinnes geworden waren, versuchten die beiden Tiere sich zu trennen. Es gelang ihnen aber nicht, da das eine Hü und das andere Hott zog. Zuerst lachten wir mit den Kindern, dann aber sah ich, wie das Gesicht

Marys starr und ganz ernst wurde. Ich erriet ihr angstvolles Fragen: Was geschieht, wenn, unter gleichen Umständen, die Gattin nach der einen Seite strebt und der Gatte nach der andern, und sie können nicht? Ob das zwischen Joel und Mrs. Killarney schon vorgekommen war? Zwischen Baoghal und Mrs. Baoghal? Zwischen Marc Antonius und Kleopatra? Zwischen Adam und Eva? Geheimnis. Ein Eimer Wasser, den der Eingeweidehändler über sie goß, krönte die Bemühungen der beiden Köter mit Erfolg und löste damit die Versammlung der Bälger auf.

Wir verließen unseren Beobachtungsstand. Im Zimmer schnarchte man immer noch. Wir leerten unsere Gläser, kritzelten ein nettes Wort auf ein fettiges Stück Papier und gingen weg.

Wir waren schon einige Zeit schweigend nebeneinander hergegangen, als Mary zu mir sagte:

– Weißt du, ich bin keine Jungfrau mehr.

Ich hatte es geahnt, obgleich ich den genauen Sinn dieser Vokabel, deren ideologischer Gebrauch mir unanständig erscheint, nicht kannte. Die Pfarrer, die fortwährend wegen Lappalien herumbelfern, sollten sich was schämen, daß sie im Zusammenhang mit einer historischen Gestalt, die immerhin Respekt verdient, ständig ein solch intimes Detail hervorheben. Wie die Jeanne d'Arc der Franzosen, von der man ständig behauptet, sie sei eine Jungfrau. Das ist nicht ganz astrein. Man denkt sofort ans Gegenteil.

– Na, du sagst nichts?

Nein, ich sagte nichts. Unter Schwestern kann man sich alles erzählen, aber trotzdem würde ich nicht so weit gehen und fragen, ob sie, beim Übergang zu ihrem augenblicklichen Zustand, ähnliche Unannehmlichkeiten gehabt hatte wie die beiden Wauwaus von vorhin. Dennoch drängte sich die Frage auf. Ich begnügte mich damit zu stammeln.

– Äääh … und … wie … war es?
– Ach, weißt du, man kann das nicht groß erzählen. Wenn man es nicht kennt, ist es wirklich etwas noch nie Dagewesenes.
– Wirklich?
– Wirklich. Es gibt nichts Vergleichbares, nichts. Es ist einzigartig. Du wirst das selbst noch erleben.
– Aber ich lege ja keinen Wert darauf.
– Das sagt man so.
Ich antwortete nichts, aber ich stellte eine andere Frage:
– Und … hast du … bist du … hast du … bist du … schon lange …?
– Gleich nach den Ferien. Am 2. Oktober, ungefähr um vierzehn Uhr dreißig nachmittags.
– Und du hast mir nichts davon gesagt?
– Damals hätte es dir zuviel Kummer gemacht. Du warst seit der Geschichte mit der Ziege ganz durcheinander.
– Hat es dich vielleicht nicht angewidert?
– Zuerst schon, verstehst du, wenn man die Sache von der sentimentalen Seite betrachtet … das Mitleid eben … diese arme, kleine, niedliche weiße Ziege … und dann dieses häßliche, haarige Vieh … aber weißt du, jetzt kann ich es dir sagen, in der Liebe zählt das Mitleid nicht … Ja, so war's, zuerst Mitleid … Traurigkeit … Furcht … und dann habe ich nachgedacht … Ich habe mir gesagt, daß es seit Anbeginn der Welt so war …
Sie hat ja doch was auf dem Kasten, die Schwester, und nicht bloß, um die Namen der zwölfhundert Philippineninseln auswendig zu behalten und die fünftausend Straßen von Paris.
– Na, und als John mich darum bat, habe ich mich halt zu ihm gelegt.
– Du hast gelegen? Im gleichen Bett?

– Nein, das erstemal in einem Graben im Phoenix Park.
Ich versuchte mir die Szene unter Zuhilfenahme der wenigen Gegebenheiten meiner Erfahrung vorzustellen. Es trat eine Stille ein.
– Ich weiß schon, woran du denkst, fuhr Mary fort. Aber siehst du, die Männer sind keine Tiere. Mit ihnen ist die Liebe ... mannigfaltiger.
Und sie fügte hinzu:
– Ich dürfte dir das nicht sagen. Aber weißt du, es ist auch sehr schön.
Wir standen vor der Tür unseres Hauses.

16. Februar
Trotzdem, trotzdem. Je mehr ich versuche, mir die Szene vorzustellen, um so unglaublicher erscheint sie mir. (Sieh mal an, als ich damals zum ersten Mal mit Barnabé ausgegangen bin, wollte er mich doch in den Phoenix Park führen.) Und was versteht sie unter »mannigfaltiger«? In welcher Hinsicht mannigfaltiger? Wieso? Und was ist mannigfaltig? Ach, wie Hamlet schon so schön sagt: »Es gibt mehr Ding im Himmel und auf Erden, als Eure Schulweisheit sich träumt.«

17. Februar
Aber da fällt mir gerade ein ... sie wird ein Baby bekommen.

18. Februar
Nein. Ich habe sie gefragt. Es scheint, daß sie keins bekommt. Es gibt Mittel dagegen, sagte sie. Ich verstehe überhaupt nichts mehr. Wenn man das, was man tut, nicht tut, um ein Baby zu bekommen, wozu tut man es dann? Ich wage nicht, sie zu fragen. Weil es sehr »schön« ist? Ach, es ist wirklich so, wie ich vorgestern schon so großartig sagte,

es gibt mehr Ding im Himmel und auf Erden, als Eure Schulweisheit sich träumt.

20. Februar

Wie kann man nur so kalt und zugleich so weich sein? Papa verhält sich im Augenblick ruhig, er geht immer noch nicht vor die Tür, er will niemandem den Hintern versohlen (nichtsdestotrotz hat die arme Bess eine Heidenangst vor ihm), und doch liegt etwas Zäh-Klebriges in seiner Anwesenheit. Sein Blick zerhackt, zerschlitzt, zerschneidet, durchbohrt, durchdringt, aber dessenungeachtet gleicht er doch einer Schnecke, die ihr Häuschen unter einer Jacke verstekken will und immer den Kopf draußen hat.
Seit einigen Tagen sieht er mich ganz ironisch an, was mich auf die Palme bringt.

24. Februar

Es war schon lange her, daß ich Barnabé nicht mehr gesehen hatte. Er erwartete mich heute nach meiner Lektion. Nachdem wir uns nach unseren gegenseitigen Gesundheiten erkundigt hatten, legten wir schweigend einige Schritte zurück. Dann machte ich ihn darauf aufmerksam, daß das Wetter prächtig sei. Sehr kalt, aber trocken. Eine verklärte Sonne. Er konnte es nicht leugnen. Ich schlug einen Spaziergang zu Fuß vor. Er widersetzte sich dem nicht. Ich ließ ihn verschiedene Ziele in Vorschlag bringen. Merrison Square? Ohne Interesse. Saint Stephen's Green? Mag ich nicht. Rutland Square? Die Nähe des Krankenhauses macht mich traurig. Mountjoy Square? Zu weit weg. Die Kais an der Liffey entlang? Zuviel Verkehr. Er sah bekümmert aus. Ihm fiel nichts anderes ein. Aber zum Glück hatte ich eine Idee:
– Und wenn wir in den Phoenix Park gingen?
– Aber das ist doch noch weiter als Mountjoy Square!

– Macht doch nichts. Wir stehen ja direkt vor der Straßenbahnhaltestelle.
– Aber dort wird es hundekalt sein.
– Ich bin nicht verfroren.
Er bezahlt mir also die Straßenbahn bis zum Phoenix Park, wir lassen die Hauptavenue links liegen und streifen umher, wobei wir uns über Sprachwissenschaft unterhalten. Oder besser gesagt, ich lasse ihn monologisieren. Ich hatte was anderes im Kopf. Schließlich hat er es gemerkt.
– Sally, Sie sehen aus, als suchten Sie etwas.
Natürlich stellte ich mich überrascht und leugnete. In Wirklichkeit fragte ich mich, in welchem Graben sich die Verbindung meiner Schwester mit John Thomas vollzogen hatte. Eine völlig sinnlose Frage, denn gewiß gab es keine Tafel, auf der es stand, und folglich konnte es dieser genausogut sein wie jener.
– Ich sehe, daß Sie mit einer ganz bestimmten Absicht hierhergekommen sind, sagte Barnabé. Oh, ich frage Sie nicht, mit welcher.
– Und doch könnte ich Ihnen antworten. Erinnern Sie sich noch an unsere erste Begegnung?
– In der Straßenbahn? murmelte er errötend.
– Nein, ich meine, das erstemal, als wir zusammen ausgegangen sind.
– Ich erinnere mich, flüsterte er.
– Es ist heute genau ein Jahr her.
Vor Verwunderung stotterte er etwas wie »glauben Sie« oder »nicht möglich«.
– Und sonst hat es keinen Eindruck auf Sie gemacht?
– Ich ... ich habe kein Gedächtnis für Daten.
– Aber dieses?
Kaum zu glauben, wie verwirrt der arme Junge war.
– Erinnern Sie sich nicht mehr, daß Sie bei Baoghal auf

mich gewartet haben und daß Sie mir vorschlugen, wir sollten einen Spaziergang in den Phoenix Park machen?
– Jaa, gab er bescheiden zu.
– Ich habe Ihnen damals einen Korb gegeben, aber ich habe mir gedacht, daß es zum Jahrestag doch nett wäre, wenn ich Ihren Wunsch erfüllte.
Er dankte mir mit halberstickter Stimme und erklärte sich höchst gerührt.
Da die ersten Farbtöne der Nacht den Himmel zu durchweben begannen, machten wir kehrt.
Kurz danach fragte er mich mit schüchterner Stimme:
– Sind Sie sicher, daß es der gleiche Tag ist?
– Was meinen Sie?
– An dem ich auf Sie gewartet und Ihnen vorgeschlagen habe, hierherzugehen?
– Ja klar.
– Ich glaube, es war ein andermal. An dem Tag, an dem ich Sie im Museum getroffen habe.
Ich sah ihn kalt an.
– An dem Tag also, an dem wir im Kino waren, nicht wahr?
Er geriet von neuem ins Stottern.
– Es fehlt Ihnen am nötigen Takt, Barnabé, sagte ich und machte ein eingeschnapptes Gesicht.
In der Straßenbahn sah er geknickt aus und hatte den Schwanz zwischen den Beinen. Dummerweise hatte ich Mitleid. Als ich mich verabschiedete, gab ich ihm ein paar nette Worte. Und das genügt, um ihn glücklich zu machen.
Als ich mein Tagebuch durchlas, habe ich festgestellt, daß er recht hatte. Mein Irrtum rührte wohl daher, daß ich nicht auf diese Kinovorstellung anspielen wollte. Ich verstehe immer noch nicht recht, was an jenem Tag eigentlich vorgefallen ist.

25. Februar
Warum hat er mich nicht hinter einen Busch geschleppt? Wenn er es getan hätte, was hätte ich getan? Und wenn ich es getan hätte, was hätten wir getan?
Antwort: das, was alle Welt bei einer solchen Gelegenheit tut. Das scheint zwar einfach, aber für mich ist es furchtbar unklar.
Und außerdem wird es mir langsam zu bunt, daß ich die ganze Zeit nur an das denke, mir ständig Fragen stelle.
Wie wär's, wenn ich mich mal gründlich reinkniete?
Doch mit wem?
Mit Barnabé?
Aber er ist ja so zugeknöpft.
Er ist der einzige Mann, den ich kenne.
Papa, das ist verboten. Joel auch. Da wäre noch Padraic Baoghal. Aber pflanzt er sich in seinem Alter noch fort?
Wenn ich's genau überlege, hätte mir Michel Presle gar nicht schlecht gefallen. Apropos, dieser Lump schreibt mir doch nie. Ich übrigens auch nicht.
Mit dem Milchmann ginge es auch.

2. März
Ich mache Mary darauf aufmerksam, daß in vierzehn Tagen wieder eine Prüfung für Postfräuleins stattfindet. Ich glaubte, die Neuigkeit würde sie froh machen, aber sie hat sie mit einer gewissen Gleichgültigkeit aufgenommen.

5. März
Trotzdem bereitet sie sich ernsthaft auf ihre Prüfung vor. Ich habe ihr heute den Vorschlag gemacht, Joel zu besuchen. Aber sie wollte arbeiten, Ich entschloß mich, allein hinzugehen.
Auf der Türschwelle bin ich mit einem jungen Mann zu-

sammengestoßen, der sich anschickte, auf die Klingel zu drücken. Es war Timoleon Mac Connan. Er wollte Joel besuchen.
– Er hat sich schon über einen Monat nicht mehr gezeigt. Ist er krank?
Ich gab ihm zur Antwort, daß er nicht mehr bei uns wohne. Ich hätte ihm irgend etwas anderes erzählen sollen, zum Beispiel, daß er eine ansteckende Krankheit hätte. Weil er, selbstverständlich, Fragen gestellt hat.
– Ich weiß nicht, was ich Ihnen sagen soll, stammelte ich.
– Die Wahrheit, natürlich.
Ich war dumm dran. Die Wahrheit, die Wahrheit. Gewiß, eine sehr schöne Sache, aber was war im Falle meines Bruders denn die Wahrheit?
– Ich werde ihm sagen, daß Sie ihn besuchen wollten, schlug ich vor.
– Sehen Sie ihn bald?
– Ich wollte gerade zu ihm.
Es war genau die falsche Antwort. Sofort sagte er:
– Ich werde Sie hinfahren.
Sein Motorrad stand vor der Tür. Ich hatte große Lust, mich auf den Gepäckträger zu setzen, und außerdem wäre es auch nicht höflich gewesen, ein solch nettes Angebot abzulehnen, und zudem war ich sicher, daß Joel sich freuen würde, Tim zu sehen.
Ich nehme also an, lasse mich auf dem Gepäckträger nieder und zeige Tim den Weg.
– Halten Sie sich gut an mir fest, wenn Sie nicht dran gewöhnt sind.
Das knattert, wir starten mit Schwung, ich klammere mich an ihm fest.
– Schlingen Sie Ihre Arme unter den meinen durch.
Ich habe zu großen Schiß, um nicht sofort zu gehorchen.

Ich schlinge meine Arme um ihn und drücke meine Nase an seinem Leder platt. Wir flitzen dahin, es ist wunderbar. Man hüpft die ganze Zeit auf und ab, das löst ein angenehmes Gefühl am After aus, wellenförmig kribbelt's einem übers Rückgrat hoch bis zum Gehirn, wo es in originellen und phantastischen Ideen explodiert.
Wir sind bald angekommen. Ich zeige ihm das Haus. Draußen liegen immer noch Schlachthofabfälle, Eingeweide und anderes halbverfaultes Fleisch.
– Wie entsetzlich! ruft Tim aus. Er muß wirklich bekloppt sein, daß er an einem solchen Ort wohnt.
Ich ging voraus. Er folgte mir in dem völlig dunklen Flur, und wir stiegen die abgetretene, immer noch verpißte Treppe hoch. Wir waren fast auf der Etage angekommen, als ich spürte, wie mir Tim mit der Hand die Wade streichelte. Zweifellos eine freundschaftliche oder mechanische oder herzliche Geste. Ich blieb jäh stehen. Tim blieb ebenfalls stehen, aber ohne seine Hand wegzunehmen. Ohne mich umzudrehen, ging ich eine Stufe zurück, und da er sich nicht von der Stelle gerührt hatte, war seine Hand etwas höher geglitten. Schließlich lag sie zwischen meinen Schenkeln, wo ich sie einklemmte. Einige Augenblicke blieben wir so stehen, leicht schwankend, dann ließ ich seine Hand plötzlich frei und mit einem großen Schritt stand ich auf dem Treppenabsatz. Ich klopfte heftig an die Tür, Joel kam öffnen, mit zerzaustem Haar, gähnend, und mit verquollenen Augen.
– Tim ist da, sagte ich.
Und Tim erschien in der Tat, und bevor er Joel die Hand drückte, warf er mir einen höchst verwunderten Blick zu.
Joel war sehr froh, Tim zu sehen, er fragte ihn, was die Kumpels machten, und erzählte ihm von seinem augenblicklichen Leben, wie er bisweilen einige Feorilins verdient, in-

dem er bald auf Rattenjagd geht, bald Pakete wegträgt. Er dachte daran, einen Handel mit Häuten und Lumpen anzufangen. Auch der Handel mit alten Knochen war interessant, und da der Schlachthofabfallhändler unten seinen Laden hatte, hätte er alle Rohstoffe im Haus gehabt. Wenn es ihm gelänge, einige Kröten auf die Seite zu legen, würde er sich einen Posten kleiner Werkzeuge kaufen und würde aus den alten Knochen Knöpfe machen, Knöpfe, die er auf der Straße verkaufen würde. Später, wenn die Geschäfte gutgingen, würde er sich Pinsel und wasserechte Farben kaufen, um seine Ware zu schmücken.

Tim begleitete diese Rede mit höflichen Einsilbern, aber ich merkte, daß er sich immer mehr entsetzte. Ab und zu sah er mich an, immer mit dem gleichen Ausdruck der Überraschung. Ich konnte mir einfach nicht vorstellen, was ich wohl so Erstaunliches getan hatte. Denn die Sache auf der Treppe, da hatte ich bloß etwas flirten wollen, das war alles. Ich hatte mich vielleicht schlecht dabei angestellt. Die Worte meiner kleinen Schwester hatten mich immerhin zu der Folgerung gebracht, daß dies nur eine der üblichsten Kontaktaufnahmen zwischen jungen Männern und jungen Mädchen war.

Tim kürzte übrigens seinen Besuch ab. Ich hatte den Eindruck, daß wir ihm beide unheimlich waren, sowohl Joel als auch ich. Ich ließ ihn weggehen, denn ich hatte keine Lust, wieder allein mit ihm zu sein in dem dunklen Treppenhaus, wo ihm vielleicht der Gedanke gekommen wäre, mir auf den Rücken zu springen.

Joel setzte seinen Monolog fort. Ich hörte ihm zerstreut zu und trank dabei meinen Whisky, der ihm anscheinend nie ausging. Dann kam Mrs. Killarney mit Salome zurück. Wir ließen Joel noch ein wenig plaudern, dann verabschiedete ich mich. Als ich wegging, sah ich auf dem Bett eine Menge bekritzeltes Papier herumliegen. Ich erkannte die Handschrift meines Bruders. Es sah aus, als wären es Gedichte.

7. März

Wenn mal was passiert, dann passiert gleich allerhand. Wenn nichts passiert, passiert nichts mehr.

So geht es seit der Rückkehr Papas ganz schön rund. Die Ereignisse häufen sich, drängen sich, überschlagen sich. Ich gehe von Entdeckung zu Entdeckung, von Erfahrung zu Erfahrung. Es ist eine Farandole, die mein Tagebuch anschwellen läßt und meine kleine (unsterbliche) Seele beunruhigt, diesen kleinen, reinen See meines Bewußtseins, der sich unter der stürmischen Brise der keuschen, pansexuellen Erregungen sanft kräuselt. Ich habe mich oft gefragt, was wohl geschähe, wenn ich allein mit Padraic Baoghal in einem geschlossenen Raum wäre. Nun, folgendes hat sich heute zugetragen.

Als Meve mir öffnete, bemerkte ich als erstes ihr erregtes Gesicht. Seit Monaten haben wir nicht mehr miteinander gesprochen. Aber sobald ich im Vorraum stand, flüsterte sie mir zu:

– Aufgepaßt ... Nehmen Sie sich in acht ...

Ich fragte sie mit nicht minder leiser Stimme, was los sei. Sie erklärte mir schnell, daß Madame Baoghal krank sei, daß sie Würmer in der Nase hätte, daß man sie in eine Spezialklinik gebracht hätte, um sie ihr zu ziehen und daß sie infolgedessen bei der heutigen Lektion nicht anwesend sei. Also:

– Nehmen Sie sich in acht ... aufgepaßt ...

Und wenn es mir gar nicht einfiel, mich in acht zu nehmen? Ich wollte die arme Meve nicht kränken und dankte ihr. Darauf warf sie mir schwungvoll die Arme um den Hals und küßte mich. Ich war zutiefst gerührt über dieses Zeichen der

Zuneigung, aber der Ausdruck ihres Blickes schnürte mir die Kehle zu. Auf diese Weise hatte ich am Vortag sicherlich auch Tim so stark beeindruckt.

Aber es war mir nicht möglich, länger an Meve zu denken. Ich stand jetzt Padraic Baoghal allein Aug' in Auge gegenüber. Ich setzte mich hin, nahm mein Buch, öffnete ein Heft. Er hüstelte von Zeit zu Zeit, doch glaube ich nicht, daß er es aus Schüchternheit tat, sondern nur, um meine Verlegenheit noch zu steigern. Zunächst mußte ich einige Präpositionspronomen konjugieren. Ich beherrschte meine Lektion ausgezeichnet, es gab nichts dagegen zu sagen. Darauf fuhren wir in unserer Texterklärung eines Ausschnitts aus dem Roman *Zwanzig Jahre Jugend* von O'Sullivan fort. Ich mag dieses Buch sehr, es ist ein kleines Meisterwerk an frischem Humor und naiver Unschuld, doch Madame Baoghals (die, wenn anwesend, mich störte) Abwesenheit hinderte mich daran, den philosophischen, syntaktischen und stilistischen Anmerkungen meines Lehrers mit dem gewünschten Respekt zu folgen. Dieser, der mich mit einem bärbeißigen Gesicht empfangen hatte und der mit dunklen Absichten, die ich nicht herauszubekommen vermochte, auf den geringsten Irrtum meinerseits zu lauern schien, Padraic Baoghal also, brauchte nicht lange, um meine Unaufmerksamkeit zu bemerken. Er unterbrach sich plötzlich.

– Sie hören ja gar nicht zu, was ich Ihnen sage.

– Aber doch, Monsieur Baoghal ...

– Nein. Ich sehe es wohl.

– Aber doch, Monsieur Baoghal. Sie haben mich gerade darauf aufmerksam gemacht, daß ...

– Nein. Ich sage Ihnen, daß Sie mir nicht zuhören. Wie wollen Sie je Gälisch lernen, wenn Sie hierherkommen, um an Ihre Liebesgeschichten zu denken?

– Meine Liebesgeschichten!

Er brachte mich langsam auf die Palme, dieser liebe Dichter. Hielt er mich etwa für ein kleines Mädchen?
– Ich bin gewohnt, jede Unaufmerksamkeit mit äußerster Strenge zu bestrafen, fuhr er fort.
Dieser dicke Schelm hielt mich wirklich für ein kleines Mädchen. Auch so einer, der mir unter dem Vorwand der Disziplin und der Moral mit der Hand an den Popo fahren wollte.
Er schob seinen Stuhl zurück und befahl mir, zu ihm zu kommen. Der Armleuchter. Auch so ein verkannter General Durakin. Und als irischer Patriot, der er war, ein fanatischer Anhänger der britischen Erziehung. Natürlich stand ich in unerschütterlicher Opposition zu dieser englisch-russischen Lebensart, aber welch ein Verdruß, sich stets und ständig gegen die Manipulationen der Männer zur Wehr setzen zu müssen. Als ich daran dachte, ja, daß ich, während all der schönen Jahre meiner Jugend und selbst meiner Reife, und, vielleicht, wer weiß, selbst später noch, ich hatte ja das Beispiel Mrs. Killarneys vor Augen, als ich also daran dachte, ja, daß ich lange Zeit noch ständig meine Hinterpartien gegen die Angriffe der Böcke zu schützen hätte, überkam mich ein großer Überdruß, und für einen kurzen Augenblick spielte ich mit dem Gedanken, mich auf die Knie des Dichters zu legen und mir eine Abreibung verpassen zu lassen.
Doch mein Stolz siegte, und ich sagte zu Baoghal:
– Wozu denn, Monsieur Baoghal?
– Um Ihre Unaufmerksamkeit zu bestrafen.
– Und wie wollen Sie mich bestrafen? fragte ich mit Unschuldsmiene, aber heimtückischer Stimme.
– Das werden Sie schon sehen. Kommen Sie her.
Aber er wurde jetzt doch etwas verlegen und sogar leicht unruhig.

– Sie wollen, fuhr ich fort, meinen Rock hochheben, mein Höschen herunterziehen und meinen Arsch rot machen?
– Oh, was für ein schlimmes Wort! Sally, schämen Sie sich denn nicht? Sie werden doppelt bestraft werden.
Ganz rot im Gesicht, rutschte er auf seinem Stuhl hin und her, aber er wußte überhaupt nicht mehr, was er tun sollte.
– Das ist es doch, nicht wahr? Sie wollen mir den Hintern versohlen?
– Ja, ganz richtig, murmelte er schüchtern.
– Na, antwortete ich ihm, da können Sie aber mal lustig springen.
Er wußte zuerst gar nicht, was er antworten sollte, dann sagte er ganz schüchtern:
– Und wenn ich Gewalt anwende?
– Versuchen Sie es doch.
Er schätzte mich mit einem Blick ab. Obgleich er ein schöner Mann war, war er ein Weichling und kein bißchen sportlich. Er begriff sofort, daß er keinen Erfolg hätte. Aber das hatte er wohl schon spitzgekriegt, seitdem er mich von unten herauf betrachtete. Da er mir mit Einschüchterungen nicht beikam, versuchte er plötzlich was anderes und begann wirre Worte zu reden:
– Na, kleine Sally, machte er mit scheinheiliger Miene, seien Sie doch nett, lassen Sie sich versohlen.
– Nichts zu machen.
– Kleine Sally, kleine Sally, seien Sie doch nett, hören Sie, nur zwei kleine Klapse.
– Nein.
– Einen auf jede Seite.
– Nein.
– Dann bloß mal ansehen.
– Nein.
– Ich werde gleich böse.

– Dann werden Sie doch böse.
– Sally, Sally, lassen Sie mich doch. Hören Sie: eine Gratislektion für einen anständigen Klaps auf den Hintern.
– Nein.
– Zwei Gratislektionen.
– Nein.
– Drei.
– Nein.
– Überlegen Sie doch, Sally. Mit dem Geld, das Sie da sparen, können Sie sich Seidenstrümpfe kaufen, einen Büstenhalter.
– Ich trage keinen.
– Und außerdem, wissen Sie, Sally, es tut gar nicht so weh.
– Ich weiß.
– Ach! Woher wissen Sie das denn?
Zum Teufel, ich hab' einen Schnitzer gemacht.
– Nein. Ich weiß nicht.
– Es gibt viele junge Mädchen, die das gern haben.
– Ich nicht.
– Und sogar verheiratete Frauen …
– Ist mir egal.
– Madame Baoghal zum Beispiel. Ich versohle ihr morgens und abends den Hintern.
Was man nicht alles hören muß! Das war doch nicht möglich? Die Verblüffung war größer als mein Lachreiz. Mir stand vor Verwunderung der Mund auf. Baoghal machte sich das gleich zunutze:
– Sehen Sie. Los, Sally, kleine Sally, lassen Sie sich versohlen. Los, legen Sie sich hier über meine Knie.
Aber ich war immer noch am Überlegen. So viele Dinge, von denen man nichts ahnt. So viele Geheimnisse. Soviel verstecktes Treiben. So viele Mysterien. So viele Masken.

Mich erfaßte ein Schwindel. In der Ferne hörte ich Baoghal säuseln:
– Na, muß ich Sie holen kommen?
Dann hörte ich, wie ein Stuhl gerückt wurde; ich begriff, daß Baoghal aufgestanden war, weil er den Augenblick wegen meiner Verwirrung für günstig hielt. Zum Glück erwachte wieder die Vernunft in mir und gab mir den Rat: »Schön bei der Stange bleiben.« Mit einem Satz stand ich auf und schrie ihm ins Gesicht:
– Nein!
Er machte keinen Schritt weiter. Und ich ging auf die Tür zu:
– Monsieur Baoghal, wundern Sie sich nicht, wenn ich mir einen anderen Lehrer suche.
Ich hatte zwar keine große Lust, den Lehrer zu wechseln, aber ich mußte ihm schließlich eins draufgeben.
Tatsächlich brachte ihn das völlig aus der Fassung.
– Nein, nein, Sally. Ich bitte Sie, keinen Skandal, sagen Sie nichts, bitte, bleiben Sie, ich verspreche Ihnen, daß ich es nicht wieder tun werde, Sie haben mein Wort, aber es muß unter uns bleiben. Schwören Sie mir, daß es unter uns bleibt, und setzen Sie ihre Studien bei mir fort, Sie sind meine beste Schülerin, die Blüte meiner Lehrerkrone, ich flehe Sie an, bleiben Sie meine Schülerin!
Ich sah nicht überzeugt aus. Er rief:
– Außerdem, zu wem wollten Sie denn gehen?
– Zu Gregor Mac Connan.
– Gregor Mac Connan!
Er lachte höhnisch.
– Alle seine Schülerinnen müssen in die Pfanne hüpfen.
– Was soll das heißen?
– Daß er ein Satyr ist.
– Ein Bock?
– Ja, genau das.

Das hätte ich nie geglaubt. Er sieht so würdevoll aus, und seine Dichtung ist so voller brav-ätherischer Jungfrauen und nie Ehebruch begehender Schloßherren.

– Sein Sohn könnte die Übungen mit mir machen.

– Timoleon? Tim kennt doch nur sein Motorrad. Der kann nicht mal Kauderwelsch.

– Dann gehe ich zu O'Cear.

– Noch schlimmer. Das hatte ich mir gleich gedacht: ein Barde …

– Na schön! Dann werde ich eben zu O'Gregor Mac Connan gehen.

– Ein Päderast.

– Was soll das heißen?

– Das ist schwer zu erklären.

– Sie haben mir vorhin schließlich eine Menge aus Ihrem Eheleben erzählt. Ich bin auf alles gefaßt.

– Na schön, das ist also ein Mann, der mit andern Männern das tut, was man mit Frauen tun soll.

Wieder so eine seltsame Sache.

– Also ein Bock für Böcke?

– Ganz richtig. Ich dachte nach und folgerte:

– Der würde mich wenigstens in Ruhe lassen.

– Ja, aber dafür würden Sie seine Frau auf dem Hals haben.

– Wieso denn?

– Eine Lesbierin.

– Was soll das heißen?

– Eine Ziege für Ziegen, wie Sie sagen.

Es wurde immer seltsamer.

Als er mein Zögern sah, erklärte Baoghal mit feierlicher Stimme:

– Sally, ich verspreche Ihnen, daß ich Sie nie wieder belästigen werde.

– Schwören Sie es, Monsieur Baoghal?

– Ich schwöre es.
Er sah aufrichtig aus.
– Unterdessen, sagte ich, ist die Stunde fast um.
– Ich werde sie Ihnen nicht berechnen.
Das war ganz selbstverständlich.
Nun wußten wir nicht mehr, was wir uns noch sagen sollten.
Zum Glück hatte ich eine Idee. Eine komische Idee, ich gestehe es ohne falsche Bescheidenheit. Noch bevor sie mir richtig ins Bewußtsein gekommen war, ging sie mir schon über die Barrieren meiner Lippen.
– Monsieur Baoghal, wie wär's, wenn Sie mir die Werke von Madame Baoghal zeigten?
– Welche Werke? fragte er verdutzt.
– Die sie dort drüben, an jenem Tisch, während meiner Stunden malt.
Wie ich vorausgesehen hatte, geriet er vollkommen aus der Fassung.
– Ah! die Werke, die sie dort drüben, an jenem Tisch, während Ihrer Stunden malt.
Er kam nicht mehr davon los.
– Ach ja, sagte er wieder, ihre Miniaturen, ja, ihre Miniaturen. Die sie dort drüben, an jenem kleinen Tisch, malt?
Er verhaspelte sich beim Sprechen.
– Könnte ich sie nicht mal sehen? fragte ich mit meinem unschuldigsten Gesicht.
– Aber doch, selbstverständlich. Was konnte er schon anderes sagen? Gemessenen Schritts ging er zu dem kleinen Tisch und hob feierlich die Wachstuchdecke ab, die über den Arbeiten der Hausherrin lag.
Ich trat herbei. Drei oder vier fertige oder fast fertige Miniaturen und zwei oder drei Skizzen lagen dort. Es war immer das gleiche. Sie ähnelten haargenau denen, die Meve

mir gezeigt hatte. Sonderbar, wie die Leute, wenn sie von etwas besessen sind, sich regelrecht darin verbeißen und nichts anderes mehr kennen. Von welchem Planeten oder Nebelstern sie auch kommen mochten, einem einigermaßen geübten Auge, wie es das meine nun war, offenbarten sich die himmlischen Genien und reinen Geister Madame Baoghals trotz ihrer Flügel als ganz gewöhnliche Böcke. Ich zeigte mit dem Finger auf eines der Bilder und sagte:

– Bei dem da scheinen mir die Proportionen dieses Körperteils stark übertrieben.

– Aoah …

– Finden Sie nicht, Monsieur Baoghal?

– Ooah …

– Der hingegen muß ja drüber stolpern, falls er ihn sich nicht über die Schultern wirft.

– Aooh …

– Aha, endlich mal einer, bei dem mir die Proportionen zu stimmen scheinen, obgleich man zugeben muß, daß es ihm schwerlich gelingen wird, den durch ein Nadelöhr zu schaffen.

Der Kopf Baoghals war zum Entzücken. Erst so edel, dann so blöd, erst so schwülstig, dann hypokrit, erst so stabil, dann fragil. Verblüfft schluckte er meine Worte, als wären es, ohne daß ich es gewußt hätte, Orakel gewesen.

– Der da hat aber mal ein schönes Paar, erklärte ich und zeigte auf die ausgebreiteten Flügel eines vielleicht uranischen Geistes.

– Ououououpii! heulte Baoghal plötzlich entfesselt los.

Er hüpfte im Zimmer umher, sprang auf die Stühle (die nicht allzu hoch waren) und schüttelte seine schon etwas ergraute Mähne. Nachdem er zwei oder drei Runden gedreht hatte, kam er auf mich zu und äußerte dabei ganz deutlich satyrische Absichten.

Ich erwartete ihn mit festem Fuß: Ich stellte ihm elegant das Bein und pfefferte ihn gegen die Wand. Da sein Schädel sich kräftig an diesem Hindernis stieß, brach mein Angreifer übel zugerichtet zusammen.
Diese letzte Szene hatte etwas Lärm gemacht. Eine Tür öffnete sich langsam, schüchtern. Das kleine Gesichtchen Meves zeigte sich. Nach einem Blick in die Runde kam sie herein und ging zu dem Simili-Leichnam:
– Haben Sie ihn getötet? fragte sie mich.
– Aber nein, gab ich zur Antwort. In fünf Minuten wird er wieder zu sich kommen.
– Das wäre prima gewesen, wenn Sie ihn getötet hätten, murmelte sie.
Sie schlang die Arme um mich und preßte sich verfroren an mich.
Schweigend betrachteten wir den Ohnmächtigen, sie mit einer solchen Angespanntheit, daß ihr der Mund ein wenig offen stand und ein kleines Stückchen rosa Zunge hervorsah. Sie merkte, daß ich sie betrachtete, und hob die Augen zu mir auf. Ich entdeckte soviel Zärtlichkeit und Inbrunst darin, daß bald darauf unsere Lippen sich begegneten und unsere Zungen sich zu einem Kuß voller Zurückhaltung vermischten. Dann taxierten wir mit keuscher Hand gegenseitig unsere respektiven Reize. Mein Slip fiel schamhaft zu meinen Füßen, die kleine, energische Faust Meves zog mich zum Diwan hin, und dort begann ich mit geschlossenen Augen die Wirkungen der reinsten Geistigkeit zu spüren. In dem schattigen Tal an dem schäumenden Wassergraben stillte die Katze ihren Durst, und ihre rauhe Zunge zuckte über einen kleinen Fels, als wolle sie eine Quelle daraus hervorsprudeln lassen. Ich sagte mir zwar immer wieder: »Schön bei der Stange bleiben«, am Ende ließ ich mich doch mitreißen, denn, so fragte ich mich: »Was für eine Stange

denn?« und bald geschah das Wunder, ich löste mich in Sterne auf und benetzte den Himmel.
Als ich wieder vom Himmel herunter nach Dublin zum Dichter Padraic Baoghal kam, ruhte ein süßes Köpfchen auf mir, und seine Haare vermischten sich mit denen, womit eine sonderbare Laune der Natur das weibliche Aller-Intimste schmückt. Ich fuhr Meve langsam mit den Fingern durchs Haar, und sie zitterte. Sie wollte den Kopf heben, aber befehlend drückte ich ihn nach unten, und von neuem genoß ich die schamhaften Verzückungen meiner kleinen (unsterblichen) Seele.
Dann fragte mich Meve:
– Werden Sie es nie vergessen? Und ich gab zur Antwort:
– Nein.
Ich zog meinen Slip wieder an. Meve strich sich das Haar zurecht und näherte sich dabei Baoghal, dessen große (unsterbliche) Seele wohl irgendwo in der Gegend von Tir-na-nOg, dem Land der Seligen, umherschwirrte.
– Man müßte ihn vielleicht wach machen, sagte Meve. Sind Sie auch ganz sicher, daß er nicht tot ist?
Ich antwortete:
– Ja.
Sie gab ihm einen Fußtritt in die Rippen. Er brummte.
– Das Aas, sagte Meve. Ich antwortete:
– Allerdings.
Ich fügte hinzu:
– Wir brauchen ihm bloß Wasser übers Gesicht zu schütten.
– Soll ich ihm eine Teekanne voll auf den Kürbis gießen? fragte Meve.
– Nein, sagte ich, kaltes Wasser ist besser.
Sie holte aus der Küche ein schmutziges Schrubbtuch und ohrfeigte damit die Physiognomie ihres Herrn. Zwei schlam-

mige Rinnsale flossen ihm durch die Falten, dazu kam noch ein Nasenbluten: Das Ekel begann zu stammeln und mit den Augen zu zwinkern. Wir schleppten ihn auf den Diwan, auf dem Meve und ich unsere Sensibilitäten verglichen hatten und legten ihn dort hin. Langsam verließ er Tir-na-nOg und trat ins Stadium der Verblödung. Er schien mich zu erkennen.

– Gestatten Sie, daß ich mich zurückziehe, Monsieur Baoghal? fragte ich respektvoll.

Wahrscheinlich gewährte er mir diese Erlaubnis. Meve brachte mich zur Tür. Wir umarmten uns ein letztes Mal, und ohne Worte oder Sätze miteinander zu wechseln, teilten sich unsere Zungen einander die engelhafte Glut unserer kleinen, jugendlichen (unsterblichen) Seelen mit.

Am Abend dachte ich während des ganzen Essens an nichts, ich lächelte dumm. Mary beobachtete mich mit einem inquisitorischen Auge. Mama strickte Socken für Papa, der jetzt zurückgekommen war.

Papa zog sich übrigens bald auf sein Zimmer zurück (er hatte das von Joel genommen); er war noch immer der gleiche Bär und etwas heimtückischer.

Nachdem ich eine kurze Weile gewartet hatte, um sicher zu sein, daß er nicht hinter der Tür lauschte, erzählte ich Mary und Mama das Abenteuer mit Baoghal. Wir haben uns halb totgelacht. Natürlich erzählte ich nicht viel von Meve, nur soviel, um die originelle Art und Weise zur Geltung zu bringen, mit der sie unseren Dichter aus der Vorhölle zurückholte, worüber Mama dermaßen lachen mußte, daß sie beinahe erstickt wäre. Schwesterchen zeigte sich jedoch zurückhaltender, sie sah so aus, als vermute sie allerhand.

8. März

Bin ich noch Jungfrau, oder bin ich es nicht mehr? Ich werde einmal ganz offen mit Mary darüber sprechen müssen, um mir Klarheit zu verschaffen.

Ich bin eher geneigt zu glauben, daß ich es immer noch bin.

9. März

Ich bin es tatsächlich noch. Mary hat mich in diesem Punkt zwar beruhigt, aber sie hat sich lustig über mich gemacht. Ich war wütend. Sie braucht sich gar nicht aufs hohe Roß zu setzen, bloß weil sie mir in dieser Hinsicht voraus ist.

16. März

In den letzten Tagen habe ich einen guten Teil meiner Zeit damit zugebracht, Mary die Namen der zweiundzwanzig Schweizer Kantone, der zweiundvierzig englischen Grafschaften, der achtzig Stadtviertel von Paris und der zwölfhundert Philippineninseln abzuhören.

Natürlich darf ich auch nicht zu notieren vergessen, daß ich inzwischen wieder bei Padraic Baoghal gewesen bin, zweimal sogar; seine Frau war während der Lektionen anwesend, die Nase mit Binden umwickelt, der Herr war sehr ruhig, und Meve begnügte sich mit einem: »Guten Tag, Mademoiselle …« »Auf Wiedersehen, Mademoiselle«.

17. März

Mary hat heute ihre Prüfung für den Postdienst abgelegt. Während wir auf ihre Rückkehr warteten, Mama und ich, tranken wir Punsch, um uns die Zeit zu vertreiben. Papa hatte sich in seinem Zimmer eingeschlossen, um dort was weiß ich zu treiben.

– Hoffentlich hat sie bestanden, sagte Mama ganz mechanisch ein ums andere Mal, hoffentlich hat sie bestanden.

– Ich wünsche es nicht sonderlich.
– Weshalb sagst du das?
Warum hätte ich es nicht sagen sollen?
– Wenn sie eine Stelle findet, wird sie weggehen. Mama gab keine Antwort.
– Und du wirst traurig sein.
Aus Angst, sie hätte mich nicht verstanden, fügte ich hinzu:
– Sie will weggehen, sobald sie selbst ihren Unterhalt verdienen kann. Sie will nicht mehr hierbleiben. Mit dem da! Man hörte ihn, wie er in Joels Zimmer über unseren Köpfen hin und her ging. Was mochte er wohl aushecken?
– Ist er immer so gewesen?
Mama zögerte, dann:
– Nein. Er hat sich sehr verändert. Wegen dieser Geschichte mit den Streichhölzern.
– Könnte er nicht 'ne neue Schachtel holen gehen und das Parkett räumen?
– Schweig, murmelte Mama. Ich fuhr fort:
– Ein Glück, daß er endlich begriffen hat.
– Daß er was begriffen hat, mein Kind?
– Das ist es wohl auch, was ihn traurig macht.
– Aber was denn, Sally?
Ich verlor die Geduld:
– Na, daß er uns nicht mehr nach Laune den Hintern versohlen kann.
– Aber das tut er doch noch. Ich wurde ironisch:
– Deinen vielleicht?
– Nein, aber Mary ihren.
Ich sperrte vor Verwunderung Mund und Nase auf.
– Das wundert dich, fuhr Mama fort. Aber sobald du nicht da bist, stellt sie was an, damit sie ihren Hintern versohlt kriegt. In dieser Beziehung verstehen sie sich prima, Papa und Mary, wie zwei Pferdediebe.

Sie seufzte:
– Ein komisches Mädchen. Ich verstehe ihr Bedürfnis nach körperlicher Züchtigung nicht. Na ja, ich hoffe, daß sie ihre Prüfung besteht.
Mary kam zurück, sie war höchst zufrieden. Sie würde mit Zuversicht auf die Ergebnisse warten. Ich wagte nicht, sie anzuschauen. Ich wußte nicht, was ich ihr sagen sollte. Das Abendessen war erbärmlich. Papa stellte natürlich keine Fragen. Er sah aus, als wäre es ihm völlig wurscht, was Mary tat, ob sie nun Postfräulein wurde oder nicht.
Als wir dann allein in unserem Zimmer waren, fragte sie mich, was ich hätte:
– Du schneidest vielleicht ein Gesicht.
– Du wirst weggehen, wenn du arbeitest?
– Natürlich.
– Warum?
– Ich hab's dir doch schon gesagt. Ich kann den Father nicht mehr ausstehen. Er geht mir auf die Nieren. Das ist doch kein Leben hier. Dieser Kerl ist ein Gespenst. Das ist doch kein menschliches Wesen.
Sie fügte hinzu:
– Ich habe immer mehr Angst vor ihm
– Und John Thomas? Willst du mit ihm zusammenleben?
– Ja. Das ist abgemacht. Wir werden heiraten. Früher oder später.
Bloß, ich glaubte nicht mehr an die Existenz von John Thomas.
– Dann kannst du ja froh sein, sagte ich zerstreut.
– Ich habe Zeit. Im Augenblick warte ich auf die Ergebnisse.
– Selbstverständlich, pflichtete ich ihr in völlig unaufrichtigem Ton bei.
– Du jedenfalls siehst nicht froh aus.

– Doch.
– Nein, du verheimlichst mir was.
– Und du?
– Ich? Was sollte ich denn vor dir verheimlichen? Sie sah mir fest in die Augen.
– Ich weiß nicht.
– Ich sage dir alles. Selbstverständlich keine Einzelheiten, die einem jungen Mädchen wie dir die Schamröte ins Gesicht treiben könnten und die du früh genug aus eigener Erfahrung kennenlernen wirst. Aber ansonsten sage ich dir alles. Glaubst du mir etwa nicht?
– Wenn du es sagst.
– Du siehst nicht überzeugt aus.
Ich schwieg. Sie kuschelte sich unter die Decken und rief mir zu:
– Zum Henker, wenn dich deine Liebesgeschichten mit Meve derart erregen, dann kann ich doch nichts dazu! Zum Henker jetzt und gute Nacht!
Zu meiner großen Überraschung brach ich in Schluchzen aus.
Mary stand sofort wieder auf und nahm mich in die Arme.
– Na, du großes Gänschen, was ist denn los? Sag mir, was los ist.
Ich konnte nur schluchzen.
– Bist du so traurig, weil du noch immer die Unschuld hast?
– Das ist es nicht, schluchzte ich.
– Oder weil Meve nicht nett zu dir ist?
– Das ist es nicht, schluchzte ich.
– Oder weil du lieber was mit einem Jungen hättest als mit einem Mädchen?
– Das ist es nicht, schluchzte ich.
– Oder weil du sie nicht mehr hast und dich nicht traust, es mir zu sagen?

– Das ist es nicht, schluchzte ich.
– Oder weil ich weggehen werde?
– Das ist es nicht, schluchzte ich.

Und doch machte es mir Kummer, wenn ich daran dachte, daß ich bald in diesem trübseligen Haus allein sein würde, zwischen einem Rohling und einer geistig Unbedarften.

– Ja, was ist es dann? fragte mich Mary. Sprich dich aus. Barnabé vielleicht? Du hast mir schon lange nicht mehr von ihm erzählt. Was treibt er denn?
– Er hat Mumps.
– Aber deswegen wirst du doch nicht weinen.

Ich begann durch meine Tränen hindurch zu lachen.

– Nein, natürlich nicht.
– Na, was ist es dann?
– Weil du ein falscher Groschen bist.
– Ich?
– Ja, du.

Ich weinte nicht mehr.

– Ja. Du, du, du. Du bist ein ganz dreckiges, verheucheltes kleines Luder. Ich werde nie wieder Vertrauen zu dir haben.
– Aber, mein Gott, was habe ich denn getan?
– Du läßt dir hinter meinem Rücken den Hintern versohlen.

Sie ließ mich los und setzte sich auf ihr eigenes Bett.

– Wer hat dir denn das erzählt?
– Mama.
– Sieh mal an! Sie hat es also gemerkt.
– Lach nicht so dreckig.
– Und wenn es mir Spaß macht?
– Dabei wolltest du, daß ich dich verteidige. Und vorhin erzähltest du mir, daß du mir alles erzählst.
– Ja, ich habe alles gesagt, mit Ausnahme der Einzelheiten.
– Und das ist eine Einzelheit.

– Ja. Meine persönlichen und ganz intimen Vergnügen werden ausgeklammert. Darüber brauche ich dir keine Einzelheiten zu erzählen. Ich möchte eine Jungfrau nicht zum Erröten bringen.
– Das sind doch Ausreden! Als ob du immer so diskret gewesen wärst.
– Ja, sag mal, und du? Vergißt du vielleicht keines deiner persönlichen Vergnügen, wenn du mir davon erzählst?
Da mußte ich natürlich ein wenig lügen.
– Nie, antwortete ich.
– Nie?
– Nie. Ich sah ihr gerade und fest in die Augen, es war gar nicht so schwer, sie hatte ja genau das gleiche getan.
– Und jenes persönliche Vergnügen, das darin besteht, sich an einer Statue zu reiben, hast du mir davon etwa je erzählt?
Mir verschlug's die Sprache.
– Sag mal, fuhr Mary zuckersüß-freundlich fort, sag mal, hast du mir schon von der Lust erzählt, die man verspürt, wenn man sich an einen Marmormann schmiegt?
Woher mochte sie das bloß wissen? Ich machte Mitteilung von meiner Überraschung, indem ich sie fragte:
– Woher weißt du denn das?
– Dann ist es also wahr?
– Woher weißt du denn das?
– Ich war mir meiner Sache nicht ganz sicher. John Thomas' Vater hat es ihm erzählt. Sein Vater ist Wächter im Museum. Er ging mit John spazieren, als er dich gesehen hat, ich war bei dir, er hat seinem Sohn alles erzählt, und der hat es mir wieder gesagt, denn der Alte wußte natürlich nicht, daß John mich kennt. Das ist spaßig, wie?
– Sehr spaßig.
Wie hätte ich auch leugnen können, daß es sehr spaßig war?

– Und, fügte ich hinzu, weißt du das schon lange?
– Seit etwas mehr als einem Monat vielleicht.
Dann wußte sie diese Geschichte also schon seit über einem Monat, und doch war sie in meinen Augen die gleiche geblieben. Und ebenso fand sie seit dieser Zeit Vergnügen an den Heldentaten unseres Generals O'Durakin, ohne daß ich an ihr die geringste Veränderung bemerkt hatte.
– Na, stimmt es? fuhr sie fort.
– Och, weißt du, das ist mir bloß einmal passiert.
– Das mußte dir allerhand zu schaffen machen.
– Für mich ist das eine alte Geschichte, sagte ich zerstreut.
– Meve ist natürlich besser.
Ich weiß nicht, ob in diesem Satz Ironie lag, jedenfalls reagierte ich nicht. Ich saß ganz erstarrt da. Erstarrt wie eine Gipsfigur.
– Na, sagte Mary, du solltest dich jetzt hinlegen und schlafen.
Ich legte mich hin und schlief.

18. März
Die absonderlichen Neigungen Marys, die Indiskretionen von Thomas' Vater, diese Geheimnisse, diese Koinzidenzen, das ist alles höchst unwahrscheinlich. Ich weiß nicht mehr, wer es gesagt hat, aber das Leben ist häufig bizarrer als ein Roman. Ein Problem, das sich einmal stellen wird, wenn ich meinen schreiben werde: soll man glaubwürdiger oder unglaubwürdiger sein als die Wirklichkeit? Soll man eine kräftige Dosis verabreichen oder nur mit dem Tropfenzähler bemessen? Soll man stark auftragen oder schwach? Soll man dazumachen oder abziehen? Ach verflucht, ist die Kunst doch schwierig!

20. März
Ich sehe Meve nur für den sehr kurzen Zeitraum zwischen dem Augenblick, in dem sie mir die Tür öffnet, und dem Augenblick, in dem ich in Baoghals Zimmer trete. Ich habe heute im Flur versucht, sie zu greifen, um sie an mich zu drücken. In aller Anständigkeit. Aber sie hat mich zurückgestoßen.

25. März
Barnabé hat immer noch Mumps. So ein Kalb.

28. März
Tim und sein Motorrad gesehen. Auf dem Gepäckträger saß Pelagia. Sieh mal an ...
Ich sehe im Augenblick niemanden. Pelagia so wenig wie sonstwen. Vielleicht weiß schon die ganze Stadt, daß ich mich im Park des Museums exzentrisch benommen habe.

2. April
Ja. Wenn die ganze Stadt das wüßte? Allerdings macht sich niemand über mich lustig, wenn ich spazierengehe. Man sieht mich eher voller Sympathie an, und die Herren bemühen sich immer, mir das zu zeigen. Selten, daß ich in der Messe (ich gehe immer seltener hin) oder in der Straßenbahn nicht zwei- bis dreimal in den Hintern gekniffen bekomme.

5. April
Ich habe entdeckt, daß ich Mary hasse.
Es war während des Abendessens. Papa hielt ausnahmsweise hochtrabende Reden. Er hatte in der Zeitung einen Bericht gelesen, wie ein Neger gelyncht wurde, und das hatte ihn in Fahrt gebracht. Wenn es sich um Grausamkei-

ten handelt, ist er unerschöpflich. Das macht ihn munter, und er kommt ins Schwatzen. Mir sind diese Geschichten ganz wurscht, und wenn er glaubt, daß er mich damit beeindrucken kann, so hat er sich gewaltig in den Finger geschnitten, General O'Durakin. Ich sah Mary an: Sie machte den Eindruck, als interessierte sie das Gespräch des Idiotenkopps nicht sonderlich. Seit der Szene von neulich haben wir kaum noch vertrauliche Dinge miteinander besprochen; genauer, wir haben überhaupt nicht. Ich sah sie an und fragte mich, ob sie auch weiterhin kindliche und züchtigende Beziehungen zu ihrem Vater unterhielt. Plötzlich kamen mir die Offenbarungen Baoghals über sein Eheleben ins Gedächtnis, und diese Übereinstimmung, diese Ähnlichkeit zwischen Madame Baoghal und Mary empörten mich. Ich begann sie zu hassen.
Hoffentlich besteht sie ihre Prüfung und geht weg. Wenn sie nur schnell weggeht.

8. April
Kurzer, aber netter Brief von Michel Presle. Er schreibt mir, daß er dieses Jahr vielleicht nach Irland käme. Ich bin ganz durcheinander. Ich weiß nicht, was ich tun würde, wenn ich allein mit ihm wäre, nach dem, was ich nun alles weiß. Und er, was würde er tun? Was würde er mir tun? Und was würde ich ihm tun? Was würden wir uns tun? Vielleicht solche Abscheulichkeiten wie: sich auf die Nasenspitze küssen oder die Finger ineinander verschlingen.
Aber ich rede ja irre.

9. April
Er hat mir auch, etwas verfrüht zu meinem Geburtstag, einige französische Modezeitschriften geschickt. Ich habe melancholisch darin geblättert. Wie seltsam sie mir vor-

kommen, diese französischen Frauen, mit ihren vielfachen Anliegen: die Mitesser, das Monatliche, die Dauerwellen, der Schweiß unter den Achselhöhlen, die Form der Augenbrauen, das zweifarbige Make-up der Brustwarzen, die Karottenvitamine, die Morgengymnastik, an was sie nicht alles denken! Das muß doch ihre ganze Zeit in Anspruch nehmen, alles das!

Ich blättere hin, ich blättere her, ich träume, ich möchte und ich möchte nicht. Ich kann mir einfach nicht vorstellen, daß ich mir einen Strumpfbandhalter kaufe oder mich frisieren lasse. Ich bleibe, wie ich bin: flache Schuhe, Socken oder Wollstrümpfe, die überm Knie gerollt sind, einen Slip, keinen Büstenhalter (oh nein, indem ich dies – mit der rechten Hand – schreibe, streichele ich – mit der linken Hand – meine kleinen Brüste); einen sehr kurzen Rock, einen sehr engen Pullover (es ist noch nicht sonderlich warm).

12. April

Mary und ich haben Joel besucht. Er ist beim Eingeweidehändler ausgezogen und wohnt jetzt etwas weiter oberhalb, in der Nähe von Haberton Bridge, diesmal in einer Sackgasse, in der es keine Händler von nichts mehr gibt. Auf der Schwelle einer Baracke machte eine Ratte Toilette. Wir bekamen fast den Inhalt eines Nachttopfs auf den Kopf, war schlecht gezielt. Endlich stießen wir am Ende der Sackgasse auf eine grünliche und wurmstichige Verkaufsbude, über die mit Kreide folgende Notiz geschrieben stand: *Joel Mara, Spezialist für lochlose Knöpfe aus Katzen-, Kaninchen- oder Vogelknochen, je nach Wunsch. Messerhefte aus reinem Kalbsschenkelknochen. Nur auf Bestellung: Sockenhalter aus Schweinsknorpel.*

Mit eingezogenem Kopf traten wir ein. Unser Bruder lag zwischen mehr oder weniger aus den Gelenken gelösten

Skeletten kleinerer Tiere und schnarchte. Im Hintergrund greinte leise ein Baby, und im Halbdunkel erblickten wir Mrs. Killarney, die einen fast geräuschlosen Schlaf schlief. Wir hatten große Mühe, Joel wach zu bekommen. Er brauchte eine gute Viertelstunde, bevor er uns erkannte. Er zeigte auf Kisten, die als Sitze dienen konnten, und bot uns sogleich einen Whisky an.
Wir wollten ihn nicht verdrießen.
– He, Killarney, heulte er, eine Flasche und Gläser!
Mrs. Killarney sprang auf und ging, die Augen noch halb geschlossen, mit der Präzision einer Mondsüchtigen auf die Tür zu. Sie verschwand wie ein Pfeil, da ihr wahrscheinlich eine sichere Alkoholquelle bekannt war.
Joel plauderte:
– Ich habe »Gläser« gesagt, denn es ist unglaublich, wie leicht das Zeug zerbricht. Ich benutze die Scherben, um meine Knöpfe zu schnitzen und zu polieren, ich habe natürlich kein Geld, um mir Handwerkszeug zu kaufen. Na ja, ich kann mich nicht beklagen, das Geschäft geht nicht schlecht, aber ich habe eine Mordsarbeit, die Kunden wollen nämlich hauptsächlich Knöpfe mit Löchern, und Löcher bohren ist mühselig, oder stimmt's vielleicht nicht, Schwestern?
Wir pflichteten ihm bei.
– Und ihr, was treibt ihr?
– Sie lernt immer noch Gälisch, sagte Mary, sie macht große Fortschritte.
– Sie hat ihre Prüfung abgelegt, fügte ich hinzu, sie wartet jetzt auf die Ergebnisse.
– Wir werden sie am 16. April bekommen, sagte Mary.
– Ach, da hast du ja Geburtstag, bemerkte Joel mit einer Geistesgegenwart, die ich nicht bei ihm erwartet hatte.
– Wir sind hergekommen, um dich einzuladen.

– Das ist nett; ich danke euch.
– Mit Mrs. Killarney und der Kleinen natürlich, fügte ich hinzu.
– Danke, ich danke euch, ich bin ganz ergriffen. Seine Stimme hatte jetzt den falschen, rührseligen Klang eines Trunkenbolds.
– Das müssen wir begießen, schlug er vor. Killarney! Eine Flasche und Gläser!
– Sie ist noch nicht zurückgekommen, machte ich ihm klar.
– Es ist entsetzlich, wie leicht das Zeug zerbricht, zum Glück kann ich die Scherben für meine Arbeit gebrauchen ...
In diesem Augenblick verdrehte Mary die Augen und wurde ohnmächtig. Ich fing sie in meinen Armen auf. Joel rührte sich nicht.
– Ist sie schwanger? fragte er gleichgültig.
– Es ist wohl eher der Gestank, antwortete ich.
Es stank zwar nicht so penetrant wie bei den Eingeweiden, aber es war fieser. Zum Glück kam Mrs. Killarney mit einer (vollen) Flasche und Gläsern zurück. Ein kräftiger Schluck machte Mary wieder munter.
Joel blieb bei seiner Idee:
– Bist du schwanger?
– Das ist kaum anzunehmen, antwortete Mary.
– Wie machen Sie das? fragte Mrs. Killarney sie.
– Ach, weißt du, sagte Joel, der plötzlich ihre Existenz entdeckte, wir sind zu Sallys Geburtstag bei meinen Eltern zum Abendessen eingeladen.
– Ich werde nie wagen hinzugehen, sagte Mrs. Killarney.
– Wir bitten Sie herzlich darum, sagte ich.
– Ist Ihr Papa einverstanden?
– Wer ist denn das? fragte Joel. Ihr Papa!
– Aber du weißt doch, daß Papa zurückgekommen ist?

– Stimmt ja, mein Gott. Er wird also auch da sein, der Drecksack.
– Ihr werdet euch wieder versöhnen, sagte Mary.
– Ich lege keinen Wert darauf, sagte Joel.
Er tat so, als denke er nach.
– Wird es was Anständiges zu essen geben? fragte er.
– Mama wird dich ganz schön verwöhnen, sagte Mary.
Er wandte sich an Mrs. Killarney.
– Was meinst du, Salome?
– Es ist schon lange her, daß wir uns kein anständiges Fressen mehr einverleibt haben, bemerkte Mrs. Killarney objektiv.
– Und ihr seid sicher, daß Vater einverstanden ist?
– Sicher.
– Na gut, dann werden wir kommen.
Wir leerten die Flasche zu Ehren der kommenden Wiederversöhnung. Salome (das Kind) hatte sogar ein Anrecht, sich was über die Lippen zu gießen, und fröhlich gingen wir auseinander, obgleich Joel traurig war, daß wir nicht länger bleiben wollten, um andere, dank der Geschicklichkeit Mrs. Killarneys herbeigeschaffte Flaschen zu leeren.
Als ich mich umwandte, um einen letzten Blick auf die schmutzstarrende, baufällige Bude zu werfen, in der Joel hauste, fragte ich mich, ob er immer noch Gedichte schriebe.

13. April
Ich hasse Mary gar nicht so sehr. Aber ich wünsche, daß sie ihre Prüfung besteht und weggeht. Oder daß ich weggehen kann.

15. April
Barnabé erwartete mich nach meiner Stunde bei Baoghal. Meve ist nach wie vor nicht ansprechbar auf meine liebens-

würdigen Gesten; ich begreife das nicht. Gerade heute habe ich wieder einen Kuß auf ihre elfenbeinerne Stirn drücken wollen. Sie stieß mich mit niedlicher, aber fester Hand zurück. Das ärgerte mich. Denn ich wünschte aufs lebhafteste, wieder mit Liebenswürdigkeiten zu beginnen, die in totaler Glückseligkeit ausgeklungen wären. Meve will nicht, zweifellos hat sie Angst vor Baoghal oder seiner Frau. Doch wie dem auch sei, dieser Korb ärgert mich. Barnabé wartete auf mich:

– Na, fragte ich ihn, was macht der Mumps?

– Ich bin geheilt, antwortete er mit stupidem Lächeln.

– Ihre Physiognomie ist aber nicht sonderlich verunstaltet, bemerkte ich und betrachtete ihn dabei mit kritischem Auge.

Er wurde rot.

– Und Sie, Sally, wie geht es Ihnen?

– Nein, Ihr Gesicht ist wirklich nicht sonderlich verunstaltet. Tut das weh, Mumps?

– Och ... ein bißchen ...

– Und worin besteht diese Krankheit eigentlich?

– Die Ohren ... tun einem weh ...

– Das ist nichts, womit man sich brüsten kann.

– Nein ... natürlich nicht ...

– Und die kleinen Tests?

– Ich weiß nicht, was Sie meinen. Ich war nicht beim Psychiater.

– Ich auch nicht, entgegnete ich.

Konnte der einen auf die Palme bringen, dieser Schmachtlappen.

– Wie heißt diese Krankheit eigentlich, wenn sich einem die Ohren dabei schälen?

– Ich weiß nicht ...

– Die Ihren sehen sehr mitgenommen aus ...

– Glau … glauben Sie?
– Ich glaube es nicht, ich sehe es. Ich bin jedenfalls sehr glücklich, wieder von Ihnen gehört zu haben.
Und ich verabschiedete mich von ihm.

16. April
Heute morgen wünschte ich sehr lebhaft, Mary sei bei der Prüfung durchgefallen. Nur so. Eine Idee. Mein Wunsch ist nicht in Erfüllung gegangen. Sie hat die Prüfung bestanden. Sie ist aber auch mordsfroh. Natürlich.
Jetzt bekommt sie nicht mehr ihre täglichen und väterlichen Prügel, sondern ihren John Thomas fürs Leben.
Sagt sie.
Sie wird die täglichen und väterlichen Prügel vielleicht vermissen. Aber das ist ihre Sache.
Ich bin neunzehn Jahre alt geworden.
Haargenau.
Es ist fünf Uhr nachmittag. Nachher gibt's noch ein Mordsfressen zu meinem Geburtstag.
Mir ist ganz komisch zumute.
Nicht wegen dem Festschmaus. Wegen nichts.
Wenn mir irgendein Kerl in die Finger fiele, ich glaube, ich würde ihn gehörig an den Ohren ziehen. Und an den Klooten. Nein, an den Pfoten. Man hat doch immer Schwierigkeiten, wenn man eine fremde Sprache schreibt.
Meves kleine rosa Zunge.
Tims Hand.
Barnabés Hosenlatz.
Die Steifheit der Statuen. O Sehnen, o Sehnen!
Schön bei der Stange bleiben, sag' ich mir. Schön bei der Stange bleiben.

17. April

Wir haben eine Zeitlang auf den Bruder, seine Konkubine und ihren Sprößling gewartet; schließlich sind sie gekommen, umgeben von einer Art äthylischem, quasi fluoreszentem Lichthof. Joel und Papa haben sich umarmt. Papa hat eine liebenswürdige Fresse aufgesetzt, etwa wie ein eingefleischter Verräter in einem schmalzigen Melodrama. Mrs. Killarney ist mit einer Menge Ehren empfangen worden, und wir haben dem heulenden Balg zugelacht. Mary wurde allseits zu ihrem Erfolg beglückwünscht. Mama goß sich strahlend und ganz mechanisch alle Gläser hinter die Binde. An meinen Geburtstag dachte man kaum.

Nachdem wir eine Flasche fünfundvierziggradigen Ricard, die Monsieur Presle geschickt hatte und die am Nachmittag rechtzeitig angekommen war, pur aus der Buddel gesüffelt hatten, setzten wir uns an den Tisch, und Bess trug das Abendessen auf, das, ich sage es gleich, aus Heringen mit Ingwer (ich bin ganz verrückt danach), Speck mit Kohl, einem Laib Kochkäse von fünfundzwanzig Pfund und einer mit neunzehn Kerzen verzierten Algentorte bestand.

Die Unterhaltung war zuerst äußerst konventionell und von entsetzlicher Banalität.

– Na, sagte Mama zu Mrs. Killarney, sind Sie zufrieden mit meinem kleinen Hahn?

– Mein Gott, antwortete Mrs. Killarney, er ist feurig, sehr feurig. Eine Frau in meinem Alter, das ermüdet sie natürlich, klar!

Sehr feurig worin? Im Knöpfe polieren?

– Und dein Scheich, sagte Joel zu Mary, stellt er dich zufrieden?

– Hol dir lieber einen von der Palme, antwortete Mary gutgelaunt, und bleib von den Schleifen der Kleinen weg.

Was denn von der Palme holen? Und von welcher Palme zum Kuckuck?
Papa war sehr fröhlich und versuchte mich für diverse Fragen zu interessieren, wie etwa die Klassifizierung der Todesstrafen nach den einzelnen Längen- und Breitengraden, oder die Gleichgültigkeit der Köchinnen gegenüber dem Unglück der Tiere, die sie für die Bratpfanne vorgesehen haben.
Der Abend wäre zweifellos normal verlaufen, das heißt, daß Joel und Papa gegen zwei Uhr morgens stockbesoffen unversehens mit voller Wucht und zärtlichen Schreien übereinander hergefallen wären, ich sage also, daß der Abend zweifellos normal verlaufen wäre, wenn Joel nicht beim Hauptgang Speck mit Kohl die Existenz von Bess bemerkt hätte.
– Na, bist du immer noch da? fragte er plötzlich. Ich weiß nicht, welche mehr oder weniger spanische Fliege ihn gestochen hatte, denn niemand, wie es schien, achtete auf Bess, nicht einmal Papa, und Joel nie, zu der Zeit, als er noch hier war. Die wenigen oben vermerkten Worte waren von einem liebenswürdigen Klaps aufs Hinterteil begleitet. Diese familiäre und vielleicht zärtliche Geste steigerte die Schüchternheit der Kleinen derart, daß sie den Kohl, der noch in der Schüssel war, Mama auf den Kopf schüttete. Mama hatte schon immer einen gutmütigen Charakter, und an diesem Abend war sie ganz besonders euphorisch wegen der grrroßen Familienversöhnung. Sie fand den Zwischenfall ganz besonders drollig und bog sich vor Lachen, während sie die Gemüsereste von ihrem Gesicht kratzte, die sich dort abgesetzt hatten. Wir stimmten lärmend in ihre leicht verständliche Heiterkeit ein, als Papa aus was weiß ich welchem Grund ruhig aufstand und auf Bess zuging, die mit einem Schreckensschrei auf ihre Küche zulief; aber Papa, der um-

sichtig und präzise vorging, stand schon an der Tür, als sie dort ankam: Er brauchte sie bloß in Empfang zu nehmen. Seine Absichten, alle begriffen das sogleich, waren ausgesprochen korrektioneller Art. Joel mischte sich ein. Mit einer melodramatischen, ginbeträufelten Stimme erklärte er, daß es Sache des Sohnes sei, die seiner Mutter angetane Schmach zu rächen, und Bess an einem Arm ziehend, entreißt er sie der väterlichen Tatze. Papa ergreift den anderen Arm und entgegnet, daß es Sache des Ehemanns sei, jene zu dachteln, die seine Gattin mit Soße bekleckert habe. Bess schwankt hin und her, von rechts nach links. Doch nun steht Mary auf und erklärt, daß sie sich jeder Bestrafung Bess' widersetze; sie nimmt Bess um die Taille und entführt sie ihren Verfolgern. Mrs. Killarney fängt an zu grölen, daß es Sache ihres Galans sei, den Dienstbolzen zu versohlen, während Mama, die plötzlich wütend geworden ist, behauptet, daß niemand anders als ihr Männlein die Hand an dieses Kind legen dürfe, demgegenüber sie außerdem eine moralische Verantwortung habe. Ich bin erstaunt, wie leicht alle diese Leute Partei ergreifen, und frage mich gerade, zu welchem Lager ich mich schlagen soll oder ob es nicht besser sei, ein eigenes zu gründen, als die Feindseligkeiten losgehen.

Es sind die weiblichen Hilfstruppen, die die Schlacht beginnen. Mama beschmiert Mrs. Killarney das Gesicht mit dem zusammengekratzten Kohl, während Mrs. Killarney mit einem Schwinger antwortet, der jedoch sein Ziel verfehlt und einen schmutzigen Teller in tausend Scherben schlägt. Mary versetzt Joel einen Tritt ans Schienbein, so daß er seine Beute losläßt, doch Papa packt sie am Schopf und wuchtet sie gegen das Büffet, wo einige Gläser zum Teufel gehen. Bess stößt jämmerliche Schreie aus, und Mrs. Killarney, die sich die Hand aufgeschnitten hat, als sie auf unser Geschirr losging, hüpft vor Schmerz im Zimmer umher

und stößt Flüche aus. Mama nimmt natürlich ihren Vorteil wahr und stößt ihr mit einer englischen Soßenflasche in den Nabel. Mrs. Killarney schlägt hin. Um Bess wieder zu annektieren, versucht Papa Joel mit einer Bierflasche den Schädel einzuschlagen, aber es gelingt ihm lediglich, den Kohl mit Glasscherben zu garnieren. Mary bereitet sich wieder zum Angriff vor, mit unserem Nußknacker bewaffnet; Papas Nase, die zwischen die beiden Arme dieses Hebels gerät, fängt an Blut zu pissen. Mama, die sich auf Mrs. Killarney gesetzt hat, schlägt deren Birne rhythmisch gegen den Fußboden. Während Papa Mary unter den Armen kitzelt, um der Umklammerung des Nußknackers zu entkommen, nutzt Joel die Gelegenheit und zieht Bess in die Küche, wo er sich mit ihr einschließt. Wir springen alle an die Tür, rütteln daran und versuchen sie einzutreten. Sie ist fest verschlossen. Man muß sich eben wieder beruhigen.
Mama hebt Mrs. Killarney auf, setzt sie auf einen Stuhl und bietet ihr was zur Stärkung an. Dann stellt man alles einigermaßen an seinen Platz zurück, feuert die Scherben in eine Ecke, begibt sich wieder zu Tisch und wartet auf den Fortgang des Essens. Nun entdeckt man, daß Salome, die während des Kampfes auf den Boden gefallen war, leicht zertrampelt worden ist: Man verpaßt ihr ebenfalls ein Stärkungsmittel. Papa gießt der Runde soviel Whisky aus, wie nötig ist, um den Herzschlag zu verlangsamen und die Atmung zu regulieren.
Von der anderen Seite der Tür hört man mannigfache Töne: Seufzen, Keuchen, schüchterne Proteste, gefolgt von begeisterter Zustimmung. Aber ich weiß jetzt ungefähr, was gespielt wird, ich kann mir denken, was passiert, ich bin ein großes, fast aufgeklärtes Mädchen. Ich empfinde eine große Befriedigung, daß ich der sich anspinnenden Unterhaltung einigermaßen zu folgen vermag.

– Hoffentlich macht er ihr kein Kind, murmelt Mama, die ein sehr verdrießliches Gesicht schneidet.
– Das haut ja schließlich auch nicht bei jeder Nummer hin, bemerkt Mrs. Killarney und macht ein sehr angeberisches Gesicht.
– Machen die einen Krach, knurrt Mary, die sehr nervös aussieht.
– Die Kleine wird trotzdem ihre Abreibung bekommen, erklärt Papa mit einem Gesicht, als hätte er überhaupt kein Gesicht.
Die Vokaläußerungen von Bess und Joel haben eine solche Lautstärke erreicht, daß die Tür zu vibrieren anfängt. Mary hat die Beine übereinandergeschlagen und krallt sich seufzend und mit zurückgelehntem Kopf am Tisch fest.
Ich selbst teile bereits seit längerem diskret ihre Erregung.
Dann ist es plötzlich still.
Man könnte hören, wie eine Katze ihre Milch aufschleckt.
– Aha, macht Mama, wir werden gleich weiteressen können.
– Ja, sagt Papa. Ich bekomme allmählich einen Bärenhunger. Um so mehr, als der Speck beim Teufel ist.
– Wir haben noch den Laib Kochkäse von fünfundzwanzig Pfund, sagt Mama.
– Kaufen Sie ihn immer noch bei dem Krauter in der Hatch Street? fragt Mrs. Killarney.
– Immer noch, antwortet Mama.
– Dann werde ich mich latzen, sagt Mrs. Killarney.
Mary ist ganz rot und sieht starr auf den kleinen Lichtfleck, der auf ihrem Whisky schwimmt. Ich selbst bin nicht weniger erregt. Sie hebt den Kopf, und unsere Blicke begegnen sich; sie wissen nicht so recht, was sie sich sagen sollen. Aber nun zucken wir beide gleichzeitig zusammen; in der Küche geht das Treiben wieder los.
– Oh, nein, grölt Papa und schlägt mit der Faust auf den

Tisch. Jetzt reicht's aber. Ich will endlich was zu futtern haben.
– Was willst du, sagt Mama, sie sind eben noch jung.
– Mit mir ist das nie passiert, bemerkt Mrs. Killarney in einem lobenswerten Bemühen um Objektivität.
Aber wieder zucke ich zusammen. Es klingelt an der Tür. Allgemeine Beunruhigung. Es klingelt noch einmal, energischer. Ich sage:
– Ich gehe.
Und ich ging.
Es waren zwei Konstabler, der eine, Kirkgoe, war im ganzen Viertel wohlbekannt; den anderen hatte ich noch nie gesehen. Er war es, der sprach:
– Na? fragte er in wichtigem Ton.
– Was, na?
– Die Nachbarn beschweren sich.
Die Nachbarn! Ich war empört, als ich das hörte, denn wenn's gutging, feierten sie Feste von Neujahr bis Sylvester, und wenn's schlechtging, rauften sie sich von Sylvester bis Neujahr.
– Was wollen sie denn, die Nachbarn?
– Es sind schlimme Dinge bei Ihnen passiert.
– Papperlapapp.
– Es besteht sogar die Möglichkeit, daß ein Verbrechen begangen wurde. Wie behauptet wird.
– Lügen.
– Erlauben Sie, daß wir nachsehen?
Er schob mich mit dem Arm beiseite und ging hinein, hinter ihm Kirkgoe, dessen Mimik mir zu verstehen gab, daß er solche Forderungen, wenn es nach ihm gegangen wäre, nicht gestellt hätte. Ich hätte ihn natürlich nach seinem Jagdschein fragen müssen, wie es in den Kriminalromanen gemacht wird, aber er stand schon im Eßzimmer. Ich trottete

hinterher und sah, wie er dabei war, in analogen Worten Mama zu befragen, die ihr gewohntes Unschuldsgesicht machte, ferner Mrs. Killarney, die, um ihre Hand zu verstecken, Salome mit einer tragischen und verdrießlichen Gebärde in ihren Armen hielt, und Mary, die schüchtern in den Saum ihres Rockes biß, was dem Bullen erlaubte, ihre Beine bis zum Nabel zu bewundern. Besagter Bulle sah übrigens gar nicht hin, sicherlich ein Päderast, auf jeden Fall aber ein dummes Schwein, denn trotz unseres einstimmigen Leugnens nahm er die kleinen Scherbenhaufen und die zerbrochenen Gläser in der einen Ecke und die nach allen Seiten verspritzten Blutflecke, ob sie nun Papa gehörten (Mensch, wo steckte der denn?) oder Mrs. Killarney, zum Anlaß für ein strenges Verhör. So ein Stinkkerl! Man hätte meinen können, er wolle unter allen Umständen, daß jemand getötet worden ist. Wir konnten ihn noch so sehr beruhigen, nichts zu machen. Endlich war er sprachlos und wollte schweigen; da wir keine Lust zum Plaudern hatten, herrschte allgemeine Stille.
Darauf hörte man, was in der Küche vorging.
– Was ist denn das wieder? fragte der Policeman und runzelte die Augenbrauen.
– Das ist unser kleines Dienstmädchen, das einem Aal die Haut abzieht, antwortete Mama mit dem Lachen einer Erstkommunikantin.
– Lebend?
– So ist er am besten.
– Aber das verstößt doch gegen die Grundsätze des Tierschutzvereins.
In diesem Augenblick meckerte die zarte Stimme von Bess:
– Nicht so, du tust mir ja weh.
Der gewichtige Polizist sah Kirkgoe mit ernstem Gesicht in die Augen und sagte schüchtern zu ihm:

– Wir müssen intervenieren.
Da sie ihren B.M.* nicht mitgebracht hatten, begnügten sie sich damit, das Türschloß mit Revolverkugeln einzustreuen, bis der Zapfen fiel. Die Tür ging halb auf, und wir erblickten Joel, der die Algentorte aus dem Ofen zog, und Bess, die sich die Finger verbrannte, als sie ihm dabei helfen wollte.
– Entschuldigen Sie vielmals, sagten die Polypen, die ihren Irrtum einsahen.
Nach einer gewissen Anzahl von Höflichkeitssätzen und einer noch gewisseren Anzahl von Whiskybechern zogen sich die Vertreter des Gesetzes zurück, und wir konnten uns wieder um die zu meinen Ehren mit neunzehn Kerzen geschmückte Torte niederlassen.
– Wegen all dem Palaver, sagte Papa, der wiederauftauchte, haben wir den Käse noch nicht probiert!
– Jetzt mach dir mal nicht ins Hemd, sagte Mama äußerst liebenswürdig.
Ich habe meine Kerzen auf einen Schlag ausgeblasen, und das Fest ging weiter bis sechs Uhr morgens. Soeben habe ich meinen Bericht niedergeschrieben. Und jetzt ins Bett. Allein.

18. April
Mary bekommt ihre Anstellung am Postamt in Gyleen. Gyleen liegt an der Mündung der Lee, am Eingang des Hafens von Cork, in der Nähe des Leuchtturms Roches Point. Sie hatte gehofft, eine Anstellung in Dublin zu bekommen, um mit ihrem John zusammenzusein, aber das macht nichts, sie will in jedem Fall Leine ziehen. Ich habe sie zum Bahnhof gebracht. Als ich zurückgekommen bin, habe ich erfahren, daß Bess verschwunden ist.

* Belagerungsmörser, bei der irischen Polizei gang und gäbe (M.P.).

20. April
Ich bin heute zu einem der Jahresempfänge bei Mrs. Baoghal eingeladen gewesen. Zahlreiche Gedanken umwölkten meine Stirn, daher brauchte ich auch nicht, wie früher, bei Tante Patricia eine Pause einzulegen, um neuen Mut zu schöpfen. Ich fand dort – bei Mrs. Baoghal – sowohl Padraic als auch Barnabé als auch Meve vor, die natürlich nach wie vor zugeknöpft blieb, und die Hausfrau selbst, deren Nase allmählich wie ein Sieb aussah. Ich traf hier auch – immer noch bei Mrs. Baoghal – Connan O'Connan, Gregor Mac Connan, Mack O'Gregor, Mac Connan, alles Dichter mit ihren Frauen und ihren Söhnen und ihren Töchtern: George, Phil, Irma, Sarah, Tim, Pelagia, Padraic, Ignatia. Auch O'Cear, der Druiden-Barde, war mit seiner Frau und ihren vier Kindern da sowie Mac Adam, der Primitivisten-Philosoph, mit Mrs. Mac Adam und ihren Kindern: Abel Mac Adam, Cain Mac Adam und die beiden Schwestern Mac Adam, Beatitia und Eva, die gleichen, die die Parties gaben, zu denen sie mich bisher noch nie eingeladen hatten, obwohl ich jetzt einigermaßen tanzen konnte, aber woher hätten sie es auch wissen sollen, da ich bislang meine neuen Talente verheimlicht hatte und es mir zudem höchst unangenehm gewesen wäre, sie vor einem wenn auch noch so begrenzten Publikum zu zeigen.
Ein französischer Herr war nicht dabei. Barnabé trat zu mir.
– Ach, da sind Sie ja, sagte ich zu ihm.
– Wie schön Sie sind, Sally, murmelte er mit zitternder, aber überzeugter Stimme.
– Was ist denn in Sie gefahren?
– Ich finde Sie bezaubernd, Sally. Und dieses Kleid steht Ihnen so gut.
Ich muß zugeben, daß es mir wirklich nicht schlecht stand; strohgelb mit einem pistazienfarbenen Krebsmuster. Ich

hatte auch Strümpfe angezogen, meine besten, die aus Baumwolle, die erst zweimal gestopft sind.
– Wollen Sie nicht an einem der nächsten Tage mit mir ins Kino gehen? Es wird ein Film mit Greta Garbo gespielt, im Palladium.
– Das wird 'ne Stange Geld kosten, im Palladium.
– Ich lade Sie ein, Sally, ich lade Sie ein.
War er also bereit, meinetwegen Dummheiten zu begehen? Ich beschloß, ihn darin ein wenig zu bestärken, aber für den Anfang nicht allzusehr. Ich sagte zu ihm und schlug dabei die Augen nieder, so gut ich konnte:
– Ich bin froh, daß Sie nicht mehr Mumps haben ... Und außerdem, wissen Sie, sieht man Ihren Ohren nichts mehr an ... Sie sind sogar sehr hübsch.
Er wurde rot, strahlte und machte ein Gesicht wie jemand, der über einem Kompliment brütet. Aber plötzlich interessierte ich mich für O'Gregor Mac Connan, der gerade an uns vorüberging; ich erinnerte mich an das, was Baoghal mir über ihn erzählt hatte und flüsterte fragend in Barnabés Ohrmuschel (und mein warmer Atem schien ihm durch Mark und Bein zu gehen, als er in die Öffnung eindrang):
– Stimmt es, daß O'Gregor Mac Connan ein Päderast ist?
– Oh, machte Barnabé.
Er ging einen Schritt zurück, um mich aufmerksam zu betrachten.
– Oh, machte er wieder.
– Ich stelle Ihnen eine Frage, bemerkte ich mit einer gewissen Verärgerung.
Er fuhr fort, mich eingehend zu betrachten, mit einer Sprachlosigkeit, als sei ich eine Inschrift in Oghamischen Buchstaben gewesen. Mit dem Ernst eines Druiden, der Eibisch pflückt, hob er einen Finger zur Zimmerdecke und fragte mich feierlich:

– Sally! Kennen Sie den Sinn des Wortes, das Sie gerade gebraucht haben?
– Welches Wort? Päderast?
– Oh!
Und die Hand, die einen Zeigefinger zum Himmel streckte, legte sich mit einer Gebärde der Verzweiflung auf seine Stirn.
– Ja, dieses, sagte er darauf. Kennen Sie wirklich seine Bedeutung?
– Ja, glauben Sie denn, ich rede, ohne zu wissen, was ich sage?
Es passiert mir zwar manchmal, aber es war jetzt nicht der richtige Augenblick, näher darauf einzugehen.
– Kennen Sie seine Bedeutung, ja oder nein?
– Ja.
– Dann, flüsterte er, sagen Sie mir doch bitte, was das eigentlich heißt.
Wußte er es nun wirklich nicht, oder war es eine Herausforderung? Dieser Dummkopf brachte mich aus der Fassung.
– Sagen Sie es mir, Sally, flehte er.
Machte er sich über mich lustig? Das hätte ich gar nicht gern gehabt. Nachdem ich noch einmal etliche Sekunden nachgedacht hatte, gab ich ihm schließlich die Erklärung der Sache:
– Ein Päderast ist ein Herr, der anderen Herren das tut, was ich Ihnen im Kino getan habe, damals, als wir uns den Film mit Jean Harlow angesehen haben.
Denn ich konnte mir jetzt denken, was damals passiert war, obgleich mir einige Einzelheiten noch der Aufklärung zu bedürfen schienen.
Trotzdem hatte ich die Augen niedergeschlagen, als ich ihm das Wesentliche meines Wissens über die Päderasten mitteilte. Als ich wieder aufblickte, war Barnabé verschwunden. Höflichkeit oder ein dringendes hygienisches Bedürfnis hatten ihn zweifellos von mir entfernt.

Man kündigt nun die Sitzung in Psychismus an, und alle lassen sich um Mrs. Baoghal herum nieder. Sie trug ein Kleid aus rotem, römischem Krepp mit violetter Spitzeneinlage. Die Ärmel waren vom Ellbogen an sehr eng. Nachdem alles sitzt, bittet Baoghal, die Lichter zu löschen und die Vorhänge vorzuziehen. Ich bin jetzt pfiffig genug, um zu begreifen, daß die Dunkelheit nur ein Vorwand ist, um das Kleidungsstück des Nachbarn abzutasten und zu sehen, ob sein Stoff weich ist.

Ich saß zufällig zwischen dem Dichter Mac Connan und Abel Mac Adam, dem Sohn des Primitivisten-Philosophen. Ich sage »zufällig«, denn ich kenne weder den einen noch den andern, und weder der eine noch der andere schien je auf mich achtgegeben zu haben. Sobald sie jedoch der Anonymität sicher waren (einer Straußenanonymität), klatschten sie mir ihre Hände auf die Schenkel. Das entsprach keineswegs meinen Absichten; ich war nicht wegen nutzloser Bagatellen hergekommen, sondern um Aufklärung zu erhalten über zwei theoretische Punkte, die für mich noch dunkel waren. Meine übliche Methode anwendend, brachte ich also die beiden Hände miteinander in Berührung, worauf sie sich mit höchster Geschwindigkeit zurückzogen und ich meine Studien fortsetzen konnte.

Ich zögerte zuerst zwischen Mac Connan und dem jungen Mac Adam. Schließlich dachte ich, daß es besser sei, ein junges und kräftiges Subjekt auszusuchen, bei dem sich die Phänomene wahrscheinlich deutlicher und schneller (die Sitzung würde ja nicht ewig dauern) äußern als bei einem Individuum, das vom Alter schon ein wenig mitgenommen ist. Ich beschloß daher, mich an Abel zu halten.

Mit gebrochener Stimme begann Madame Baoghal angeblich fremde Laute auszustoßen, die für eine etwas archaische Marssprache gehalten wurden, während sich neben ihr ein schmales Phantom materialisierte, dessen Ähnlichkeit mit Meve so evident war, daß keiner der Gläubigen an einen Betrug denken konnte. Ich hingegen stellte fest, daß der Stoff von Abels Hose eher rauh war, zweifellos ein heimischer Tweed. Dann stellte ich einige Betrachtungen allgemeiner Art über die verschiedenen Kleiderverschlüsse beim Mann und bei der Frau an; es ist klar, daß der Mann das Knopfloch vorzieht und die Frau die Schleife.

Aber das lenkte mich nicht von meinem Hauptanliegen ab. Ich war fest entschlossen, endgültig klare Vorstellungen zu bekommen über verschiedene entgegengesetzte Aspekte dessen, was ich jetzt in der Hand hielt. Zuerst konnte ich mich vergewissern, daß bestimmte natürliche Gegenstände Veränderungen des Volumens und der Konsistenz zulassen, die sich unendlich schneller vollziehen als jene Veränderungen, die aus einer Tafthülle ein lenkbares Luftschiff machen. Das Beispiel ist schlecht gewählt, denn in bezug auf die Konsistenz war der Gegenstand meiner aufmerksamen Studien unendlich steifer als jenes veraltete Transportmittel, das der Ballon ist. Mit zarter Hand tastete ich den Gegenstand mehrmals ab und erlangte dabei die Gewißheit, daß die Steifheit an allen Stellen gleich war, dann versuchte ich durch rhythmisches Reiben herauszubekommen, ob es nicht möglich sei, jenem Gegenstand, den ich zuerst im Zustand der Schlaffheit berührt hatte, eine noch größere Ausdehnung zu geben. Trotz meines Eifers gelangte ich zu keinem nennenswerten Ergebnis, obgleich ich, um das genau festzustellen, weder über ein Metermaß noch über einen Zirkel verfügte.

Jetzt verlangte es mich danach, auch über den zweiten Punkt der Theorie, der noch unentschieden war, Klarheit zu erlangen, obgleich die Berührung mit dem, was ich warm und sanft zugleich in der Faust hielt, eher angenehm war.

Zur Ungeduld bestand übrigens kein Anlaß, denn ich spürte, wie eine Sturzflut sich über meine Hand ergoß, einem Geiser gleich hochschoß und auf meine Finger zurückfiel. Dann erfolgten Veränderungen des Volumens und der Konsistenz, die genau im umgekehrten Verhältnis standen zu denen, die die Krise herbeigeführt hatten, und ich überließ seinem Hosennest ein kleines, feuchtes und bebendes Etwas.

Anschließend machte ich mich an die chemische Untersuchung der Substanz, die ich soeben extrahiert hatte, wobei ich natürlich nur ein ziemlich verkürztes Verfahren der Qualitätsanalyse anwenden konnte, das heißt also, daß ich mich darauf beschränkte, den Geruch, den Geschmack, die Löslichkeit, den Flüssigkeitsgrad usw. zu untersuchen. Trotz der Dunkelheit schien mir, als sei die Farbe weißlich, doch war es keineswegs Milch. Wie ich gleich vermutet hatte, war dieses Produkt der männlichen Aktivität völlig verschieden von allen Produkten, die ich bisher kannte, und von durchaus origineller Beschaffenheit. Ich empfand eine solche Freude, meine Hypothesen bestätigt zu sehen, daß mir sogleich ein neues Experiment einfiel, das es zu wagen galt und das diesmal die Möglichkeit einer Wiederbelebung betraf. Ich machte mich also an die Arbeit, doch zu meiner großen Enttäuschung ging das Licht an, noch bevor ich zu einem völlig befriedigenden Ergebnis gelangt war. Unsere Nachbarn standen auf, und ich bemerkte, daß Padraic Baoghal, der vor uns saß, bei unseren ersten Untersuchungen bespritzt worden war. Abel Mac Adam zog schnell sein Taschentuch heraus, um ihm den Rücken abzutupfen. Wütend drehte Baoghal sich um und knurrte: »Was fällt Ihnen denn ein?« Ich lachte dumm.

21. April

Heute morgen klingelt es. Ich gehe öffnen. Wieder zwei Bullen. Dabei war es ganz ruhig bei uns. Der eine von den beiden war kein anderer als der Neue von neulich, der zweite, der noch neuer war, trug einen zu weiten Zivilanzug.

– Das ist seine Schwester, sagte der erste zum zweiten.

– Ist Ihre Mutter da? fragte mich der.

– Ja.

– Wir möchten sie gern sehen.

Sie folgten mir. Sie waren im Flur sehr korrekt zu mir. Ich öffnete ihnen die Tür zum Eßzimmer, Mama saß hier und strickte Socken. Sie lächelte ihnen freundlich zu. Sie ließen sich nieder.

– Biete den Herren doch ein Glas Whisky an, sagte Mama.

– Es gab noch eine andere Schwester, bemerkte der erste Polizist.

– Sie wohnt jetzt in Gyleen, sagte Mama.

– Haben Sie in letzter Zeit von ihr gehört?

– Sie schickt uns jeden Tag ein Telegramm. Wissen Sie, es kostet sie nichts, sie ist nämlich Postfräulein.

– Und wann haben Sie das letzte bekommen?

– Heute morgen.

– Seit wann ist sie weg?

– Seit vorgestern.

Er sah Mama tiefsinnig an. Dann fuhr er fort:

– Und Ihr kleines Dienstmädchen?

– Bess?

– Ja, das kleine Dienstmädchen, das an jenem Tag da war, an dem Sie den Spektakel gemacht haben.

– Oh, protestierte Mama, es war doch kaum ein Radau dritter Klasse.

– Also gut, wo ist sie?

– Die dritte Klasse?

– Scheiße, rief der erste Inspektor, das hat uns gerade noch gefehlt, daß wir an eine dumme Wutz geraten mußten.
– Diese Dummheit scheint mir verdächtig.
– Verhören Sie die Familie.
– Wo ist Bess? fragte mich der Stockmeister. (Verdammt, wo habe ich denn dieses Wort her? Das ist wirklich gut.)
– Verschwunden, antwortete ich.
– Verschwunden?
– Sie ist verschwunden, bestätigte Mama.
– Und Sie haben nicht daran gedacht, sie zu suchen?
– Nein.
– Und auch nicht die Polizei zu verständigen?
– Erst recht nicht.
Sie seufzten.
– Und Ihr Bruder, wo ist der?
– Zu Hause.
– Wo denn, zu Hause?
– In der Nähe von Harberton Bridge.
– Wohnt er dort schon lange?
– Ungefähr drei Monate.
– Und er ist nicht hier?
– Wenn er doch zu Hause ist.
Mit dem Blick befragte der Stockmeister (dieses Wort gefällt mir) seinen Chef.
– Unnötig, das Haus zu durchsuchen, sagte der.
– Es wäre sicherer.
– Nein. Unnötig. Ich sehe das.
Er leerte sein Glas und stand auf. Der andere ahmte ihn nach.
– Man müßte ihnen vielleicht Bescheid sagen, sagte dieser.
– Wenden Sie die übliche oratorische Behutsamkeit an.
– Wir haben nämlich Takt.
Er wandte sich Mama zu, und nachdem er gehustet hatte, sagte er:

– Also schön, brave Frau, wir werden jetzt Ihren Sohn Joel hinter Schloß und Riegel setzen, weil er ein entsetzlicher Bösewicht ist, der Ihr Dienstmädchen Bess getötet hat, um ihr Blut zu trinken; ihre Leiche wurde in einem Faß gefunden, das er in der Gegend von East Wall versteckt hatte.
Da wir stumm und sprachlos blieben, fügte er hinzu:
– Ich gieße euch jetzt jedem noch schnell ein Glas Whisky ein, damit ihr euch stärken könnt, nachdem ihr diese entsetzliche Freveltat erfahren habt, und dann stürmen wir in wildem Lauf zur Verhaftung des Vampirs von Dublin.
Und sie trabten im kleinen Laufschritt von dannen.
Wir hatten kaum unser Stärkungsmittel gekippt, als Papa langsam und sachte die Tür öffnete und auf den Zehenspitzen hereinkam.
– Was war los? flüsterte er.
– Die Bullen, murmelte ich.
– Was wollten sie?
– Joel verhaften.
Bei diesen Worten stimmte Mama, die endlich begriffen hatte, ein Klagegeschrei an.
– Halt's Maul! sagte Papa zu ihr.
Sie schwieg.
– Sind sie weg?
– Ich glaube.
Er ging nach draußen, um sich zu vergewissern, dann kam er zurück und ließ sich vor einem Glas nieder. Mama hatte die Gelegenheit genützt, um hinter seinem Rücken zwölf bis fünfzehn Tränen zu vergießen.
– Was wollten sie denn von Joel?
– Er hat Bess getötet. Er ist ein Vampir. Sagen sie. Ich glaube es nicht.
– Du glaubst es nicht, wunderte sich Mama. Aber wenn sie es doch sagen

– Joel und Blut trinken! Aber hör mal, die haben sich bestimmt meinen Bruder noch nicht angesehen, die Stockmeister! Wenn sie ihn nämlich sehen, werden sie gleich merken, daß der gar kein Blut trinken kann, nicht einmal mit einem Strohhalm, wie es ein richtiger Vampir tut. Er kann ja nicht einmal Wasser trinken!
– Du unterschätzt ihn, sagte Mama sanft. So ausschließlich ist seine alkoholische Diät auch wieder nicht.
– Ich bin sicher, entgegnete ich, daß er vom Bluttrinken eine Leberkolik bekäme.
– Vielleicht hat er nicht dran gedacht.
Papa schlug mit der Faust kräftig auf den Tisch.
– Jetzt reicht's aber, heulte er.
Dann beruhigte er sich:
– Diese Knaben sind Nullen.
– Wer denn? fragte Mama.
– Die Polizisten, verdammt noch mal.
– Ach, rief ich, du glaubst also auch nicht, daß Joel ein Vampir ist?
– Nullen sind sie. Wenn sie überhaupt niemand verhafteten, das könnte ich noch verstehen, aber einen Unschuldigen verhaften.
– Bist du sicher, daß er unschuldig ist?
– Erzsicher.
Fragmente aus der Odyssee, dem König Ödipus, dem Rolandslied und anderen Kriminalromanen, die ich gelesen hatte, stiegen mir in rauhen Mengen ins Gehirn und erlaubten mir, mich auf die Höhe der Situation zu schwingen.
– Papa, wirst du ihm ein Alibi beibringen können?
– Oh, nein.
– Wie wollen wir dann seine Unschuld beweisen?
– Ja, antwortete er, das frage ich mich auch.

– Kennst du den Schuldigen?
– Selbstverständlich. Ich selbst bin es.
Einige Minuten machten wir uns gegenseitig die Whiskyflasche streitig, Mama und ich, um uns zu stärken.
Ich hatte schon immer geahnt, daß Papa ein Schweinehund war, aber das war doch der Rekord. Ich sah ihn bestürzt an. Ich dachte, daß er an dem Tag, an dem sein Konterfei in den Zeitungen wäre, der Familie nicht zur Ehre gereichen würde. Gewöhnlich haben die Verbrecher Gesichter, die nach was aussehen, mit einem Ausdruck beleidigter Würde, der den schönsten von ihnen einen luziferischen Aspekt verleiht, zum Beispiel Landru und Napoleon. Er dagegen ... Nie hat sich rotzigste Schlaffheit so munter auf einem mausgrauen Schweinsgesicht breitgemacht, nie hat sich perverseste Feigheit so klebrig an einem Kalbskopf festgesetzt, nie ist grausamste Quabbligkeit so nichtswürdig auf einer aschgrauen Visage erblüht.
Er ließ uns Zeit, uns ein wenig zu beruhigen. Dann:
– Abgesehen davon dürft ihr nicht glauben, daß ich die Kleine getötet habe.
– Er hat sie nicht einmal getötet, piepte Mama.
– Nein, es ist folgendermaßen passiert.
– Ja, erzähl.
– Nun, es bekümmerte mich schon seit langem, daß sie Angst vor mir hat, denn ich weiß nicht, ob ihr es bemerkt habt, aber sie zitterte vor mir. Um ihr also die Angst zu nehmen, habe ich ihr neulich versprochen, daß sie mal Karussell fahren dürfe.
– Das war nett, sagte Mama.
– Bloß auf einmal, ich weiß nicht, wie es kam, ich habe es bestimmt nicht gewollt, ich schwöre es, waren wir in der Nähe von East Wall. Das öde Gelände, die streunenden Hunde, die Dusterheit, die erloschenen Straßenlaternen

und weit und breit kein Karussell, das hat sie alles derart verstört, daß sie in Ohnmacht gefallen ist.
– Das arme Kind.
– Sie fiel einfach um: klatsch! Ich beugte mich über sie. Sie war tot.
– Du meine Güte!
Und Mama machte einige Gebärden des Mitleids.
– Ich war in einer verdammt unangenehmen Lage.
– Ich verstehe, machte Mama.
– Ich hab' sie in einen stillen Winkel geschleift. Und dort… und dort…
Er wurde aufgeregt:
– Ich hätte euch mal sehen wollen, in dieser Situation. Ich konnte einfach nicht widerstehen. Man hat schließlich nicht alle Tage eine solche Gelegenheit.
– Ich verstehe, machte Mama von neuem.
– Anschließend habe ich sie in einem alten Faß versteckt.
– Nicht so schnell, sagte Mama. Erzähl uns das im einzelnen.
– Ach nein, zierte sich Papa. Ach nein.
– Doch, doch. Es wäre nicht nett von dir, wenn du uns keine Einzelheiten erzählen wolltest.
– Auf jeden Fall schwöre ich euch, daß ich sie respektiert habe.
– Oh!
Mama machte ein ganz ungläubiges Gesicht.
– Ich verspreche es euch. Ich habe mich lediglich dem Laster der Anthropophagie ergeben. Und nicht mal das. Ich habe nämlich gar nichts gegessen. Grad nur getrunken.
Und er fuhr mit gleichbleibender Stimme fort:
– Hinterher habe ich sie in einem Faß versteckt. Das ist alles.
Wir sammelten uns schweigend, was der Atmosphäre eine

gewisse Größe verlieh. Ich fing an, eine gewisse Sympathie für ihn zu empfinden, im Grunde war er kein schlechter Kerl, er war halt nur ein Schwächling, ein kleiner Triebmensch. Joel schlug ihm nach. Ja, Joel. In der Tat, Joel.

– Was werden wir für Joel tun? fragte ich.

– Der, sagte Papa, wenn sie den in die Finger bekommen, sitzt er ganz schön in der Tinte.

– Mein armer Joel, sagte Mama, die sich wieder mit ihrer Strickarbeit beschäftigte.

– Er wird nie beweisen können, daß er sie nicht getötet hat, fuhr Papa fort. Und Blutsaugerei ruft immer die Empörung der Geschworenen hervor. Ich weiß es aus Erfahrung. Darauf werden sie ihm die Höchststrafe aufbrummen, das heißt, er wird gehenkt, bis daß der Tod eintritt.

– Daß er einmal so enden wird, hätte ich nie vorausgesehen, sagte Mama. Es macht nichts, ich werde Mrs. Killarney und Salome bei mir aufnehmen.

– Wir werden sehen, sagte Papa. Kurz und gut, er hat eine ganz üble Sache am Hals.

– Vielleicht hat er ein Alibi, rief ich voller Hoffnung aus.

– Das wäre dumm, sagte Papa.

– Warum denn? sagte Mama.

– Weil sie dann wieder herkämen, und dann würden sie das Haus gründlich durchsuchen, und darauf lege ich keinen Wert, verstehst du?

– Ich verstehe, sagte Mama.

22. April

Heute morgen stand unser Name in großen Lettern in der Zeitung. Ich glaubte, es würde erst geschehen, wenn ich meinen Roman veröffentlicht hätte, in einigen Jahren. Wir dürfen mächtig stolz sein! Ich nahm mir vor, den Artikel auszuschneiden und Michel Presle zu schicken. Papa hat ihn uns laut vorgelesen. Kein Zweifel: Joel war schlecht dran. Er war sogar auf den bedauerlichen Gedanken gekommen, sich zu wehren, als sie ihn verhaften wollten. Man ließ außerdem durchblicken, daß er seine Knöpfe aus Menschenknochen herstellte, worüber wir laut lachen mußten, sind die Journalisten dumm!

Dann sind die Nachbarn alle gekommen, um uns Komplimente zu machen. Papa hat sich natürlich verdrückt. Mama war entzückt, hielt hochtrabende Reden, goß zu trinken ein, weinte.

Alle Augenblicke brachte mir ein radelnder Bote Sympathiebotschaften: als erstes von Baoghal, dann von Barnabé, von Timoleon, von Pelagia, von Ignatia, von Arcadia und noch vielen anderen. Abel Mac Adam schrieb mir:

Mademoiselle, immer noch verspüre ich die Gegenwart Ihrer Hand, und alle Viertelstunde erlebe ich von neuem den angenehmen Augenblick, den ich mit Ihnen verbracht habe. Glückliche Augenblicke würde ich sagen, müßte ich nicht die Auszehrung befürchten. Glauben Sie bitte, Mademoiselle, an den respektvollen Ausdruck meiner erregten Gefühle. A.

Monsieur Thomas, der Museumswächter:

Mademoiselle, vor der Größe des Verbrechens entblößt das Mitleid sein Haupt. Fürchten Sie nicht mehr, Mademoiselle, in unsere öffentlichen Anlagen zu kommen, wenn es Sie in Ihrer Melancholie dorthin zieht. Ich werde selbst den Eingang bewachen, damit ihre kleine (unsterbliche) Seele dort vollen Trost findet. Ich bitte Sie, Mademoiselle, an die Hochachtung Ihres ergebenen Dieners glauben zu wollen. Ihr Thomas.

Postskriptum: *Mein Sohn John fragt sich, wo Ihre Schwester Mary wohl stecken mag.*

Ach, der müßten wir ja auch noch schreiben: Sie wird in Gyleen wohl keine Zeitung lesen. Ich habe auch ein Telegramm von Michel Presle erhalten:

Ehrlich verblüfft und glücklich überrascht über Joel. Stop. Küsse. Michel.
Ist ja doch ein netter Kerl. Und dann ein kleines, geheimnisvolles Wort:
Gut gemacht. M.
Ich habe ziemlich lange herumgerätselt, wer mir das wohl geschickt haben mochte, und schließlich habe ich an Meve gedacht.
Am Ende sind mir allerdings die Nachbarn und Nachbarinnen gehörig auf den Wecker gefallen und ich bin weggegangen. Ich habe die Straßenbahn genommen und bin einmal umgestiegen. An der Haltestelle Kings Street bin ich ausgestiegen, dann bin ich zu Fuß gegangen. Ich bin an einer Kaserne, an drei Hospitälern, einem Bettlerasyl und zwei Irrenanstalten vorbeigekommen, bevor ich am Richmond-Gefängnis angelangt bin. Ich habe darum gebeten, Joel besuchen zu dürfen. Ich bin vom Obergefängniswärter mit der größten Hochachtung empfangen worden, aber Vorschrift ist Vorschrift: ich erhielt einen formellen abschlägigen Bescheid sowie einen von der Verwaltung durch Übermittlung des Gefängniswärters angetragenen Kuß. Dieser schlug mir sogar vor, sein Lager mit ihm zu teilen. Da die einzigen Küsse, die mich interessierten, die telegraphischen Michel Presles waren und ich mich zum anderen nicht sonderlich müde fühlte, gab ich dem Obergefängniswärter durch einen leichten Schlag auf den Adamsapfel zu verstehen, daß ich nichts von dem, was er mir antrug, begehrte. Er brachte mich mit den Zeichen tiefsten Respekts, einem etwas schmerzhaften Respekt, zur Tür.
Eine Zeitlang spazierte ich in der Grange Gorman Lane auf und ab. Ein Gefängnis, das war nicht zum Lachen. Bisher hatte ich nie sonderlich darauf geachtet, aber der Gedanke, Joel dort zu wissen, machte mich untröstlich. Schließlich

verließ ich den Ort und ging zu Fuß nach Hause, nicht ohne mir unterwegs einige Kuchen einzuverleiben. Ich hatte auch an Meve telegraphiert.
Zu Hause war Kirmes. Mama war völlig besoffen. Die Nachbarn waren übrigens im Aufbruch begriffen, da sie unsere Vorräte bereits alle intus hatten. Allerdings sprangen einige Spendable mit Flaschen unterm Arm hilfreich ein, und das Treiben nahm erst gegen drei Uhr morgens ein Ende.

23. April
Heute war es etwas ruhiger. Die Zeitungen sprechen noch vom Vampir von Dublin, da aber Papa die Artikel schon vor mir ausschneidet, muß ich neue Zeitungen kaufen für Michel Presle. Ich bin wieder im Gefängnis gewesen, immer noch keine Besuchserlaubnis. Dieses Gefängnis ist wirklich unheimlich, und außerdem kann ich ja nicht ständig dem Obergefängniswärter an den Adamsapfel. Trotzdem muß ich sehen, daß Joel endlich hier herauskommt.
Mary ist genau in dem Augenblick gekommen, in dem wir uns zum Abendessen an den Tisch setzten. »Na«, hat sie gesagt, »das ist ja eine schöne Geschichte«, und sie hat sich auf die Heringe mit Ingwer gestürzt, denn eine Reise macht hungrig.
Danach gab es Speck mit Kohl, einen Laib Käse von zwei Kilo (es war der Rest), und eine Algentorte, die Mama in aller Eile, um Mary was zu bieten, zubereitet hatte, die aber scheußlich war.
– Na, Mama, sagte Mary, ohne dir schmeicheln zu wollen, aber bei dem Wechsel ist nicht viel rausgekommen.
– Das muß man zugeben, sagte Papa, was die Algentorte war, da hatte Bess wirklich was los.
– Wie wär's, wenn wir uns jetzt über dieses arme Kind

unterhielten. Und über Joel. Glaubt ihr, daß er sich diese Exzentrizität geleistet hat? Ich nicht.

– Wir auch nicht, sagte Mama.

– Wir müssen einen guten Rechtsanwalt für ihn finden, sagte Mary.

– Der wird teuer sein, sagte Papa. Ein Plädoyer für einen Vampir kostet mindestens doppelt soviel wie ein Plädoyer für einen Sittlichkeitsverbrecher oder einen Wehrdienstverweigerer, und das will schon was heißen. Wir müssen sehen, ob wir die Mittel dazu haben.

– Wir können doch wohl Opfer bringen, sagte Mary.

– Vor allem, da er unschuldig ist, sagte Mama.

– So sicher bin ich mir auch wieder nicht, sagte Mary.

– Ich bin mir ganz sicher, sagte Mama.

– Wie kannst du denn ganz sicher sein? Kennst du etwa den Schuldigen?

– Ja, natürlich. Er war's.

Sie sah in Papas Richtung. Mary schlug sich auf den Schenkel (eine Gebärde, die sie zweifellos in ihrem Beruf gelernt hatte).

– Das ist ja lustig, sagte sie. Ich hatte schon daran gedacht. Nein, findet ihr nicht, daß das lustig ist?

– Du bist ja gut, sagte Mama.

– Und woher wißt ihr, daß er es war?

– Er hat es uns gesagt.

– Na ja ...

Eine Weile betrachtete sie Papa schweigend.

– Na ja, fuhr sie fort und wandte sich diesmal an ihn, worauf wartest du denn, um dich zu stellen?

– Weshalb soll er sich denn stellen? fragte Mama verdutzt.

– Weil er der Schuldige ist.

– Kein Schuldiger stellt sich, sagte Mama. Wenn sie es täten, könnte man ja keine Kriminalromane mehr lesen.

– Um seinen Sohn aus dem Gefängnis zu befreien, erklärte Mary. Den deinen.
– Glaubst du, das würde was nützen? fragte Mama.
– Oo-nez-wei-fel, brüllte ihr Mary in die Ohren. Mama sah ihren Mann an:
– Soll ich deine Sachen packen?
– Du also auch! Du bist ebenfalls dieser absurden Meinung! Aber ich sage euch doch, daß ich sie nicht getötet habe!
– Wieso denn das? fragte Mary.
– Aber ja. Sie ist an einer Ohnmacht gestorben. Sie ist ganz von allein gestorben, ganz von allein. Ich hatte nichts damit zu tun. Ich habe nur ihr Blut getrunken. Und gar nicht mal soviel. Ich habe grad nur ein bißchen getrunken. Das ist alles. Ich bin kein Verbrecher. Dafür will ich nicht die Todesstrafe riskieren. Ich werde nie beweisen können, daß ich sie nicht getötet habe. Ich will nicht zum Tod verurteilt werden. Ich habe nur getrunken, ein bißchen getrunken, das ist alles.
Und um allen diesen Blödsinn von sich zu geben, hat er sein lumpigstes Gesicht aufgesetzt.
– Trotzdem, sagte Mary, kannst du doch nicht zulassen, daß dein Sohn Joel für dich aufgeknüpft wird.
– Das geht doch nicht, fügte ich hinzu.
– Das wäre nicht nett, sagte Mama.
– Aber ich sage euch doch, daß ich sie nicht getötet habe.
– Ein Grund mehr, erwiderte Mary.
– Ein Grund mehr, fügte ich hinzu.
– Das wäre nicht nett, sagte Mama.
– Wenn du dich selbst anzeigst, sagte Mary, wird dir das Gericht sicherlich mildernde Umstände zubilligen.
– Der Vorsitzende wird dich beglückwünschen, fügte ich hinzu.

– Wir werden im Viertel noch angesehener sein, sagte Mama.
– Und dein Photo kommt auf die Titelseite, sagte Mary.
– Wenn du im Gefängnis bist, werden wir die Artikel über dich ausschneiden, fügte ich hinzu.
– Das hätte ich nie zu hoffen gewagt, sagte Mama. Zuerst das Konterfei meines Sohnes in den Zeitungen und dann das meines Mannes. So eine Freude!
– Siehst du, sagte Mary.
– Siehst du, fügte ich hinzu.
– Ich frage mich, sagte Mama, ob ich dir auch was Warmes einpacken soll für den Sommer. Was meinst du?
Papa antwortete nicht.
– He? machte Mama.
Papa ließ mit müder Gebärde seinen Arm auf den Tisch fallen.
– Es ist ja doch traurig, sagte er. Es ist wirklich traurig. Wo ich mir einmal ein Literchen anständiges Blut geleistet habe …
Er seufzte.
– Na ja …
Er lupfte mühsam sein Hintergestell vom Stuhl. Er ging aus dem Zimmer. Wir hörten ihn die Treppe hinaufsteigen, dann über unseren Köpfen hin und her gehen.
– Was tut er in deinem Zimmer? bemerkte Mary.
– Ich weiß nicht, sagte Mama friedlich.
Nach etwa zehn Minuten, vielleicht auch weniger, kam er wieder herunter. Er öffnete halb die Tür, streckte den Kopf herein und sagte:
– Ich geh mal schnell eine Schachtel Streichhölzer holen.
Dann entfernte er sich im Flur. Die Haustür wurde sachte geöffnet und dann geräuschlos wieder geschlossen.

24. April
Joel ist auf die dritte Seite abgerutscht. Und in den Abendzeitungen wurde immer noch nicht seine Freilassung gemeldet.

25. April
Nichts. Natürlich hat Papa seine Schachtel Streichhölzer nicht im Gefängnisviertel geholt.

26. April
Nichts.

27. April
Nichts.

28. April
Nichts.

29. April
Mary schlägt vor, Papa anzuzeigen, er hat jetzt genügend Zeit gehabt, das Weite zu suchen. Aber wir sind gar nicht ihrer Meinung, Mama und ich.

2. Mai
Wir hatten recht.
Joels Unschuld hat sich herausgestellt. Der Schuldige ist ein großer vornübergebeugter Mann von etwa vierzig Jahren, der auf der Flucht ist. Ein Inspektor kam ins Haus, um uns zu verhören. Er hatte nicht allzuviel erfahren, als er wegging, höchstens das Allerbeste über Joel, diesen armen Kerl.

3. Mai
Heute morgen wurde Joel freigelassen. Mrs. Killarney und Salome erwarteten ihn bei uns. Es ist ein Triumphzug gewesen. Wir haben das den ganzen Tag über begossen. Die Nachbarn und Freunde eilten herbei, um ihn zu beglückwünschen. Wir konnten gar nicht mehr nachzählen, wie viele Flaschen wir geleert haben. Gegen sechs Uhr ist Joel mit Mrs. Killarney und der Kleinen nach Hause gegangen. Mary fuhr wieder nach Gyleen zurück, um sieben Uhr ging ihr Zug. Beim Abendessen waren Mama und ich allein. Es war entsetzlich. Mir ist eingefallen, daß ich ganz vergessen hatte, Mary den Brief des alten Thomas zu zeigen.

4. Mai
Wieder sind Inspektoren gekommen. Sie haben das ganze Haus durchsucht.

5. Mai
Sie haben schließlich den Nagel auf den Kopf getroffen: Papas Bild kam auf die Titelseite. Er ist der Vampir von Dublin. Es hat sogar den Anschein, daß er sich fast überall auf dem Erdenrund ähnlicher Untaten schuldig gemacht hat. Mama jauchzt. Und wieder begießen wir das mit den Nachbarn und den Freunden.
Ich habe Joel besucht, um zu erfahren, wie er darüber denkt. Vor seiner Bude hatte sich eine Menschenmenge angesammelt. Man brachte ihm eine Ovation. Er stand auf einer Leiter und nagelte über seiner Tür ein Schild an: Beim Vampir kauft man besser. Als er von der Leiter herabstieg, klatschte man ihm Beifall. Es war einfach unmöglich, an ihn heranzukommen. Schließlich erblickte er mich und ließ mich in seine Bruchbude eintreten. Mrs. Killarney, durch die Aufeinanderfolge der Feste verhutzelt, schlief in einer Ecke,

und das gleiche tat Salome, die auffallend gealtert und dem Geschrei gegenüber unempfindlich war. Nicht ohne Mühe warf er alle Leute vor die Tür, die er dann zusperrte. Whiskyflaschen, volle und leere, bedeckten den Boden. Joel griff sich mit sicherer Hand eine volle und schob mir eine Kiste hin, damit ich mich setzen konnte.

– Das haut schwer hin, sagte er fröhlich und füllte dabei mein Glas. Unbegrenzter Kredit bei allen Kaufleuten im Viertel. Zahllose Aufträge. Ich arbeite auch an neuen Artikeln: vor allem viereckige Knöpfe mit Innenfeder aus Kaldaunenhaaren.

Ich müßte sogar Arbeiter einstellen, wenn ich nicht die Beschäftigung des Proletariats und die Zunahme der Mühsal mißbilligen würde.

– Bist du überrascht gewesen, als du erfahren hast, daß es Papa war?

– Keineswegs. Aber weißt du, abgesehen davon, das Gefängnis, also nein, ich will lieber gar nicht mehr dran denken. Es ist entsetzlich. Man pflegt an diesen Orten nichts zu trinken. Ich habe geglaubt, ich würde überschnappen.

– Glaubst du, daß sie ihn verhaften werden?

– Papa? Natürlich nicht. Der scheint auf Draht zu sein. Ich bedauere jetzt, daß ich ihn nicht besser gekannt habe.

– Auf jeden Fall werden wir ihn nicht wiedersehen.

– Darüber darfst du nicht traurig sein. Noch ein Glas?

– Danke, ja. Wenn er sie wirklich nicht getötet hat, wie er behauptet …

– Pst. Verbreite dieses Gerücht bloß nicht weiter, denk an unseren Ruf.

– Ich hab' das auch nur so gesagt.

– Ich hatte übrigens schon immer das Gefühl, daß dieser Waschlappen unfähig ist, irgend jemand zu töten.

– Warst du traurig, als du ihren Tod erfuhrst?

– Weshalb hätte ich traurig sein sollen? Ach so! Du meinst wegen dem, was sich am Abend deines Geburtstages abgespielt hat? Och, weißt du, das war nur Spaß. Ja, im Grunde macht es mich traurig. Jetzt, wo ich drüber nachdenke.
– Denk nicht so viel drüber nach.
– Keine Angst. Du, ich habe eine Neuigkeit für dich, aber es geniert mich, es dir zu sagen. Es wird dir vielleicht lächerlich vorkommen.
– Leg schon los.
– Na ja, der *Sunday Dubliner* hat mich, äh, um etwas Geschriebenes gebeten, um es zu drucken. Ich habe ihnen ein Gedicht gegeben.
– Ich wußte gar nicht, daß du Gedichte schreibst.
– Das will ich meinen. Und du, hast du keine literarischen Absichten?
– Doch, ich möchte einen Roman schreiben.
– Über was?
– Ich weiß nicht.
– Aber du bist sicher, daß es ein Roman wird?
– Das ganz bestimmt. Und dazu noch in Irisch.
– Dann werde ich ihn nicht lesen.
– Ich glaube, daß ich schon den Titel habe. Er war mir gerade eingefallen.
– Laß mal hören.
– *Die Frauen sind immer zu gut zu den Männern.*
– Verdammt lang.
– Ein Satz hat großen Eindruck auf mich gemacht, ein Satz, den du in meinem Beisein gesagt hast, und zwar, halt mal, das war an dem Abend, an dem Papa zurückgekommen ist, als Mrs. Killarney Salome zu uns gebracht hatte und wir nichts davon wissen wollten.
– Da ging's hoch her, an jenem Abend. Da hat's ganz schön gebumst.

– Du hast gesagt: »Man ist immer zu gut zu den Frauen.«
– Ich habe das gesagt!
– Ja. Aber ich ändere das um, ich schreibe: »zu den Männern«.
– Und was willst du in dem Roman erzählen?
– Das weiß ich noch nicht.
– Er wird bestimmt zum Totlachen, aber weißt du, wenn du schreiben würdest »zu den Frauen«, wäre es noch viel origineller.
– Glaubst du?
– Natürlich.

Mit Fäusten und Füßen wurde an die Tür geklopft.
– Ich muß rausgehen, um sie zu beruhigen, sagte Joel. Ich bin so populär, daß sie imstande sind, alles kurz und klein zu schlagen.

Ich überlasse ihn seinen Bewunderern.

Ich ging langsamen und nachdenklichen Schrittes. Mit Mama allein im Haus zu sein, war gar nicht erfreulich. Ich hatte keine große Lust, heimzugehen. An der Ecke O'Connel Street traf ich Barnabé. Er machte ein Gesicht, als wisse er nicht recht, ob er mich ansprechen soll. Endlich entschloß er sich.
– Sie sind eine bedeutende Person geworden, Sally, sagte er demütig zu mir.
– Aber nein, aber nein.
– Doch, doch. Ganz bestimmt. Man will zu Ihren Ehren bei Mac Adams ein Fest geben.
– Aber davon weiß ich gar nichts.
– Es soll eine Überraschung werden. Man wird Sie einladen. Beatitia und Eva.
– Sie werden natürlich auch kommen.
– Ich glaube nicht. Ich bin dann wahrscheinlich schon fort.
– Sie reisen weg?

– Ja. Ich ziehe wieder nach Cork.
– Und die Lektionen?
– Werde ich aufstecken.
– Was ist denn passiert?
– Mein Vater ist gestorben.
– Herzliches Beileid, sagte ich voller Wärme zu ihm.
– Vielen Dank. Ja, er ist gestorben, genau einen Tag, nachdem Ihr Bruder verhaftet worden ist. Und ich muß nun nach Cork zurück, um meiner Mutter zu helfen, den Laden zu führen.
– Was für einen Laden? fragte ich höflich.
– Eine Eisen- und Haushaltswarenhandlung.
Ich hätte ihm beinahe ins Gesicht gelacht. Dabei ist an einer Eisen- und Haushaltswarenhandlung nichts Komisches. Und er machte ein solch verlegenes Gesicht, daß ich mich zurückhielt. Er bemerkte es:
– Ich sehe, daß Sie sich am liebsten über mich lustig machen würden.
– Aber nein, ganz bestimmt nicht.
– Wissen Sie auch, daß es ein interessanter Beruf ist?
– Ich zweifelte nicht daran. Diesmal platzte ich heraus:
– Entschuldigen Sie, schluckte ich, es ist natürlich dumm, aber es sind die Nerven, verstehen Sie.
– Ich verstehe. All die Aufregung, die Sie gehabt haben.
Das war die Krönung. Ich konnte einfach nicht mehr. Ich habe sogar meinen Slip naß gemacht.
– Aber ich bitte Sie, sagte Barnabé. Ich bitte Sie. Endlich beruhigte ich mich. Im Grunde gab es gar nichts zu lachen.
– Ich werde ab und zu nach Dublin kommen, sagte Barnabé. Ich hoffe, daß ich Sie dann sehen darf.
– Na klar.
– Werden Sie sich noch an mich erinnern?
– Freilich.

– Ich werde Sie nie vergessen, Sally. Niemals.
Er nahm meine rechte Hand und legte sie auf sein Herz; er drückte sie eine Weile, wobei er sich etwas auf die Zehenspitzen stellte und den Himmel anschaute. Danach ließ er ohne weiteres meine Hand fallen, ging einige Schritte zurück, streckte den Arm aus, winkelte ihn dann an, bedeckte sich die Augen, machte plötzlich kehrt und verschwand in der Menge.

7. Mai
Zum ersten Mal seit Beginn all dieser Geschichten bin ich wieder zu Baoghal gegangen. Wir haben gemeinsam den Weggang Barnabé Pudges, dieses ausgezeichneten Gälisten, bedauert. Madame Baoghal ließ uns während unserer Lektion allein, und es passierte nichts.
Es ist angenehm zu spüren, daß man respektiert wird. Und Meve sah mich andächtig an. Sie wagte nicht einmal »Guten Tag, Mademoiselle« zu sagen.

8. Mai
Ich bin tatsächlich zu einer Party bei den Mac Adams eingeladen worden. Beatitia hat mir ein so nettes Briefchen geschrieben, mit einem bezaubernden, wirklich bezaubernden Postskriptum von Eva. Ich bin ganz aus dem Häuschen. Dabei weiß ich genau, daß sie mich nie eingeladen hätten, wenn ich nicht die Tochter des Vampirs wäre, ist doch ganz klar, denn früher hatten sie mich nie eingeladen, die beiden Wanzen. Trotzdem freue ich mich. Ich habe ganz entsetzliches Lampenfieber! Es ist zum Verrücktwerden. Auf jeden Fall ein großes Ereignis. Gott sei Dank! Ich fand, daß das Dasein in letzter Zeit etwas trist war.

10. Mai

Es stimmte. Joels Gedicht ist im *Sunday Dubliner* erschienen. Es ist ein phantastisches Epos: *Die Schlacht der Spargel gegen die Muscheln*, ein wenig in der Art des *Froschmäusekriegs* von Homer, der *Reisen Gullivers* von Lewis Carroll und des *Almanachs* von Vermot.

Mama hat es gelesen, sie fand, daß es weder Hand noch sonst was hätte. Aber ich glaube nicht, daß sie den Symbolismus des Gedichts erfaßt hat; dieser scheint mir kulinarischer Natur zu sein und die respektiven Eigenschaften des Tier- und Pflanzenreichs vom Standpunkt der Saugfähigkeit zu behandeln, aber das sind eben psychologische Begriffe, die dieser alten Fruchtsaftamme zu hoch sind. Auf jeden Fall war sie entzückt. Als Kompliment hat sie für Joel eine Algentorte gebacken und mich gebeten, sie ihm zu bringen.

Ich habe sie in den erstbesten Abwasserkanal gefeuert, die Torte, aus Angst, Joel könnte die Ruhr davon bekommen, und habe in der York Street bei Jack Fath, dem Modemäster, eine gekauft.

Als ich ankam, hielt Joel gerade seine Siesta. Der Regen, der in den letzten Tagen gefallen war, hatte sein Ladenschild abgewaschen. Kein Nachbar war mehr da, um ihm zuzujubeln. Ich machte ihn sanft wach und gab ihm die Torte, die er sofort aus dem Fenster werfen wollte. Ich sagte ihm schnell, wo sie herkam. Ich hatte auch einen Brief für ihn, den er sogleich mit einer minuziösen und leichtfertigen Sorgfalt öffnete.

Sein Blick war ziemlich bogenrund.

– Dein Gedicht ist verflucht gut, sagte ich zu ihm. Man ist zu Hause stolz auf dich.

– Du wirst nie erraten, wie viele Knöpfe ich hergestellt habe, seitdem ich mit diesem Beruf angefangen habe.

– Natürlich hat Mama nicht viel davon begriffen.
– Sieben Dutzend, davon dreiundzwanzig ohne Löcher und zwei viereckige.
– Willst du noch andere veröffentlichen?
– Ich hätte Lust, jetzt auch Messerhefte zu machen. Der Knopf hat keine Zukunft. Wegen dem Reißverschluß.
– Hast du nicht zufällig was vom Vampir gehört?
– Nein. Übrigens, Abel Mac Adam hat mich zu einer Party eingeladen. Wer ist denn dieses Arschloch?
– Der Sohn des Primitivisten-Philosophen; ich gehe auch hin.
– Wirst du tanzen?
– Ich habe es gelernt.
– Dieser Bursche himmelt dich an, wie? Joel hielt mir den Brief hin.
Der junge Mac Adam fand das Gedicht in der Tat »toll«, »phantastisch«, »sensationell«; vor allem hatte ihm jene »anakomische und satyrische Formulierung des Substanzverlustes, der aus dem Für-sich durch die Friktion der Dinge entsteht«, mächtig imponiert.
– Verdammt, sagte ich, wie der sich ausdrückt.
– Kennst du ihn?
– Ja, wir haben etwas Physiologie zusammen getrieben.
– Zum Schießen.
– Nicht das, was du denkst.
– Oh, mir ist das schnuppe. Du kannst mit deiner Möse machen, was du willst. Fressen wir jetzt die Torte?
– Und Mrs. Killarney?
– Sie führt das Gör spazieren. Wir werden ihr ein Stück aufheben. Warte, in der Ecke ist noch etwas Whisky. Sag mal, meinst du, ich soll meine alte Schachtel mitbringen?
– Ich weiß nicht.

– Dann wird's noch lustiger.
– Ich weiß nicht.
– Vielleicht ist auch Tim da?
– Ich weiß nicht.
– Und dein Barnabé?
– Nein. Er wohnt jetzt in Cork.
– Bist du traurig?
– Nein.
– Was treibt er denn in Cork?
– Er hat eine Eisen- und Haushaltswarenhandlung.
– Tatsächlich? Das ist gar nicht schlecht, Eisen- und Haushaltswaren. Gar nicht schlecht. Wie wär's, wenn ich mich auch darauf verlegte? Ich würde Nägel aus Rochenzähnen machen, Schrauben aus Entenbrustbein und Wasserstrahlregler aus Ossobuco.
Er leerte sein Glas.
– Was hältst du davon?
– Wirst du noch ein anderes Gedicht veröffentlichen?
– Ja, Eisen- und Haushaltswaren, das ist eine Idee. Mensch, darauf müssen wir noch eine Flasche entkorken. Ich begieße gern meine Ideen.
– Du solltest es Mary schicken, dein Gedicht.
– Das ist wieder eine Idee. Darauf noch eine Flasche. Ich begieße auch gern die Ideen anderer. Ich muß zu Mac Adam eine ganze Ladung Flaschen mitnehmen, wenn die Leute, die da sind, auch nur ein bißchen Grips haben.
– Wenn du mit Mama zusammen wärst, hättest du nicht oft Gelegenheit zum Trinken.
– Das ist wahr. Du mußt dich verdammt langweilen, so ganz allein mit ihr. Brr. Abgesehen davon, bei Mrs. Killarney wären die Gelegenheiten auch nicht häufiger. Aber ich strenge mich eben selber an.
Plötzlich machten ihn meine Beine stutzig.

– Sag mal, du mußt aber andere Strümpfe anziehen, wenn du zu der Party gehst.
– Das ist mein bestes Paar.
– Sie sind abscheulich. Du mußt dir andere kaufen. Ganz tolle. Aus Seide. Sehr feine. Eine Wolke. Die Naht hinten muß ganz gerade sein, völlig perpendikulär zur Horizontallinie. Laß mal sehen. Jetzt seh sich einer diese Zickzacklinie an. Das ist ja zum Kotzen. Ich wette, daß du noch zu denen gehörst, die ihre Strümpfe überm Knie wickeln. Ja? Erbärmlich. Mach mir bitte das Vergnügen, und kauf dir für diesen Tag einen Strumpfbandhalter. Apropos, hast du inzwischen wieder neue Modezeitschriften aus Paris bekommen? Ja? Du kannst sie mir mal leihen. Ich halte mich gern auf dem laufenden. Und Presle, wie geht's ihm, was treibt er?
– Er will in den nächsten Tagen hier vorbeikommen.
– Das freut mich. Hoffentlich bekommt er beim Zoll einige Flaschen Ricard durch.
– Ja. Sag mal, kann ich zusammen mit dir zu Mac Adam gehen?
– Wenn du willst. Warum? Bist du schüchtern?
– Natürlich.
– Du bist noch nie dort gewesen, wie?
– Nein.
– Man lädt uns jetzt bloß wegen Papa ein.
– Und wegen deinem Gedicht.
– Das ist auch wegen Papa.
– Dann ist es auch wegen Bess.
– Weißt du, nach dem, was du mir neulich sagtest, habe ich Blumen auf ihr Grab getragen.
Ich war genauso verblüfft wie damals, als ich erfuhr, daß Mary die väterlichen Schläge auf den Hintern schätzte. Die Menschheit ist doch komisch.

11. Mai

Nachdem ich meine Ersparnisse gezählt und alle in meinem Besitz befindlichen Pariser Magazine noch einmal durchgelesen hatte, machte ich einen Schaufensterbummel durch die Geschäftsstraßen der Stadt. Aber ich hatte noch nicht die Traute, mir was zu kaufen. Das Unangenehme ist, daß einen in manchen Läden anscheinend Herren bedienen. Aber womit sollen die einen schon bedienen? Ich bin lieber gar nicht reingegangen. Und außerdem sind die Hüfthalter zu teuer für mich. Und außerdem, muß ich wirklich einen tragen? In *Votre Beauté* heißt es: *Man kann bei der Wahl eines Hüfthalters, der während des ganzen Tages Ihren Körper umschließen soll, nicht sorgfältig genug sein.* Ein hübsches Wort »umschließen«. Bloß, in der einen Nummer schreiben sie: *Jede Frau soll einen Hüfthalter tragen,* und in der andern: *Der Traum wäre, daß alle Frauen ohne auskämen.* Ich habe den Eindruck, ich bin muskulös genug, um ohne auszukommen. Ich werde mir lieber Schuhe mit hohen Absätzen kaufen.

14. Mai

Schließlich habe ich mir sehr feine, rauchfarbene Seidenstrümpfe gekauft, einen schwarzen Strumpfbandhalter, einen Jerseyschlüpfer aus rosa Seide und schicke Tanzschuhe aus Wildleder mit einer Einlegearbeit aus Eidechsenleder und einem fünfeinviertel Zentimeter hohen Absatz Louis XV. Mir einen Büstenhalter zu kaufen wäre in Anbetracht der Robustheit meiner Brust wirklich eine unnütze Ausgabe gewesen. Ich werde ein pistazien-vanillefarbenes Kleid aus geripptem kariertem Taft mit kleinen Ballonärmeln tragen.

15. Mai

Ich habe mich ausgezogen, um mich anzuziehen. Bei den Strümpfen habe ich angefangen; es war ein so angenehmes Gefühl, daß ich mir lange die Beine gestreichelt habe. Als ich meinen Strumpfbandhalter anzog, habe ich gut achtgegeben, daß die Naht hinten ganz gerade saß. Ich habe mich in einem Spiegel betrachtet und fand mich sehr elegant und verdammt gut gebaut. Am liebsten wäre ich so geblieben, so gut gefiel ich mir, aber für's erste Mal, wo ich zu einer Party gehe, wäre es vielleicht etwas gewagt gewesen. Das Kleid steht mir gut, die Schuhe taten mir nicht allzu weh an den Füßen. Ich vergaß den Jerseyschlüpfer aus rosa Seide; ich habe ihn zuletzt angezogen.

Als ich runterkam, rief Mama aus:

– Wie schön du bist, es ist wirklich traurig, daß dein Vater dich so nicht sieht, er wäre verflucht stolz auf dich gewesen.

Ich habe sie nach einem Taxi geschickt, das war natürlich unklug, denn die Chancen standen zehn zu eins, daß sie unterwegs vergißt, weshalb sie aus dem Haus gegangen ist. Trotzdem kam sie nach einer Viertelstunde wieder zurück, ich habe vorsichtshalber noch einmal was gemacht, bevor ich ging und habe dann dem Chauffeur Joels Adresse angegeben. Er hat sogleich ein Gespräch mit mir angeknüpft.

– Sieh mal an, sagte er, Sie kennen den Sohn des Vampirs?

Ich gab ihm zur Antwort, daß er mein Bruder sei, er war sehr interessiert, ein Wort ergab das andere, und wir wären beinahe irgendwo aufgebrummt.

Wir kamen in der Sackgasse an, ich sagte zu dem Kerl, er solle warten, und ging rein. Wenn man in einen Laden geht, klopft man nicht erst an. Ich habe sicherlich nicht viel Lärm gemacht, denn ich erblickte in einer Ecke, im Schein einer qualmenden Petroleumlampe, die zwischen den Knöchelchen, den Rohstoffen der handwerklichen Arbeit meines

Bruders stand, ich erblickte, sage ich, ein körperliches Magma, das rhythmisch seufzte. Da ich langsam helle werde, begriff ich sofort, daß es sich hier um zwei menschliche Wesen handelte, die im Begriffe waren, die eventuelle Zeugung eines dritten menschlichen Wesens zu vollziehen. Ich sah mir die Sache aufmerksamer an und stellte fest, daß ihre respektiven Stellungen nicht dem Brauch entsprachen, wenigstens nicht so, wie ich ihn mir auf Grund meiner Beobachtungen des Tierreiches vorstellte. Ich hatte also eine jener Varianten vor Augen, auf die Mary einmal angespielt hatte und die in einer Umkehrung der Delegierten des weiblichen Geschlechts bestand, die somit mit dem Gesicht nach oben lag. In dem vorliegenden Falle ergänzte die besagte Delegierte, die sich mit der Stimme Mrs. Killarneys äußerte, ihre Tätigkeit durch einen gesprochenen, ziemlich zusammenhanglosen Kommentar, aus dem jedoch hervorzugehen schien, daß sie am Verscheiden war. Darauf antwortete die andere Person unter gottsjämmerlichem Gefluche, daß sie große Lust empfände, aber ich erkannte weder die Stimme noch den Stil meines Bruders. Ich wohnte also einem Ehebruch und noch Schlimmerem bei, da Joel und Mrs. Killarney ja überhaupt nicht verheiratet waren.
Ich erriet, daß ich zuviel war, und zog mich auf Zehenspitzen zurück. Draußen suchte ich mir eine dunkle Ecke aus, um dort meine Aufregung abzuregen. Ich hatte nicht an den Chauffeur gedacht, der eine Zigarette rauchend umherspazierte. Lebhaft interessiert kam er näher, und seine Worte mit einer Gebärde unterstreichend, schlug er mir vor: »Wollen wir anstoßen?«, ein altes Scherzwort, das von dem feinen Witz des normannischen Geistes zeugt und während des gescheiterten Landungsversuchs von 1798 durch die Soldaten des Generals Humbert eingebürgert wurde; so wenigstens meinte Michel Presle.

Ich war etwas ärgerlich, daß ich gestört wurde, aber ich mußte unbedingt das fertigmachen, was ich begonnen hatte. Gleichzeitig war ich aber auch gerührt von der Sympathie, die der brave Mann mir entgegenbrachte, und ich hatte Angst, ihn zu verdrießen, wenn ich es ihm gegenüber an Höflichkeit fehlen ließ. Ich war in arger Verlegenheit. Zum Glück öffnete sich die Tür des Ladens, und ein Mann von massiven Proportionen, wahrscheinlich ein Metzger, kam heraus und entfernte sich, ohne uns gesehen zu haben. Mrs. Killarney streckte den Kopf vor und rief:
– Wer ist da?
– Ich bin's, antwortete ich. Ich wollte Joel abholen.
– Ist was Schlimmes passiert? Wer ist denn dieser Herr?
– Das ist der Taxichauffeur. Wir sind zu einer Party bei Mac Adam eingeladen.
– Ach so! Dann kommen Sie doch rein, Miß Mara. Aber ich glaube nicht, daß er schon fertig ist. Er wird wohl schlafen.
Eine Stunde später gelang es mir, Joel mit Hilfe Mrs. Killarneys in den Wagen zu bugsieren. Ich fragte sie, ob sie mitkomme.
– Nein, danke. Solche Scherze sind eher was für junge Leute.
Ich schlug die Wagentür zu und gab dem Chauffeur die Adresse Mac Adams an. Ich ließ ihn vor dem Haus Tante Patricias halten, um noch einmal ihre Kommoditäten zu benutzen, denn ich wurde immer aufgeregter. Als ich wieder herunterkam, waren Joel und der Chauffeur verschwunden. Ich entriß sie einem benachbarten Pub, nicht ohne zuvor drei Whisky gekippt zu haben, um mir Mut zu machen. Mit zwei Stunden Verspätung kamen wir ans Ziel. Ich bezahlte das Taxi mit meinen letzten Feoirlins.
Wir wurden mit einer tollen Ovation empfangen. Joel verschwand gleich hinter den Flaschen, während meine Freun-

dinnen, ich stellte nun fest, daß ich ziemlich viele hatte, mich mit Fragen, Umarmungen und Komplimenten überhäuften. Ich war trotz der Whiskys sehr schüchtern und bemerkte, daß ich die einzige war, die weder Puder noch Lippenrot aufgelegt hatte. Ignatia hatte sogar Rot auf den Fingernägeln.

Als die durch unsere Ankunft ausgelöste Begeisterung etwas abgeklungen war, legte einer eine Platte aufs Grammophon, und einige Paare begannen zu tanzen. Es war eine Mazurka, und ich hatte gerade gelernt: ein Schleifschritt, ein Biegeschritt, ein Fallschritt, ein Schleifschritt, ein Biegeschritt, ein Hüpfschritt, sechs Takte und acht Umdrehungen. Mit zugeschnürter Kehle, klopfendem Herzen und trockener Zunge fragte ich mich, ob man mich zum Tanzen auffordern würde. Ich wurde es, nicht sofort, und von einem Jungen, den ich noch nie gesehen hatte.

Als er mir den Arm um die Taille legte und ich seine Hand auf meinem Rücken spürte, wurde meine Erregung so stark, daß ich beinahe ohnmächtig wurde. Blitze zuckten mir durchs Rückgrat, meine Augen blinzelten, eine Feuerkugel briet mein Allerintimstes, und ich gab mein Debüt mit einigen Galoppschritten der Ulanen-Quadrille. Es dauerte nicht lange, und wir kamen ins Stolpern, mein Kavalier (oh!), um mich am Fallen zu hindern, drückte mich fester an sich, davon wurde das Geheimste meines Seins ganz feucht, und den Kopf zurückgelegt, drehte ich mich quasi mit den Augen, während meine irregeleiteten Zehen, die vergebens das soundsovielte Tempo des xten Taktes zu finden suchten, nur auf die zerschundenen Zehen meines Kavaliers (oh!) trafen.

– Haut's nicht hin? fragte der mich liebenswürdig.

– Aaaah! machte ich.

– Möchten Sie nicht ein Gläschen zur Beruhigung? schlug er mir vor.

– Guter Gedanke, sagte ich.
Er lockerte seinen Griff, nahm meinen Arm (wie eine Jungvermählte, oh!) und führte mich ans Büffet. Abel stürzte herbei, ich verlangte einen Whisky, mein Kavalier (oh!) ebenfalls. Nachdem er einen beachtlichen Teil des Glases gezischt hatte, fragte er mich:
– Sie sind doch die Tochter des Vampirs?
– Scheint so.
– Mein Name ist Steve.
– Meiner Sally.
– Ich habe Sie nie hier gesehen.
– Vielleicht nicht.
– *Bhfuil tû ag foghlium na Gaedhilge?*
– *Táim le tamall.*
– Mit Padraic Baoghal?
– Scheint so.
– Ich auch. Er wird mich anstelle von Barnabé Pudge als Schüler nehmen. Kannten Sie ihn?
– Und ob! Den Eisenwarenhändler?
– Das ist ein Beruf, sagte Steve.
– Und Sie selbst, was treiben Sie?
– Vampirologe. Ich würde von Ihnen gern was über den Papa hören, denn ich bin begierig auf neue Details, und Ihr Vater hat in der Tatigkeit, auf die sich meine Gelehrsamkeit richtet, eine schöne Karriere hinter sich gebracht.
– Scher dich zum Teufel, gab ich ihm zur Antwort.
– Verzeihung?
– Ich habe Ihnen gesagt, daß Sie sich zum Teufel scheren sollen.
– Mademoiselle.
Er verbeugte sich anmutig und ging weg. Ich blieb einen Augenblick allein. Abel, der ringsum zu trinken eingoß, machte mir den Vorschlag, mein Glas zu füllen, was ich so-

fort akzeptierte. Ich bemerkte, daß er sich in respektvoller Entfernung hielt.
– Haben Sie Angst vor mir? fragte ich ihn, ermuntert von einer gewissen inneren Wärme, die wahrscheinlich vom Whisky herrührte.
Er stammelte einige Worte, seine Flasche in der Hand. Ich trat näher an ihn heran:
– Wer ist denn dieser gemeine Kerl?
Mit dem Finger zeigte ich auf besagten Steve.
– Ein Freund von Patricia. Ein Student der Vampirologie.
– Interessiert er sich deshalb für mich?
– Ich … ääh … weiß nicht.
Ich dachte, daß nun der Augenblick zum Flirten gekommen sei. Mit wem, war mir völlig egal, warum nicht mit Abel, den ich kaum kannte. Ich versuchte mich in diesem Augenblick wieder an etwas zu erinnern: »Wo war ich ihm bloß das letzte Mal begegnet, wir saßen nebeneinander, wenn mich nicht alles täuscht, aber wo war das bloß?«, doch ich kam nicht drauf. Ich fuhr also fort:
– Und Sie, interessiere ich Sie nicht?
– Doch … doch … sehr.
– Es ist nicht nur Papa, der interessant ist. Finden Sie nicht auch?
– Doch … doch … selbstverständlich.
Man hatte gerade eine neue Platte aufgelegt, es war ein Boston. Ich tanze leidenschaftlich gern Boston. Ich glaube, ich bin genauso verrückt drauf wie auf Hering mit Ingwer, und der Gedanke, ihn mit einem Herrn von angenehmem Äußern zu tanzen, brachte mir das Rückenmark derart in Wallung, daß ich meine Worte nicht mehr zügeln konnte, obgleich ich wußte, daß ich den Flirt über die Grenzen des Erlaubten trieb.
– Tanzen wir den? schlug ich Abel vor.

Er wirft einen Blick um sich wie ein Ertrinkender, da er keine Rettung kommen sieht, stellt er die Flasche auf den Tisch, umschlingt mich, und wir legten los. Ich war jetzt dahintergekommen, daß er schüchtern war. Tatsächlich trat er mir ständig auf die Füße. Um ihm Vertrauen einzuflößen, preßte ich mich ganz fest an ihn, und es dauerte nicht lange, bis ich mich wieder erinnerte, unter welchen Umständen ich zum ersten Mal mit ihm in Berührung gekommen war: natürlich! Beim letzten Empfang von Madame Baoghal.
– Erinnern Sie sich an mich? murmelte ich an seinem Hals.
– Ääh ... ja ... aber nur nicht hier, flüsterte er mit sehr erregter Stimme.
Was denn nicht hier? Was wollte er damit sagen? Ich hätte ihn gern nach diesem Tanz um eine Erklärung gebeten, wenn er nicht durch einen Zwischenfall unterbrochen worden wäre, der sich zu meiner Überraschung bislang noch nicht ereignet hatte. Beim zweiundfünfzigsten Takt (obgleich ich flirtete, hatte ich sie doch gezählt) brach der Boston ab. Joel hatte sich mit einem durchdringenden Schrei draufgestürzt und begann die Schallplatte, auf die der Boston eingeritzt war, zu verschlingen. Einige Mutige eilten der Unschuldigen zu Hilfe, aber es war unnötig. Bereits nach dem zweiten Bissen stürzte mein Bruder hin und zerstörte damit endgültig jede Hoffnung, den zu Bruchstücken reduzierten Boston wiederzuhören. Nachdem er eine Weile reglos dagelegen hatte, begann Joel Karpfensprünge zu vollführen und stieß unheilverkündende Schreie aus. Wir bildeten einen Kreis um den Dichter, aber seine Inspiration schien sich thematisch lediglich auf die Negation des anwesenden Mobiliars zu beziehen. Cain Mac Adam, Sohn seines Vaters, und besorgt um die Möbel, betäubte meinen Bruder mit einem Bierseidel, das er auf seinem Kopf zerbrach, und bat mich höflich, ihn *home* zu bringen. Was ich auch tat.

Ich war untröstlich, daß mein Ball so schnell zu Ende gegangen war, und bezeugte Beatitia gegenüber das lebhafteste Bedauern. Sie versprach mir, mich wieder einzuladen. Pelagia tat desgleichen.

18. Mai
Nach achtundvierzigstündigem Schlafen ist Joel wieder heimgegangen. Sein Weggang machte mich traurig. Obgleich seine Anwesenheit sich nur durch ein pfeifendes Schnarchen mitteilte, das durch die Nasenlöcher und die Zähne zugleich kam, machte sie mir die meiner armen Mutter einigermaßen erträglich. Nun bin ich wieder mit ihr allein.

20. Mai
Ich habe einen Brief von Barnabé bekommen. Es war ein »poulet«, wie man im Französischen sagt. Anders ausgedrückt: eine Liebeserklärung.
Ich habe ihn meiner armen Mutter vorgelesen, um sie ein wenig zu zerstreuen. Wir haben uns halb totgelacht. Trotzdem kann ich nicht leugnen, daß mir das ein gewisses Vergnügen bereitet.

22. Mai
Wieder ein Brief von Barnabé. Mit der Pinzette anzufassen, so heiß war er. Das bringt etwas Heiterkeit in unser trauriges Heim.

27. Mai
Ich war gar nicht darauf gefaßt. Pelagia hat mich zu einer Party eingeladen. Ich weiß nicht, ob Joel eingeladen ist. Mama hat mir Geld gegeben, zum Kauf von Puder und Lippenstift. Ich habe das Fläschchen Parfüm wiedergefunden,

das mir Athanasius von Michel Presle mitgebracht hat. Ich werde mich für die Party gehörig damit einsprengen.

29. Mai
Ich habe Joel einen Besuch gemacht. Es hatte die ganze Nacht über geregnet, den ganzen Tag zuvor und heute noch den ganzen Tag. Die Sackgasse war überschwemmt. Man mußte über Wasserlachen springen oder stehenbleiben, um nicht in den Dreck zu fallen. Die Hausruine des Bruders am Ende der Gasse schien keine Farbe mehr zu haben. Der Wind bewegte unbesonnen einen klapprigen Fensterladen. Ich stieß die Tür auf und trat ein, obgleich es stank. Es stank abscheulich, stark und durchdringend. Gestanksinter stalaktierte von der Decke oder stalagmierte vom Fußboden. Im Halbdunkel herrschte Schweigen. Ich entdeckte Salome, die sanft schnarchte. Es sah aus, als sei sie zwischen dem für die Knöpfe bestimmten Geknöchel allein. Ich machte einen Gang durch den Laden, das Schlafzimmer, die Küche und das Scheißhaus. Kein Mensch war da. Nur Salome, grau, voller Flechten, ratzend.
Ich ging hinaus und blieb eine Zeitlang auf der Türschwelle stehen. Der Regen rann wieder in die Wasserlachen und in die Schlammpfühle. Vielleicht war es menschlich und folglich irisch, das Gör zu entführen und seiner Großmutter anzudrehen, damit beide einen triftigen Grund hätten, etwas später hopszugehen. Aber andererseits waren Bedenken angebracht, es könnte auch als Kindesraub ausgelegt werden. Ich versuchte, meinen Reifegrad an Mütterlichkeit abzuwägen. Wie ich mich jetzt kannte, begann ich zu vermuten, daß ich nicht als Jungfrau hinüberschlummern würde und daß ich nicht ins Gras beißen würde, ohne nicht mindestens von einem Mann gebockt worden zu sein. Folglich durfte ich eine Besamung dessen voraussehen, was die Zei-

tungen die Gebärmutter nennen, und als schließliche Konklusion hiervon die Erzeugung eines Babys, das ich mit Muttermilch zu ernähren hätte und dem ich das, was die Sportzeitungen den Anus nennen, so lange abwischen müßte, bis der Knirps, erwachsen geworden, ihn sich allein abputzen, Beefsteaks spachteln und einen Teil seiner Totogewinne dazu verwenden würde, die alte Tattergreisin zu ernähren, die ich dann geworden wäre.
Das war alles recht abstrakt. Die Hand eines Mannes auf meinen Hinterbacken versetzte mich zwar in Erregung, aber daß ich *de fil en aiguille et d'anguille en fille* irgendeine Erregung verspüren sollte, weil etliche Monate nach dieser Erregung ein anderes Ich sich in mir regte, das wollte mir im Augenblick, während Tausende von Wassertropfen in den Sümpfen der Sackgasse ertranken, gar nicht in den Kopf.
Ich glaube, daß ich die Kleine schließlich doch entführt hätte, wenn nicht auf einmal das feuchte Gestolper eines Lumpenbündels Wellen geschlagen hätte von Wassertümpel zu Wassertümpel. Mrs. Killarney kam schön besoffen *home.* Sie brauchte eine gute Viertelstunde, bis sie zu meinen Füßen lag. Dabei hatte sie während ihrer letzten Etappe noch einen im Entstehen begriffenen See durch einen schlaffen Fall zum Überlaufen gebracht.
Ich half ihr nicht beim Aufstehen. Es gelang ihr ganz allein. Und auf der Stelle erkannte sie mich:
– Kommen Sie doch rein, Miss Mara, kommen Sie doch rein. Es gibt was Neues, es gibt was Neues.
Sie torkelte geradeaus, und eine halbe Pirouette ausführend kam sie kraftlos auf einem Pseudomöbel nieder, das den Anschein erwecken konnte, ein Stuhl zu sein, wobei sie unter sich die Brustbeine einiger fleischloser Sperlinge zermalmte.
– Einen Whisky, Miss Mara, schlug sie vor. Einen Whisky?
Ich gab ihr keinen Korb.

– Setzen Sie sich doch, Miss Mara, setzen Sie sich doch. Es gibt was Neues, es gibt was Neues.
Ich ließ mich auf einer nicht allzu klebrigen Kiste nieder und schlürfte meinen Whisky, um den penetranten Geruch zu kompensieren. Mrs. Killarney tat das gleiche.
– Also schön, sagte sie, die Neuigkeit, hören Sie gut zu, ich werde sie Ihnen gleich erzählen, die Neuigkeit. Ihr Bruder Joel ist weggegangen.
– Streichhölzer kaufen? fragte ich.
– Nein, er will sich zur französischen Fremdenlegion melden.
– Ist das sicher?
– Er hat mir geschworen, daß er es tun würde.
– Aber warum, Mrs. Killarney, sollte er sich denn zur französischen Fremdenlegion melden?
– Aus Liebeskummer, Miss Mara.
– Wegen wem?
– Wegen mir natürlich, Miss Mara. Er redet sich ein, ich hätte ihn betrogen, Miss Mara, verstehen Sie?
– Ich kapiere.
– Ich sage Ihnen das, obgleich es keine Dinge sind, die man einem jungen Mädchen erzählt, aber sicher ist jedenfalls, daß er mich dessen beschuldigt. Ist das nicht traurig, so was von einer anständigen Frau wie mir zu glauben? So ein gemeiner Hund. Jetzt läßt er mich sitzen, mit dem Kind am Hals und all dem Geknöchel, das mir Abscheu einflößt. Was soll denn aus mir werden, Miss Mara, was soll denn aus mir werden?
Jetzt fing die alte Kuh an zu flennen. Ich sagte mir: »Joel ist ja wirklich ein dummer Armleuchter. Wirklich.«
Wirklich.
Salome begann zu heulen.
Ich dachte, daß sie meiner armen Mutter, der dummen

Wutz, Gesellschaft leisten könnten, und nahm sie beide mit nach Hause. Mrs. Killarney könnte ja wieder für uns kochen. Wie vorher.

1. Juni

Welch ein Vergnügen, Strümpfe anzuziehen, sie rot anzumalen und sich an die verborgensten Stellen Parfüm zu spritzen. Ich bin ganz zappelig und aufgeregt bei Pelagia angekommen. Ich habe Tangos, Matchichs und andere Modetänze getanzt. Wir haben eine Menge getrunken, viel Spaß gehabt. Man hat mir ein wenig den Hintern getätschelt, und ich habe ein paar junge Männer geeicht. Es war sehr nett. Wir haben mit einem allgemeinen Cake-Walk aufgehört. Timoleon hat mich mit dem Motorrad nach Hause gebracht. Wir schwankten, es war sehr lustig. Ich bin entzückt.

4. Juni

Wieder ein Brief von Barnabé. Ich habe ihn Mama und Mrs. Killarney nach dem Abendessen vorgelesen, damit sie ein bißchen was zum Lachen haben. Das Abendessen war ziemlich kärglich, ich habe mich geärgert, ich fand, daß es keinen Grund gibt, den Hering mit Ingwer (auf den ich ganz verrückt bin) abzuschaffen, bloß weil zwei Münder mehr zu beköstigen sind. Vor gar nicht allzulanger Zeit waren wir sogar zu fünft. Mama gab keine Antwort, aber das Klima war nachher recht frostig. Um sie aufzuheitern, habe ich ihnen also den Brief von Barnabé vorgelesen. Der Anfang war sehr interessant, er sprach von seinem Beruf, von der Eisen- und Haushaltswarenhandlung, die in vier Abteilungen zerfällt: die großen Eisenwarenartikel, die Eisenwarenartikel für das Baugewerbe, die Eisenwarenartikel für die Marine sowie die Haushaltsgeräte, zu denen man auch die

Jagd- und Fischereiartikel rechnet. Es war auch die Rede von der unendlichen Vielfalt der Nägel, deren einzelne Arten Barnabé auf irisch aufzählte: *tardhleóir, oirdhearcas, shoilise* usw., alles Wörter, deren Bedeutung ich nicht kannte, da ich bei Baoghal noch nicht mit dem Studium des technischen Vokabulars begonnen hatte.

Wir stellten eine Reihe von Mutmaßungen an über den möglichen Sinn dieser Vokabeln, aber unsere Kenntnisse gingen nicht weiter als *nail* und *tack*, und auf französisch fällt mir kein anderes Wort ein als *clou*.

– Ach! wenn Monsieur Presle da wäre, seufzte ich, der könnte mir die Entsprechung all dieser Wörter in sechsunddreißig Sprachen angeben, einschließlich Lasisch und Ingusch.

– Ein sehr netter Junge, Monsieur Presle, sagte Mama.

– Und so höflich, fügte Mrs. Killarney hinzu. Er hat mir nie einen Paarungsantrag gemacht.

– Er ist der einzige von uns allen, der je einen guten Einfluß auf Joel ausgeübt hat, sagte Mama.

– Soll das etwa heißen, daß ich einen schlechten auf ihn ausgeübt habe, Mrs. Mara? fragte Mrs. Killarney.

– Keinen sehr guten, antwortete Mama, keinen sehr guten.

– Wieso denn? Aber ich habe Sie doch zur Großmutter gemacht!

– Ich danke Ihnen auch herzlich.

– Und Sie werden doch nicht behaupten wollen, daß er sich meinetwegen zur französischen Fremdenlegion gemeldet hat?

– Doch. Sie haben ihn betrogen, sagte ich.

– Du, sagte Mama, keine Obszönitäten.

– Aber ich habe ihn ja gar nicht betrogen!

– Und an dem Tag, an dem ich ihn zu einer Party abholen wollte?

Mrs. Killarney dachte nach.

– Ach ja, der Abdecker.
– Na, sehen Sie, sagte Mama.
– Ja und?
– Man kann sich eben mal irren, Sie sehen ja selbst.
– Das kann schon vorkommen. Aber ein Grund ist es nicht, meinen Einfluß zu kritisieren.
– War es das erste Mal? fragte ich.
– Daß was?
– Mit dem Abdecker?
– Oh! machte Mrs. Killarney, ich erkenne Sie gar nicht wieder, Miss Mara. Solche ordinären Fragen zu stellen …
– Also ich muß zugeben, sagte Mama, daß du die Grenzen des Erlaubten überschreitest.
– Miss Mara, ich bin furchtbar schockiert.
– Sally, ich finde einfach keine Worte mehr!
– Es ist eine Schande, Miss Mara, vor einer anständigen Frau solche lüsternen Reden zu führen.
– Sally, du machst ja deine Mutter erröten!
– Ich habe noch nie solche unanständigen Reden gehört.
– Ich wußte gar nicht, daß meine Tochter eine Pornographin ist!
– Ach, arme Miss Mara, die Jugend von heute ist völlig verderbt.
– Ja, sagte Mama, sie denkt nur an das.
– An was denn? fragte ich.
– An die Abdeckerei, antwortete Mama.
Mrs. Killarney sah mich an und hob die Augen zum Himmel.
– Man muß ihr verzeihen, seufzte sie.
– Ich verzeihe ihr, beeilte sich Mama zu sagen.
– So schlau sind Sie auch wieder nicht, entgegnete ich.
– Nun hör mal, Sally, du solltest jetzt nicht anfangen, ihr

noch Frechheiten zu sagen. Ich finde Mrs. Killarney sehr intelligent für ihre gesellschaftliche Stellung.
– Eine blöde Kuh und eine Schlampe, machte ich.
– Was man doch nicht alles hören muß, wimmerte Mrs. Killarney und goß sich eine gute Portion Whisky ein. Und über die Nägel wissen wir genausowenig wie vorher.
– Wir müssen uns halt damit abfinden, sagte Mama.
– Ach, wenn Monsieur Presle da wäre! seufzte ich. Es klingelt an der Tür.
Ich gehe nachsehen, und wer stand hinter der Tür? Michel!
– Ich bin gerade auf der Durchreise in Dublin. Ich fahre noch heute abend nach Cork weiter.
Ich war so aufgeregt, daß es mir die Sprache verschlug.
– Du bist sehr schön, sagte er und tätschelte mir dabei den Hintern. Du bekommst Formen. Du gibst ein hübsches Stutenfüllen ab.
– Wer ist denn da? grölte Mama.
– Monsieur Presle ist da, rief ich.
– Wenn man vom Wolf spricht, sieht man seinen Schwanz, heulte Mrs. Killarney.
– Kommen Sie doch rein, blökte Mama.
– Ich kann nicht lange bleiben, sagte Michel zu mir. Ich darf keinesfalls meinen Zug verpassen.
– Sie werden doch einen Whisky trinken, legte ich ihm nahe.
– Selbstverständlich, Kleines.
Er trank sogar mehrere. Mama war entzückt, ihn wiederzusehen, und Mrs. Killarney hatte große Hochachtung vor ihm. Mein Herz klopfte bis zum Hals.
– Na, Mutter Mara, sagte Michel. Ihr Mann hat ja schöne Sachen gedreht.
– Reden wir lieber nicht davon. Aber so dumm war er doch nicht, daß er sich schnappen ließ.
– Nichts mehr von ihm gehört?

– Er hat nie viel geschrieben.
– Und Mary? Und Joel?
– Mary ist Postfräulein in Gyleen.
– Warum nicht.
– Und Joel hat sich zur französischen Fremdenlegion gemeldet.
– War das wirklich nötig?
– Keineswegs. Eine Idee von ihm.
– Und das ausgerechnet in einem Augenblick, in dem er anfing, ein Dichter zu werden, fügte ich hinzu.
– Und was ist mit dem Baby?
– Das ist meine Enkeltochter.
– Hast du dir das machen lassen? fragte mich Michel äußerst erstaunt.
– Wo denken Sie hin? antwortete ich. Ich muß ein recht albernes Gesicht gemacht haben, als ich das sagte.
– Es gehört mir, sagte Mrs. Killarney.
– Ach so!
– Es gehört auch Joel, fügte Mama hinzu.
– Ach so! Michel wandte sich wieder an mich.
– Du hast mir nie davon erzählt. Na ja, du hast mir ja auch nicht oft geschrieben.
– Sie mir auch nicht, Monsieur Presle.
– Das stimmt, das stimmt. Er seufzte.
– Ich muß jetzt gehen. Mama und Mrs. Killarney protestierten, aber er war ganz und gar entschlossen.
– Ich darf meinen Zug nicht versäumen.
– Darf ich Sie zum Bahnhof begleiten? fragte ich ihn zitternd.
– Selbstverständlich, das ist nett.

Die Straßenbahn nach Kingsbridge ist direkt. Endhaltestelle. Wir setzten uns nebeneinander. Michel legte ruhig seine Hand auf meinen Schenkel.

– Sieh mal an, machte er, trägst du jetzt einen Strumpfbandhalter?
– Manchmal, antwortete ich errötend.
– Und du schminkst dich auch?
– Jaa, murmelte ich.
– Es hat sich vieles hier im Land verändert.
– Ich tu's, seitdem ich auf Parties gehe. Man lädt mich ein, weil ich die Tochter des Vampirs bin. Ich kann jetzt tanzen.
– Eine regelrechte Verwandlung. Aber es steht dir gar nicht so übel.
Er streichelte mich sanft, als er das sagte. Das machte mich natürlich fertig, und ich konnte nicht mehr klar sehen.
– Ich habe große Sehnsucht nach Ihnen gehabt, Monsieur Presle, stammelte ich, ich habe große Sehnsucht nach Ihnen gehabt.
– Ich auch, Kleines. Und was macht dein Gälisch?
Er ließ von meinem Schenkel ab und legte statt dessen seinen Arm um mich. Seine Hand kam vorne wieder zum Vorschein und umspannte meine linke Brust.
– Machst du Fortschritte?
– Jaa, Monsieur Presle.
– Ich zweifle nicht daran. Du bist eine gute Schülerin in Französisch gewesen. Du bist sprachbegabt.
– Jaa, Monsieur Presle.
Ich konnte mich einfach nicht mehr halten: Ich ließ meinen Kopf auf seine Schulter fallen und stieß ein kleines Wimmern aus.
– Du glaubst, daß ich dich küssen werde, wie?
– Jaa, Monsieur Presle. Wegen der Ideenassoziation.
– Du hast recht.
Und er küßte mich. Das erste Mal, daß ein Mann mich küßte! Ich schloß die Augen und wohnte einem prachtvollen Feuerwerk bei, mit römischen Kerzen, bengalischem

Feuer und allem. Aber leider! an jenem Abend war der Bahnhof nicht sehr weit, und es gab keinen Schlußeffekt. Wenige Leute im Zug nach Cork. Michel reiste erster Klasse, er hatte ein Abteil für sich allein. Er rauchte zerstreut eine Zigarette und erzählte mir dabei von seinen Arbeiten, er ging ins Rektorat von Macroon, um ein englisch-irisches Manuskript zu studieren. Ich riet ihm, Onkel Mac Cullogh zu besuchen. Er dankte mir. Ein Kontrolleur erhob sein Klagegeschrei. Der Bahnhof füllte sich mit Rauch. Michel tätschelte mir ein letztes Mal den Hintern und sagte dabei: »Gutes Mädchen«, dann stieg er in den Wagen. Er stand am Fenster, die Hände in den Taschen und lächelte mich an. Ich winkte mit meinem Taschentuch. Der Zug rollte. Michel verschwand.

Ich ging langsam hinaus, und unentschlossen blieb ich einen Augenblick auf dem Bürgersteig stehen, um mit verschwommenem Auge die Liffey zu betrachten und darüber die leere Masse des Phoenix Parks. Ich wollte gerade auf die Straßenbahn steigen, als mich jemand anrief.

Es war Tim.

– Hallo, Sally, soll ich Sie nach Hause bringen? Er hatte natürlich sein Moto dabei.

Da ich das furchtbar gern hab', eine Spazierfahrt auf dem Gepäckträger, nahm ich an.

5. Juni

Heute abend gab es wieder keinen Hering mit Ingwer. Ich habe Krach geschlagen. Mama hat unter sich geschaut, Mrs. Killarney ebenfalls, ohne eine Erklärung geben zu können. Ich frage mich, was sie bloß haben.

Ich habe eine neue Einladung bekommen, diesmal zu einer Party bei den Ex'Gregor O'Gregors, die ich übrigens gar nicht kenne. Die Einladung ging von Pelagia aus. Ich habe

mir sogleich drei Paar Seidenstrümpfe gekauft, einen Strumpfbandhalter, zwei Fläschchen Parfüm, eins für die Haare und das andere für die Achselhöhlen, und ein zweites Paar Tanzschuhe, keine mit hohen Absätzen. Das macht mich etwas zu groß.
Ach, beinahe hätte ich es vergessen; gestern hat mir Tim die Unschuld geholt.

7. Juni
Immer noch keinen Hering mit Ingwer.

8. Juni
Ich bin bei den Ex'Gregor O'Gregors auf der Party gewesen. Wir haben viel getrunken und Galopp, Chahut und Gigue getanzt. Arcadius O'Cear hat mir einige Schritte Shimmy und Charleston beigebracht, so eine Art amerikanischer Nabelreiber. Dann gingen wir in ein kleines, dunkles Hinterzimmer, um uns auszuruhen, und da Tim nicht da war, habe ich ihm meine Gunst gewährt; aber sei es nun aus Übermüdung, sei es wegen Alkoholmißbrauchs, Arcadius hat sie nicht wahrzunehmen gewußt.

9 Juni
Was die Sache von gestern abend und neulich betrifft, so bin mir immer noch nicht recht klar, was da eigentlich vorgeht.

11. Juni
Wieder eine Party. Es hat sich zufällig ergeben, daß ich mit George O'Connan allein war. Er hat's genausogut gekonnt wie Tim. Da es aber auch diesmal wieder in der Dunkelheit geschah, sind in meiner Sexualerziehung noch Löcher, die gestopft werden müßten. Ich brauchte hierzu das Tageslicht.

Jetzt, wo das Wetter schön ist, könnte ich meine Vereinigungen vielleicht im Phoenix Park betreiben.

12. Juni
Immer noch keinen Hering mit Ingwer. Ich habe Mama angeraunzt, aber sie wußte nichts zu erwidern.

14. Juni
Meine letzte Lektion bei Baoghal. Wie im vergangenen Jahr wird er einige Monate in Italien verbringen. Ich muß noch ein gutes Jahr mit ihm arbeiten, bevor ich meinen Roman schreiben kann, für den ich übrigens immer noch keine Idee habe, außer dem Titel, und selbst der! Ich habe ihnen eine gute Reise gewünscht, ihm und Mrs. Baoghal, die der Unterhaltung natürlich beiwohnte. Die ganze Zeit über fragte ich mich, ob es eines Tages vielleicht auch zu einer Vereinigung mit Baoghal käme. Er ist halt verdammt alt, mindestens fünfunddreißig Herbste. Und außerdem habe ich gar keine Lust dazu …
Als ich wegging, hat es mich gepackt, ich weiß nicht was, und ich habe mich über Meve gebeugt und ihr ins Ohr geflüstert: »Ich liebe dich.« Dann bin ich mit klopfendem Herzen und weichen Knien weggelaufen.

16. Juni
Immer noch keinen Hering mit Ingwer. Mama ist verrückt.

18. Juni
Ein Brief von Barnabé. Ich habe nicht mehr den Mut, ihn meinem kleinen Publikum vorzulesen. Ich weiß nicht einmal, was er schreibt. Ich habe mir kaum die Mühe gemacht, den Brief zu entziffern. Der arme Junge. Das Arschloch, wie Tim sagte. Ich habe gerade mitgekriegt, daß er einem be-

deutenden französischen Sprachwissenschaftler begegnet ist, der sich auf der Durchreise in Cork aufhielt. Und der ihm von mir erzählt hat. Bestimmt Presle.

20. Juni

Eine Party bei den O'Connor O'Connor O's. Wieder welche, die ich nicht kannte. Habe hier einige Freunde getroffen, George, Tim, Arcadius. Habe den Versuch einer Vereinigung mit Padraic O'Gregor Mac Connan unternommen, aber wir wurden durch die Ankunft Pelagias gestört. Darauf wollte ich sehen, ob Tim eine gute Erinnerung an mich behalten hat. Eine ausgezeichnete. Aber es hat sich wieder in der Dunkelheit abgespielt.

21. Juni

Mama schlägt vor, daß wir unsere Ferien bei Onkel Mac Cullogh verbringen, zusammen mit Mrs. Killarney und Salome in Windeln. Zu denken, daß dieses Gör meine Nichte ist! Na ja!

Auf jeden Fall sagt mir das überhaupt nichts. Jetzt, wo ich weiß, was gespielt wird, habe ich keine Lust, dem Onkel oder dem Bock Barnabé als Unterlage zu dienen. Wenn ich an meine Unwissenheit vom vergangenen Jahr denke, zittere ich bis in die Grundfesten meines Seins.

Der Gutshof von Mac Cullogh? Ich danke für Obst und Südfrüchte.

22. Juni

Jetzt gibt es nicht nur keinen Hering mit Ingwer, sondern auch keine Algentorte mehr. Ich habe vor Wut geheult.

24. Juni

Nach dem Lunch heute war mir ganz sonderbar zumute. Eine ungeheure Sehnsucht erfüllte meine kleine (unsterbliche) Seele, ich hing auf einem Stuhl, die Beine gespreizt, eine Hand dazwischen, und sagte mir mit düsterer Ironie, daß mir im Augenblick sogar ein häßlicher Knirps willkommen wäre. Verträumt betrachtete ich meinen Whisky und ließ sanft ein Stückchen Eis an den Wänden des Glases erklingen, als es klingelte.

Ich war so aufgeregt, daß ich mein Glas umwarf und mir den Inhalt über mein Kleid schüttete. Nichtsdestoweniger stürzte ich zur Tür, die ich öffnete. Es war Michel Presle.

– Du siehst ziemlich aufgeregt aus, sagte er.

– Jaa, nein, antwortete ich.

– Was hast du denn? fragte er mich und sah meinen Rock an.

Ich grinste dumm:

– Es ist nicht das, was Sie meinen. Nur ein Whisky. Ein Whisky.

– Gut, gut. Ich lasse meinen Koffer hier, ich hole ihn nachher wieder ab.

– Sie wollen schon wieder gehen?

– Ja. Ich fahre um fünf Uhr mit einem kleinen Frachtdampfer nach der Insel Man. Du solltest Manx lernen, sagte er zu mir und gab mir einen kleinen Klaps auf den Arsch.

Ich zuckte zusammen, und mein Mund wurde ganz trocken. Als ich mich anschickte, auf die Frage zu antworten, bemerkte ich, daß Michel schon ins Zimmer getreten war. Ich lief hinter ihm her.

– Einen Whisky? schlug ich vor.

– Bist du allein zu Hause? Ja, selbstverständlich, einen Whisky.

– Nein, Mama hält ihre Siesta. Und Mrs. Killarney und Salome sind in der Küche.
– Dein Leben muß trist sein, jetzt, wo Joel und Mary nicht mehr da sind.
– Ach, Monsieur Presle, reden wir lieber nicht davon. Wenn Sie wüßten, wie mir der Laden hier stinkt! Wie mir der Laden hier stinkt! Ach, es ist zum Kotzen!
Er sah mich lächelnd an, mit einem Gesicht, als mache er sich sogar über mich lustig.
– Das ist nicht zum Lachen, sagte ich ärgerlich.
– Ich lache über deine Ausdrucksweise.
– Spreche ich etwa nicht gut? Ich glaubte, Sie seien stolz auf mich.
– Gewiß, aber ich muß mich bei dir entschuldigen. Ich stelle fest, daß ich dir ganz ordinäre Wörter beigebracht habe.
– Gibt es das, ordinäre Wörter?
– Landsleute von mir wären bestimmt baff, wenn sie dich hören würden.
– Wie Athanasius.
– Ach ja, richtig. Du hast ihn ja gesehen. Was hältst du von ihm?
– Er ist ein Drecksack, ein Schweinehund und ein dummes Arschloch.
Michel lachte zu allem, was ich sagte. Schließlich brachte mich das auf die Palme.
– Was für ordinäre Wörter sage ich denn?
– Na ja: der Laden stinkt mir und Arschloch, zum Beispiel. In Frankreich gebraucht ein junges Mädchen diese Vokabeln nur in der Familie oder bei guten Freunden.
– Aber Sie sind doch ein Freund, Monsieur Presle.
– Ich hoffe es. Daher mache ich dir auch keine Vorwürfe. Es ist nur ein kleiner Rat.

– Ich danke Ihnen, Monsieur Presle. Und wenn Sie nett wären, würden Sie mir eine Liste all dieser Wörter aufstellen.
– Sehr richtig. Sie wird mit »amour« anfangen und mit »zur Sau machen« aufhören. Ich werde dran denken.
– Wie lieb Sie sind, Monsieur Presle.
– Noch lieber, als du glaubst, sagte er und stand auf, um seinen Koffer zu holen, denn ich habe dir ein Geschenk mitgebracht.
– Oh, machte ich und drückte vor Freude die Hand auf mein Herz und schloß die Augen, um die Überraschung zu genießen.
Michel Presle legte mir auf die Knie eine flache Schachtel, die ich zitternd öffnete. Sie enthielt einen Hüfthalter »Scandale«. Ich stieß vor Glück einen Schrei aus.
– Also wirklich, Sie sind einfach zu lieb, Monsieur Presle! sagte ich. Erlauben Sie, daß ich ihn anprobiere?
– Aber bitte.
Ich begann mich auszuziehen.
– Sieh mal an, du trägst immer noch keinen Büstenhalter, bemerkte Michel.
– Muß ich?
– Nein, nein.
– Soll ich meinen Slip drüber oder drunter ziehen?
– Zieh überhaupt keinen an.
Ich begann, meinen Körper mit diesem Hüfthalter zu umschließen (wie die Modezeitungen sagen), nicht ohne Mühe übrigens. Als ich dann meine Strümpfe festmachte, warf ich Monsieur Presle von unten herauf einen Blick zu. Die Augen traten ihm fast vor den Kopf.
In diesem Augenblick kam Mama herein.
– Sieh mal an, Monsieur Presle, rief sie fröhlich. Ich bin sehr froh, Sie zu sehen.
– Mein Kompliment, Madame, sagte er und stand auf,

worauf ich feststellen konnte, daß sich nicht nur der Zustand seiner Augen verändert hatte.
– Ein Geschenk von Monsieur Presle, sagte ich zu Mama und zog etwas an dem Hüfthalter, damit er mich schön formte.
– Sie verwöhnen Sie zu sehr, Monsieur Presle! Sie haben sich in Unkosten gestürzt.
– Nicht der Rede wert.
– Sie ist ein schönes Mädchen, meine Sally, wie?
– Superb.
Ich zog mein Kleid wieder an.
– Und jetzt entschuldigen Sie mich bitte, sagte Michel. Ich habe in der Stadt noch einige Besorgungen zu erledigen.
– Darf ich Sie begleiten, Monsieur Presle?
– Selbstverständlich, selbstverständlich.
Wir nahmen die Straßenbahn nach O'Connel Street. Wir saßen nebeneinander, aber mit einem kleinen Abstand zwischen uns. Wir haben während der Fahrt nicht viel gesprochen. Monsieur Presle ging hierhin, ging dorthin; ich folgte ihm wie ein kleines Pommerhündchen und wartete brav auf ihn, wenn es nötig war.
Als er seine Besorgungen erledigt hatte, fragte er mich:
– Was tun wir jetzt?
– Wie wär's, wenn wir in den Phoenix Park gingen? schlug ich vor.
– Was für ein Gedanke!
– Es würde mir Freude machen.
– Aber ich habe doch keine Zeit.
– Es würde mir Freude machen. Er sah mich scharf an.
– Warum denn?
– Es würde mir Freude machen.
Er schien nachzudenken, zu zögern, noch einmal nachzudenken.

– Nein, es geht wirklich nicht, ich habe leider keine Zeit.
Ich war sehr enttäuscht.
Dann hat er mir von einem Kerl aus Dublin erzählt, einem gewissen Joyce, einem Pornographen, der seine Schmöker in Paris drucken lassen mußte. Dann ging er mit mir nach Hause zurück, um seinen Koffer zu holen, und verabschiedete sich. Er hat mir einen Kuß gegeben. Sehr ehrbar. Aber nicht mehr. Danach war ich traurig, traurig, traurig. Ich habe mich vor eine Flasche Whisky gesetzt und auf das Abendessen gewartet.
Es gab immer noch keinen Hering mit Ingwer zu diesem hinterfotzigen Abendessen.
– Ich habe das jetzt endlich satt, habe ich erklärt. Ich will Hering mit Ingwer. Warum essen wir keinen Hering mit Ingwer mehr?
Mama begann zu weinen.
– Es wäre besser, wenn Sie es ihr sagen würden, sagte Mrs. Killarney.
Nach langem Schluchzen verriet sie mir den Grund: kein Zaster mehr im Haus. Papa hatte alles, was vom Sweepstake übriggeblieben war, zusammengeschaufelt, bevor er wegging.
– Das Aas, murmelte ich.
Und ich fügte hinzu:
– Dann wird es also nie wieder Hering mit Ingwer geben?
– Nie wieder.
– Und keine Algentorte?
– Und keine Algentorte.
Das machte mich nachdenklich.
Etwas später sagte dann Mama auf einmal zu Mrs. Killarney:
– Finden Sie nicht, daß der Beruf eines Eisenwarenhändlers ein schöner Beruf ist?

– Man muß zugeben, daß er allerhand einbringt, sagte Mrs. Killarney.

25. September
(An Bord der Saint-Patrick)
Endlich werde ich Paris kennenlernen. Wir sind vor einer Stunde abgereist, Barnabé ist seekrank und kotzt wie ein Reiher.
Wir haben heute morgen geheiratet und uns bei Nacht eingeschifft. Es regnete. Der Wind blies. Der Steg war schlecht beleuchtet. Barnabé ging voraus. Es war mühsam; ich hatte die ganze Zeit über eine Heidenangst, ich könnte in die Fluten fallen. Schließlich blieb ich stehen. Darauf rief mir Barnabé zu:
– Schön bei der Stange bleiben, Sally !
Ich habe in der Dunkelheit die Hand ausgestreckt, aber ich fand nur ein feuchtes, kaltes Seil. Ich begriff, daß mein Eheleben begonnen hatte.

Lesen Sie weiter:

Stefano Benni
Baol Die magischen Abenteuer einer fieberhaften Samstagnacht
Roman

Eine bitterböse Satire auf die Medien- und Konsumgesellschaft, deren schwarzer Humor und zynische Phantasie uns das Lachen gleich wieder austreibt.

Aus dem Italienischen von Jochen Koch
WAT 390. 208 Seiten

Georges Duby
Die Frau ohne Stimme Liebe und Ehe im Mittelalter

Auf den Spuren von Lust und Liebe im Mittelalter blickt Duby hinter die ideologischen Schleier, die die Wirklichkeit des Ehelebens verhüllten, und entdeckt das Dasein der Ehefrau.

Aus dem Französischen von Gabriele Ricke und Ronald Voullié
WAT 393. 96 Seiten

Umberto Eco
Mein verrücktes Italien Verstreute Notizen aus vierzig Jahren

»Das Schöne daran, es ist live!« ruft die begeisterte Zuschauerin des Palio in Siena. Im Hintergrund schreibt Umberto Eco mit – der Zeichentheoretiker entziffert die Zeichen seines Landes.

Aus dem Italienischen von Burkhart Kroeber
WAT 370. 128 Seiten

David Herlihy
Der schwarze Tod und die Verwandlung Europas

Eine plausible und weitreichende Sicht auf die verheerende Pest von 1348 und ihre Folgen, die als grundlegender Angelpunkt des mittelalterlichen Europa gezeigt werden.

Aus dem Amerikanischen von Holger Fliessbach
WAT 391. 144 Seiten

Michael Krüger

Wieso ich? Drei haarsträubende Geschichten

Endlich vereint: die drei Kurzromane über das Herumirren in unserer zu allem entschlossenen Redegesellschaft.
»Pfiffig, bis in kleinste sprachliche Detail!« Ch. Neidhart, Die Zeit

WAT 388. 240 Seiten

Pier Paolo Pasolini

Ragazzi di vita Roman

Das unbestrittene Hauptwerk, mit dem Italiens großer Schriftsteller, Filmregisseur und Ketzer den Verlorenen und Geächteten aus den Elendsquartieren der römischen Vorstädte ein unvergängliches Denkmal setzte – zur anhaltenden Wut bigotter Reaktionäre von rechts und links.

Mit einem Nachwort von Umberto Eco
Aus dem Italienischen und mit einer Nachbemerkung von Moshe Kahn
WAT 392. 240 Seiten

André Schiffrin

Verlage ohne Verleger Über die Zukunft der Bücher

Warum hat sich das Verlagswesen in den letzten zehn Jahren radikal verändert? In seiner Polemik (die gleichzeitig in neun Ländern erscheint) beschreibt Schiffrin die Gründe.

Mit einem Nachwort von Klaus Wagenbach
Aus dem Amerikanischen von Gerd Burger
WAT 387. Deutsche Erstausgabe. 128 Seiten

Italo Svevo

Ein Mann wird älter Roman

Ein wunderbar ironischer Roman über das Alter als Geisteshaltung, über Liebe und Jugend, und darüber, was man sich im Leben so alles vormacht.

Aus dem Italienischen von Piero Rismondo
Mit einem Vorwort von Daniele Del Giudice
WAT 368. 320 Seiten